CHRYSTINE BROUILLET

Les fiancées
de l'enfer

LA COURTE ÉCHELLE

Les éditions de la courte échelle inc.
5243, boul. Saint-Laurent
Montréal (Québec) H2T 1S4

Illustration de la couverture :
Hono Lulu

Photo de la couverture :
Gilles Langlois

Conception graphique :
Derome design inc.

Révision des textes :
Jean-Pierre Leroux

Dépôt légal, 2e trimestre 1999
Bibliothèque nationale du Québec

La courte échelle bénéficie de l'aide du ministère du Patrimoine canadien dans
le cadre de son Programme d'aide au développement de l'industrie de l'édition.
La courte échelle est aussi inscrite au programme de subvention globale du Conseil
des Arts du Canada et bénéficie de l'appui du gouvernement du Québec par
l'intermédiaire de la SODEC.

Données de catalogage avant publication (Canada)

Brouillet, Chrystine

    Les fiancées de l'enfer
    (Roman 16/96; 13)
    ISBN 2-89021-363-3

    I. Titre. II. Collection.
    PS8553.R684F52 1999   C843'.54   C99-940515-2
    PS9553.R684F52 1999
    PQ3919.2.B76F52 1999

À Esther, ma Léa

L'auteure tient à remercier
Claudette Vandal pour
son aide précieuse.

Chapitre I

Maud Graham détestait le campus de l'Université Laval. Sa vastitude, ses nombreux bosquets, ses lieux déserts. Autant de pièges pour les femmes qui fréquentaient l'endroit. La détective n'y avait jamais étudié; peut-être était-ce le regret de ne pas avoir connu la vie universitaire qui la poussait à haïr le campus? Non. Elle aimait enquêter et n'avait aucun goût pour les longs séjours en bibliothèque, les travaux minutieux où il fallait imaginer ce qu'un auteur avait voulu dire dans son roman. Ou ce qu'un professeur attendait d'une thèse pour la noter favorablement.

Si on avait fait remarquer à la détective qu'elle se creusait la cervelle pendant des heures pour essayer d'entrer dans la peau d'un assassin, elle aurait répondu que son travail ressemblait peut-être à celui d'un chercheur, mais que la nuit tombait tout de même plus vite sur le campus, qu'il y faisait plus froid que partout ailleurs dans un rayon de dix kilomètres — si l'on exceptait la côte Dufferin — et que son boulot ne pouvait se comparer à celui d'un étudiant. L'approbation de son patron, une bonne note dans son dossier la laissaient indifférente. Enfant, elle avait bien espéré les étoiles dans les marges de ses cahiers, mais ces temps étaient révolus. Aujourd'hui, tout ce qu'elle désirait, c'était arrêter l'ordure qui avait agressé Jacinthe Laurier. Car Graham était certaine que Mme Laurier avait été violée même si aucun examen n'avait encore été pratiqué sur le corps.

Le cadavre gisait sur la chaussée dans une posture fœtale comme si la victime s'était recroquevillée sur sa douleur, comme si elle avait utilisé ses dernières forces pour retrouver cette attitude originelle où les ténèbres étaient si rassurantes. Un voile noir avait vite obscurci son existence, l'avait délivrée de l'horreur qu'elle venait de vivre.

— Elle s'est jetée devant l'auto, expliquait le conducteur. Je ne l'ai pas vue venir. J'ai essayé de freiner, mais avec l'orage...

Les gouttes de pluie se mêlaient aux larmes de Lucien Trudel sans qu'il songe à les essuyer. Il ne pouvait détacher son regard du corps de Jacinthe Laurier même si un policier l'avait entraîné plus loin pour prendre sa déposition. L'enseignant tremblait de tous ses membres, et Graham ordonna qu'on lui apporte une couverture, qu'on l'installe au chaud dans sa voiture.

Elle rejoindrait le témoin dès qu'elle aurait entendu ses hommes.

Berthier s'approchait d'elle.

— C'est encore lui, je pourrais le jurer ! C'est pour ça que je t'ai fait venir. Sûr et certain que c'est notre maniaque.

— La victime a une marque au sein gauche ?

— Oui. Comme celles de Lucie Boutet et d'Andrée-Anne Jobin. Ça nous en fait trois depuis le début de l'été.

— Quelle lettre ?

— Un J.

Comme le jour J. Le jour où elle attraperait l'homme qui signait si cruellement ses agressions ? J comme jeu ? Le monstre violait ses victimes en les assommant lorsqu'elles se débattaient. Toutefois, si elles se réveillaient, il ne se souciait guère de les maintenir inconscientes quand il appuyait la lame de son couteau sous leur sein gauche pour graver une lettre dans leur chair. Ni quand il ajoutait quatre traits sanglants pour parachever sa signature. Les blessures n'étaient pas très larges, mais la douleur combinée avec la terreur avaient profondément traumatisé les victimes. Graham savait qu'elles ne dormaient plus sans somnifère, qu'elles s'étaient acheté des chiens de garde et ne pouvaient plus voir un couteau sans frémir.

Graham répétait « JJJJJ » à haute voix, cherchant quel lien étrange unissait cette consonne aux deux précédentes. Elle se souvenait de son angoisse à l'hôpital quand elle avait vu la première marque sur la poitrine d'une Lucie Boutet épouvantée. Elle s'était d'abord dit que le M correspondait probablement à une des initiales du maniaque, puis elle s'était avisée qu'elle avait la même. Est-ce que l'homme cherchait à attirer son attention ? Était-elle liée indirectement à cette folie ?

Tandis que Berthier et Moreau avaient épluché les listes des criminels ayant un M pour initiale, Graham, en compagnie de Rouaix, avait dressé une liste de mots significatifs commençant par M. Quand ils en rejetaient un, ils ne pouvaient s'empêcher de penser que ce vocable était peut-être important pour l'agresseur. Ils avaient pourtant poursuivi leur tâche en éliminant des dizaines de mots. Ils en avaient sélectionné une trentaine, les avaient regroupés autour des thèmes évocateurs ou générateurs de folie ou de violence. La religion, la crise mystique, la sexualité, l'intégrité de l'individu. Ce qui pouvait le heurter, ce qui l'avait dérangé. Dans tous les sens du terme.

À cause de la croix que le criminel avait tracée sur ses victimes, Graham avait cherché des mots à connotation religieuse, mais les rapports étaient assez flous : elle avait conservé Mal, Maître, Mystère, Mage, Moloch et Marc. Et s'il s'agissait d'un évangéliste ? Rouaix avait apporté une nuance psychanalytique en proposant Mère, Maman, Moi, sans oublier les prénoms féminins ; lequel bouleversait un homme au point de lui faire perdre la tête ? Était-ce Madeleine, une pécheresse ? Ou Marguerite, une dame aux camélias de petite vertu ? Ou Marie, la sainte, la vierge, la pure, l'idéal ? Mélusine, la dangereuse enchanteresse ? Rouaix avait aussi établi une liste se rapportant à l'identité du criminel, à son corps : Main, Maison, Mariage, Monstre.

Il s'agissait peut-être d'un pays. Le Maroc ou la Mauritanie, le Mexique ou la Moldavie ? Non. Graham allait plutôt se concentrer sur les sigles, sur les initiales d'organismes, d'associations.

M comme Maudite enquête.

— Il a déchiré ses vêtements, reprit Berthier. Graham ? Eh ?

— Quelle idée a-t-il derrière la tête ? Un M. Puis un L, puis un J.

Graham espérait que son soulagement n'était pas perceptible tant elle se sentait coupable de s'être réjouie, une fraction de seconde, en apprenant que la lettre était un J. Elle ne connaissait personne dont le nom commençait par J. Le M appelait Maud et tout le monde avait cru qu'elle pouvait être visée, mais elle seule s'était angoissée en songeant que L était l'initiale de Léa, sa meilleure amie. Si Berthier lui avait parlé aujourd'hui d'un G, comme Grégoire, ou d'un A, comme Alain, elle aurait repensé à sa première idée, se serait sentie menacée, aurait cru que le criminel cherchait à communiquer avec elle. Mais ce ne semblait pas être le cas.

— Demande une équipe pour fouiller le bois.

— C'est fait. Ils vont être là dans cinq minutes. J'ai mis mon imperméable sur elle tantôt. Il y avait trop de monde qui regardait... Son manteau est court, comme sa jupe, on voyait ses cuisses. Je n'aurais peut-être pas dû ? Mais notre témoin avait déjà touché la victime. Il voulait la ranimer, je suppose.

Maud Graham rassura Jacques Berthier ; cette pudeur l'honorait.

— Je pensais à ma sœur. Si ça arrivait ici à ma sœur, je voudrais qu'on la recouvre.

— Ta sœur Nancy ? Elle étudie sur le campus ?

Une lueur de fierté traversa le visage de Berthier. Oui, Nancy terminait son mémoire de maîtrise en génie civil. Lucien Trudel lui avait même enseigné.

— C'est bon, elle pourra nous parler de lui éventuellement, même si ce prof dit la vérité. Certains témoins ont vu la victime sortir du bois et courir devant la voiture. Ils ont tous entendu Trudel hurler même si les vitres de son auto étaient fermées. Il a l'air pas mal secoué. On a trouvé des cartes d'identité et de l'argent dans les poches du manteau de la victime; elle habitait à Charlesbourg.

Berthier partit vers le boisé tandis que Graham rejoignait le témoin. Il la dévisagea sans comprendre quand elle se présenta. Elle dut répéter deux fois son nom, expliquer son statut de détective avant que l'homme réagisse.

— Vous travaillez à la section des homicides, des crimes contre la personne? Je n'ai rien fait! Je ne voulais pas la tuer! Je ne la connaissais même pas.

— Nous le savons, monsieur Trudel, nous le savons tous. Je veux seulement que vous me racontiez ce qui s'est passé. Voyez-vous, si cette femme courait ainsi, c'est qu'elle fuyait sans doute un agresseur. Elle a probablement été attaquée dans le boisé. Il paraît qu'elle a surgi de…

— Comme d'une boîte à surprises! J'étais en train de me dire que j'aurais dû mettre mon imperméable aujourd'hui quand elle m'est apparue. Elle n'aurait pas couru plus vite si elle avait vu le diable. J'ai entendu un bruit bizarre, elle s'était jetée devant mon auto! J'ai freiné autant que j'ai pu, je vous le jure.

— Mais c'était trop tard.

— Pourquoi est-ce que ça m'arrive à moi? Je suis pourtant un bon conducteur.

— Je vous crois, monsieur. Ensuite?

Lucien Trudel était sorti de sa voiture, avait tenté sans succès de ranimer la victime.

— Je ne pensais pas qu'on pouvait mourir si vite, murmura-t-il. Est-ce qu'elle est vraiment morte? J'étais peut-être trop énervé, je dois avoir mal regardé, hein?

Graham posa une main sur son épaule; Trudel cessa de gémir pendant quelques secondes.

— Avez-vous remarqué quelque chose ?

— Comme quoi ?

— Un mouvement dans le bosquet, un homme qui s'enfuyait…

— Non. Je ne peux pas croire que c'est vrai.

Graham pria Trudel d'accompagner un agent à la centrale de police pour enregistrer son témoignage. Le professeur protesta ; il avait un cours à donner. Cent trois étudiants l'attendaient.

L'homme s'agitait. Graham fit signe à un policier, lui suggéra d'emmener Lucien Trudel à l'hôpital après qu'il eut signé sa déposition.

Elle remercia le témoin puis revint près du corps de Jacinthe Laurier. Le claquement d'une portière lui fit détourner la tête ; Alain Gagnon s'avançait vers elle. Elle esquissa un sourire. Elle se pencha sur le cadavre pour dissimuler le deuxième sourire qui naissait sans qu'elle puisse le brider. Alain Gagnon. Il était à trois mètres d'elle. Il allait lui parler, mais éviterait de la toucher. Il lui avait expliqué qu'il aimait trop sa peau ; s'il l'effleurait, tous les policiers devineraient le courant secret qui les unissait, sauraient que Graham lui plaisait infiniment, qu'il avait envie d'elle, envie de l'entraîner ailleurs, n'importe où, pour la caresser à loisir. Il la regardait déjà avec un plaisir trop évident.

Elle s'inclina davantage devant le corps de la victime tandis qu'Alain Gagnon s'accroupissait en face de cette dernière. Elle entendit ses genoux craquer, sourit encore, respira l'odeur de café et de vétiver qu'il exhalait et leva enfin la tête. Le légiste la fixa au moins vingt secondes de trop avant qu'elle réagisse, qu'elle secoue leur torpeur amoureuse.

— Elle a une marque au sein gauche. Un J.

Alain Gagnon écarta légèrement l'imperméable, examina la plaie. Quatre incisions en croix autour d'une plaie béante sous le sein, au niveau du cœur.

Encore une lettre, encore cette croix.

Graham soupira ; elle cherchait depuis des semaines ce que signifiait cette croix. Les coupures, très fines, superficielles, formaient des branches d'inégale longueur, mais elles avaient toutes deux centimètres de différence, la plus courte mesurant cinq centimètres. Le sadique avait gravé la lettre au centre de la croix.

— Même disposition. Aucune croix ne ressemble à celle-ci. Ni la grecque, ni la celte, ni celle de Saint-André, ni celle de Saint-Pierre, ni celle de Saint-Louis.

— Un signe religieux inconnu ? Il y a bien quatre évangélistes et quatre vertus cardinales, quatre cavaliers de l'Apocalypse. Et les quatre fleuves des enfers et ceux du paradis, les grands prophètes, Jésus-Christ qui a eu le flanc transpercé tandis qu'il était sur la croix…

— Tu as lu la Bible entièrement ? s'étonna Graham.

— J'ai eu du temps à un certain moment.

Alain Gagnon faisait allusion à un accident qui l'avait tenu alité durant des mois alors qu'il avait vingt-trois ans.

— Ma grand-mère m'avait offert une Bible avant l'opération. Je l'ai d'abord mise de côté, puis je l'ai finalement ouverte ; c'était idiot de perdre une occasion de lire le plus grand best-seller du millénaire.

— Tu te souviens de l'Ancien et du Nouveau Testament comme si tu les avais consultés hier…

La mémoire et la culture d'Alain fascinaient la détective ; elle mesurait chaque jour davantage à quel point son amant était un humaniste curieux des mystères de l'univers, se passionnant autant pour les phénomènes naturels que pour les idées, lisant aussi bien un bouquin sur les volcans qu'un texte de Montaigne, de Lévi-Strauss, une biographie de Stefan Zweig ou l'essai d'un égyptologue. Cela le gênait-il qu'elle soit une piètre lectrice ? Les romans l'intéressaient peu ; sa démarche était moins ludique que pratique. Elle consultait presque exclusivement des ouvrages qui pouvaient faire avancer une enquête. Elle avait ainsi ouvert un dictionnaire des symboles pour comprendre le sens des quatre incisions des victimes.

Le chiffre quatre s'appliquait à tant de choses ! Les saisons, les points cardinaux, les éléments, les humeurs, les divisions du jour, les groupes sanguins.

Maud Graham essuya la pluie qui menaçait de diluer son mascara malgré ses lunettes. Alain Gagnon s'empressa d'ouvrir son parapluie et de le tendre vers elle bien que l'orage eût considérablement faibli. La détective se blottit près du légiste en rougissant.

— Tu me manques, murmura-t-il.

Elle hocha la tête, très contente. Après une semaine d'euphorie, de jours et de nuits d'amour, Graham avait fait marche arrière, tenu à ralentir le rythme de leurs rencontres. Elle avait peur de ses sentiments, peur de se tromper. Si Alain l'abandonnait comme l'avait fait Yves ? Elle avait des élancements à la poitrine quand le téléphone sonnait chez elle. Au bureau. Elle se demandait toujours si c'était Alain qui l'appelait. Elle tentait de se raisonner, elle s'efforçait de respirer, comptait jusqu'à dix avant de répondre tout en croisant les doigts : elle espérait entendre cette voix chaude, la laisser l'envelopper. Elle ne se lasserait jamais de ses compliments ; Alain répétait qu'elle était belle, qu'il aimait ses yeux, sa bouche, ses seins, son ventre rond.

— Tu me manques, répéta-t-il.

Elle goûtait son odeur, s'en repaissait, constatait avec effroi combien le magnétisme d'Alain Gagnon était puissant. Elle avait l'impression d'être au bord d'un abîme qui l'aspirait. Le vertige s'emparait d'elle, torturait ses sens, les exacerbait, la faisait animale. Elle percevait le moindre son qu'émettait son amant, voyait le plus infime détail, malgré la bruine, malgré la nuit, comme si elle avait eu des yeux de chat. Les odeurs étaient décuplées, nettes, précises, oh ! cette perle de sueur, ce parfum d'herbes au creux de son épaule, la vanille de son shampooing, la menthe de la crème à raser. Elle aurait voulu le lécher comme Léo le faisait avec elle avant de se lisser les moustaches. Elle désirait tout connaître de cet homme, la moindre parcelle de peau, chaque cil, chaque cheveu, chaque grain de beauté.

Gagnon tendit à Graham la poignée du parapluie, prit la main gauche de la victime, désigna le majeur à l'enquêtrice. Un faux ongle à demi cassé avait retenu un cheveu brun. Révélerait-il le même ADN que le cheveu accroché au collier de Lucie Boutet ? Quand celle-ci s'était présentée à l'hôpital en état de choc, l'amie qui l'accompagnait avait tout de suite réclamé la présence de Maud Graham. La détective avait craint le pire en découvrant l'étrange blessure de Lucie, en écoutant le récit de son supplice, mais son effroi ne lui avait pas fait négliger les détails de l'enquête. Même s'il n'y avait pas eu mort, le crime était suffisamment étrange pour qu'elle le traite comme s'il s'agissait d'un meurtre. Elle avait tenu à recueillir tous les indices : une goutte de sang, un poil, un cheveu.

Alain Gagnon n'aurait pas dû, sans cadavre, s'intéresser d'aussi près à l'enquête, mais il avait demandé une recherche d'ADN pour plaire à Maud Graham. Et parce que l'agression contre Lucie Boutet l'intriguait.

— Je suppose qu'on n'aura pas de sperme non plus dans ce cas-ci, fit-il. Il aura encore utilisé un objet pour la violer.

— L'ADN des cheveux ne correspond à rien dans nos dossiers, admit Graham. Il a été chanceux jusqu'à maintenant. Ou il débute dans cette carrière.

— Auquel cas tu pencherais pour un jeune ?

— Va savoir… Il fait preuve d'une certaine maturité pour être aussi prudent.

L'homme avait pris soin d'agresser ses victimes par-derrière. Lucie Boutet ne l'avait pas vu. Andrée-Anne Jobin l'avait aperçu quelques secondes. Il leur voilait les yeux au moyen d'un foulard noir avant d'abuser d'elles. Avec un objet. Un godemiché, probablement. Les deux femmes avaient parlé d'une sensation de froid et de dureté. Aucune n'avait entendu l'agresseur baisser la fermeture éclair de son pantalon. Elles avaient perçu des mouvements dans leur dos, puis elles avaient senti quelque chose entre leurs cuisses, avaient crié. Il les avait aussitôt frappées à la nuque. Elles avaient perdu connaissance, puis repris vie à cause de la douleur qu'il leur infligeait en incisant leur chair. L'homme avait assommé Lucie comme Andrée-Anne avant de les marquer. Jacinthe avait sûrement subi le même traitement.

Alain Gagnon recouvrit d'enveloppes en plastique les mains, la tête et les pieds de Jacinthe Laurier, puis réclama de l'aide pour glisser le corps dans le sac mortuaire.

— Je vais examiner la victime avant qu'elle soit transférée à Montréal. Mes collègues sont rapides là-bas, ils vont me rappeler assez vite pour m'informer des résultats.

Graham et Gagnon se relevèrent lentement, faillirent s'inviter à boire un café, et s'éloignèrent chacun vers leur voiture. Graham héla Berthier pour lui donner ses dernières directives avant de partir vers la centrale de police. Elle reverrait les dossiers des deux précédentes victimes de viol, suppliant le ciel qu'un indice lui ait échappé.

Ce serait long. Elle ne se contenterait pas de lire les fiches des victimes qui avaient été marquées. Elle consulterait les dossiers de viol des cinq, des dix dernières années. Pourquoi l'agresseur ne pénétrait-il pas ses victimes ? Était-il devenu impuissant ? Avait-il été castré ? Avait-il peur des femmes ? Le dégoûtaient-elles à un point tel qu'il évitait tout contact intime ? Toutes les interprétations étaient possibles.

On avait lu et relu la liste des criminels sexuels, vérifié lesquels étaient en prison et lesquels se baladaient dans la nature et dans *sa* ville. On en avait interrogé plusieurs sans apprendre rien d'intéressant.

Qui était ce Violeur à la croix ?

Une rafale poussa des feuilles mortes à l'endroit où Jacinthe Laurier avait perdu la vie ; la piste tiédissait déjà. La pluie et l'obscurité gênaient les policiers dans leur travail, le criminel devait être déjà loin. À moins qu'il ne se fût mêlé aux badauds. Peut-être observait-il Graham ? Elle scruta la grappe des curieux sans noter aucune lueur distinctive dans les regards. Les témoins assistaient au va-et-vient des policiers d'un air consterné ou fasciné. Graham se glissa dans sa voiture et s'y reprit à trois fois pour la faire démarrer. Elle devait aller au garage depuis deux semaines, mais oubliait toujours. Le mauvais fonctionnement des essuie-glaces acheva de l'exaspérer.

* * *

Plus tôt dans la journée, Suzanne Geremelek s'était réjouie qu'il pleuve ; elle pourrait porter son grand imperméable. Il lui était très utile pour « emprunter » des vêtements dans les boutiques. Elle y glissait dans les grandes poches, avec un égal bonheur, culottes, brassières, cache-cœurs, chaussettes, pantoufles ou chaussures. Quant aux morceaux plus importants, elle les dissimulait promptement sous son chandail, au niveau du ventre. On aurait pu croire qu'elle était enceinte.

Le Petit Prince était sa boutique préférée ; la salopette qu'elle y avait aperçue la semaine précédente était si jolie ! Le velours vert était si profond ! Il s'accorderait merveilleusement avec les yeux pers d'Éric. Même si on disait qu'il était impossible, à la naissance, de savoir de quelle couleur seraient les prunelles d'un enfant, Suzanne était persuadée, en contemplant Éric et Marie-Ève à la maternité, que ses jumeaux auraient les plus beaux yeux clairs dont on puisse rêver. Ceux de Marie-Ève avaient foncé rapidement, mais Éric avait conservé son regard marin si pur, si apaisant.

Il restait une seule salopette et Suzanne s'était félicitée d'être venue au Petit Prince ce jour-là ; si elle avait retardé sa visite, une autre femme se serait emparée du vêtement. Elle n'en aurait jamais retrouvé de semblable. Le velours était doux, un peu raide peut-être, mais il s'assouplirait après quelques lavages. Avant de cacher le vêtement sous le pull marron, Suzanne avait repéré la position des caméras qui filmaient l'activité du magasin, attendu qu'une vendeuse disparaisse dans l'arrière-boutique et qu'une autre soit occupée. Elle avait rabattu les pans de son imper par-dessus, s'était attardée devant le présentoir de chaussettes et en avait choisi une paire très mignonne, des jaunes où s'égayaient des coccinelles. Elle s'apprêtait à quitter la boutique en respirant à fond, pleinement satisfaite, quand une vendeuse l'avait appelée. Suzanne s'était retournée lentement ; on ne pouvait l'avoir vue prendre le vêtement. Elle était trop habile, trop rapide.

La patronne avait aussitôt interrompu son employée, fait signe à Suzanne de partir, lui adressant un sourire amical avant de répondre à la vendeuse stupéfaite.

— Mais elle a volé la salopette et les chaussettes, madame Samson, je l'ai vue quand je revenais de l'arrière-boutique.

— Je sais. J'aurais dû te prévenir. Mme Geremelek est un peu…

— … folle ?

Mme Samson avait baissé le ton ; jamais elle n'oserait parler ainsi d'une cliente. Suzanne Geremelek était seulement angoissée. Elle avait des comportements parfois étranges.

— Des manies, voilà. Elle a des manies. Elle vole des vêtements d'enfant. Et des clés aussi, une fois. Elle m'avait pris les clés de ma voiture. Son mari me les a rapportées.

— Elle est bien habillée, elle a assez d'argent pour acheter une salopette. Quoique ça ne veut rien dire, ce ne sont pas forcément les plus pauvres qui volent… Et vous la laissez faire ?

Mme Samson avait expliqué à Simone que Denis Geremelek viendrait régler les « emprunts » de sa femme dès qu'il serait averti de sa visite.

— Il paie tout sans discuter. Je me suis un jour informée au sujet du bébé et il a répondu qu'il n'y avait plus de bébé.

16

Je n'ai pas osé le questionner davantage. C'est trop bizarre. Ça fait des années qu'elle vient ici une fois par mois, et on n'a jamais eu de problèmes. Tant que son mari paie… Les policiers ont bien d'autres choses à faire ! Avec toutes ces agressions, tous ces viols. Sais-tu pourquoi l'été est ma saison préférée ? Pas à cause de la chaleur, du soleil, des vacances, non, parce qu'il fait clair plus tard. On se promène dans les rues sans s'inquiéter.

Simone regarda au-dehors. On fermerait la boutique dans dix minutes. La nuit les avalerait, elle et sa patronne. Elles marcheraient rapidement jusqu'à l'arrêt d'autobus, l'oreille tendue, le cœur prêt à s'affoler au moindre bruit suspect.

* * *

Simone et Mme Samson n'étaient pas les seules femmes à détester sortir le soir, même si elles ignoraient l'existence du Violeur à la croix. Les témoignages de ses victimes avaient été tenus secrets, tant par respect pour Andrée-Anne Jobin et Lucie Boutet que par tactique ; Graham avait seulement appris à un reporter du *Journal de Québec* que les statistiques de viol étaient à la hausse depuis le début de l'automne. Si la détective refusait de laisser filtrer la moindre information sur le Violeur à la croix, elle espérait toutefois que l'article de Jean-Paul Bordeleau, où les chiffres avoisinaient les conseils de prudence, inciterait les Québécoises à redoubler de vigilance.

Après avoir vainement cherché à rejoindre le conjoint, un ami ou un parent de Jacinthe Laurier, Graham relisait une pile de dossiers sans relever aucune piste quand la sonnerie du téléphone la fit sursauter. 23 h 37. Est-ce qu'*il* appellerait si tard ? Elle croisa les doigts avant de répondre. L'amour la rendait superstitieuse, et par là ridicule.

— Maud ?

C'était lui. Seuls Gagnon et Léa Boyer l'appelaient par son prénom.

— Alain ?

Est-ce que sa voix tremblotait ? Percevait-il son trouble ?

— Tu avances dans ton enquête ?

Elle avoua sa lassitude. Elle avait lu des dizaines de rapports, consulté l'ordinateur sans découvrir quoi que ce soit d'intéressant.

— Rentre chez toi, plonge dans un bon bain, flatte Léo et couche-toi. J'aurai des résultats plus précis à te donner demain midi. On pourrait dîner ensemble.

— Dîner ?

— Il faut bien que tu manges.

Elle suivait un régime depuis un mois. C'était une raison supplémentaire pour ne voir Alain que les fins de semaine. Comment pouvait-elle respecter son régime avec un amoureux qui l'invitait dans ses restaurants favoris ? Elle n'avait évidemment pas révélé au légiste qu'elle voulait maigrir. Il affirmait qu'il l'aimait avec ses rondeurs, pour ses rondeurs. Mais elle en doutait. Elle avait vu des photos de son ancienne amie ; cette fille était mince. Il avait vécu avec elle durant six ans. Johanne ne devait sûrement pas lui déplaire avec son ventre plat et ses cuisses fuselées, ses jambes d'échassier. N'était-elle pas devenue sa confidente ? Graham n'était pas mécontente que Johanne soit partie vivre pour neuf mois à New York ; elle ne voulait pas la rencontrer tout de suite. Elle ne tenait pas à ce qu'Alain puisse mieux les comparer en les voyant côte à côte.

— On mangerait où ? demanda-t-elle pourtant.

— Si on allait chez le Vietnamien ?

Hé là ! Des pâtes délicieuses, des rouleaux frits somptueux, des sauces sucrées-salées liées à la farine, des biscuits aux amandes en prime ? Elle allait contourner les obstacles.

— J'aurais plutôt envie d'un bon steak grillé.

Gagnon proposa L'Échaudé. Les viandes étaient succulentes et apprêtées avec inventivité. Ce serait plus amusant qu'une simple grillade. Graham soutint que le restaurant était trop sophistiqué pour un repas de midi. Il rit, avoua qu'il s'était juré de lui faire perdre l'habitude des casse-croûte qui n'offrent que des hamburgers, de la poutine et du poulet frit.

— Tu as besoin de t'alimenter plus sainement. Je passe te prendre au parc à…

Il s'interrompit, se reprit : ils se rejoindraient plutôt au restaurant pour préserver le secret de leur liaison comme le souhaitait Graham. Alain Gagnon, lui, aurait aimé témoigner publiquement de son attachement envers la détective, mais hormis André Rouaix, le coéquipier de Graham, personne n'était au courant de leur passion. Gagnon n'apprendrait pas à Graham que ses collègues s'en doutaient pourtant tous ; il avait bien remarqué les regards qu'on lui jetait quand il allait à la centrale du parc Victoria. De petits sourires, des allusions. Et des silences ; ceux qui blâmaient Maud Graham se taisaient dès qu'Alain Gagnon apparaissait. La détective ne semblait rien voir de ces manèges qui montraient que son désir d'incognito était éventé.

— Vers midi trente, ça te va ? Allez, rentre chez toi. Je t'embrasse, Maud. Partout. Je t'aime.

Il raccrocha tandis qu'elle murmurait « Moi aussi, je t'aime ».

Et si elle ne l'aimait pas vraiment ? Comment être certaine de son choix ? S'il parlait sans réfléchir ? Peut-être souhaitait-il vivre un peu de romantisme, mais oublierait-il dans trois ou quatre mois tout ce qui l'aurait fait rêver ?

Elle s'efforça de relire encore quelques dossiers avant de rentrer chez elle. José Maderas, trois condamnations pour viols : 1981, 1984, 1992. Relâché. Comment avait-il pu écoper d'une troisième peine si légère ? Comment pouvait-on détruire une femme sans être davantage inquiété ? Les verdicts de la Cour augmentaient semaine après semaine la colère de Graham. Exploserait-elle un jour ? Graham suggérerait-elle aux victimes, à leurs maris, à leurs parents de se faire justice eux-mêmes ? Elle avait été horrifiée par l'histoire de Karen Dod, qui s'était déroulée en Ontario en 1995. Karen avait été violée par son grand-père, mais s'était tue, se réfugiant dans la drogue et l'alcool. Puis elle avait appris qu'il avait fait une autre victime ; elle s'était sentie responsable. Pour faire avouer ses crimes à l'agresseur, elle s'était introduite chez lui, l'avait menacé d'un couteau, l'avait frappé avant de tenter de se suicider. On l'avait mise en prison, sans se préoccuper de sa santé mentale et physique. Le grand-père, lui, était libre.

Le mot « justice » avait-il encore un sens ?

Elle souhaitait que les victimes de viol portent plainte, dénoncent leur agresseur, mais que pouvait-elle leur offrir en retour ? Elle s'était imaginé au début de sa carrière qu'en arrêtant le coupable elle apaiserait les victimes : elle se trompait. Les procès les minaient, les verdicts les achevaient. La Cour elle-même, en statuant que les dossiers thérapeutiques et personnels des victimes pouvaient être produits par l'avocat de la défense, avait nui considérablement aux femmes. Si les victimes avaient consulté un psychologue ou s'étaient vu prescrire un médicament, on discréditait leur témoignage en invoquant le syndrome de la fausse mémoire : oui, messieurs les jurés, cette pauvre femme est bien une victime, mais pas de l'accusé assis devant vous ; elle l'est d'un autre homme qui l'a traumatisée dans le passé et qui la pousse à tout confondre aujourd'hui. Ce raisonnement avait écœuré Graham, qui ne doutait pas que les avocats l'utiliseraient en faveur des agresseurs. En 1997, avec l'affaire Carosella, la Cour avait ainsi rejeté une plainte pour agression sexuelle parce que les dossiers de la victime avaient été détruits.

Qui oserait parler maintenant ?

Certains le faisaient pourtant, et ces femmes, ces hommes — encore plus rares — qui croyaient au système judiciaire rentraient chez eux avec la conviction d'avoir été bafoués et la peur que leur agresseur veuille se venger quand il aurait bénéficié de sa remise de peine.

Graham feuilletait les dossiers, tous remplis d'horreur et de douleur.

René Lemieux, vingt ans, avait participé à un viol collectif. La victime avait treize ans. Graham se souvenait parfaitement de l'avocat de la défense. Il fallait essayer de comprendre l'accusé. Il avait été influencé par ses amis, il avait bu. Pauvre lui !

Jocelyn Fournier, trente et un ans, multipliait les attentats à la pudeur sans s'inquiéter ; on ne le gardait jamais longtemps en prison. Quelques semaines, et hop ! il pouvait recommencer à traumatiser des gamines. Et Patrick Lachance, quinze ans, avait violé sa copine parce qu'elle ne voulait pas encore coucher avec lui après cinq semaines de fréquentation ; il était tout étonné d'avoir été accusé.

Thierry Dubuc, trente-cinq ans, avait expliqué avec véhémence à la Cour que l'auto-stoppeuse qui l'accusait de viol cherchait manifestement l'aventure en portant des jeans si moulants.

Pierre Tremblay, quarante-deux ans, qui avait agressé un gamin de onze ans, avait répété pour sa défense que l'enfant l'avait provoqué. Son avocat avait révélé qu'on avait abusé de son client dans sa jeunesse.

Œil pour œil, dent pour dent ?

Graham éprouva du dépit : n'avait-elle pas, un peu plus tôt, légitimé la vengeance des victimes ? Comment combattre le mal sans adopter les armes du mal ? Les spécialistes étaient convaincus de l'utilité des thérapies auprès des déviants sexuels ; Graham espérait qu'ils avaient raison. Comment néanmoins séparer les violeurs repentants des violeurs psychopathes ? À qui offrir une chance de rédemption sans qu'il y ait danger de récidive ? Qui croire ? Le violeur conscient de son problème et qui acceptait de le régler en suivant une thérapie — il y en avait, de ces hommes, même s'il était exceptionnel qu'ils se dénoncent eux-mêmes — ou le fauve qui pensait à sa prochaine victime avant même d'être libéré ? Envoyer tous les pères incestueux en prison n'était pas la solution idéale, Graham ayant vu trop de fillettes se sentir responsables de l'éclatement de leur famille, mais comment protéger celles-ci adéquatement ?

Elle n'avait pas de réponse à cette question. Elle lissa ses cheveux, les tira vers l'arrière pour les rattacher, y renonça, les secoua. Elle rangea les dossiers en se demandant ce qui lui avait échappé : quel était le récidiviste qui marquait maintenant ses proies ? M, J, L. Combien de lettres comptait-il graver dans la peau de ses victimes ? Quelle nouvelle torture l'éclairerait sur l'identité du scribe ?

L'autopsie apporterait peut-être de nouveaux éléments... Alain Gagnon discuterait avec ses collègues montréalais à la première heure le lendemain.

Alain. Elle le verrait à midi trente.

Graham aurait voulu parler à Léa, lui confier ses doutes amoureux. Mais il était près de minuit, et sa meilleure amie était sûrement couchée.

Grégoire travaillait-il ?

Elle enfila son imperméable, attrapa son sac à main et quitta son bureau en espérant croiser Grégoire dans le quartier Saint-Jean-Baptiste.

* * *

La rue d'Aiguillon était très calme et les pas des rares personnes qui s'étaient décidées à sortir malgré l'humidité du soir résonnaient jusqu'aux oreilles de Grégoire, qui arpentait les abords de la taverne Mallette, remontait la côte Sainte-Geneviève, s'attardait devant une vitrine. Il entendit tousser derrière lui, se composa un sourire aguicheur, mais changea d'attitude dès qu'il reconnut Maud Graham.

— Biscuit ? Tu traînes dehors à cette heure-là ?

— Tu travailles tard, toi aussi.

— Ça pogne pas mal ce soir. Même si c'est pas un soir de paye. Le jeudi, c'est bon. Je sais pas pourquoi. Je dois être encore plus beau, le jeudi, certain.

Graham fit mine de l'examiner avant de déclarer qu'il était magnifique.

— Qu'est-ce que tu me veux, Biscuit ?

Elle protesta. Quand comprendrait-il qu'elle n'attendait rien de lui ?

— On attend toujours quelque chose de quelqu'un, tu devrais savoir ça à ton âge. Là, par exemple, tu veux jaser pis je suis le seul qui est debout à cette heure-ci.

Pourquoi était-il toujours si lucide ? Elle lui proposa d'aller boire un verre, un café. Ou de manger une bouchée.

— T'as lâché ton régime ?

— Qui t'a dit ça ?

Seule Léa connaissait son secret ; elle refusait qu'on se moque d'elle si les résultats n'étaient pas concluants. Ou si elle abandonnait le régime dans une semaine ou deux.

Grégoire s'amusa de son étonnement, lui fit part de ses déductions : elle n'avait mangé ni pain ni pommes de terre quand ils avaient dîné ensemble la dernière fois.

— Tu adores le pain et les patates pilées. Et la pizza. Ça fait longtemps qu'on n'en a pas mangé… Il me semble que ça serait bon, une belle pâte croustillante avec des morceaux de pepperoni et plein de fromage fondu et…

— Arrête ! Tu es sadique. Viens, mon auto est en stationnement interdit.

— Pis ? T'es une police. Tes *chums* te mettront pas de ticket.

Graham soupira exagérément et s'éloigna vers sa voiture. Grégoire la suivit en imposant une restriction.

— Je voudrais rester dans le secteur, Biscuit. J'ai des bonnes chances à la fermeture des bars. Ceux qui ont vraiment pas envie de passer la nuit tout seuls me découvrent sur leur chemin…

Graham gara sa voiture non loin du Chantauteuil. Ils s'installèrent au fond de la salle. Graham enleva son imper, le plia avant de le déposer sur le dossier d'une chaise.

— Qu'est-ce qu'y a ? Accouche !

Elle se mordit les lèvres.

— C'est quoi ton problème ? Gagnon ? Dis-moi pas que c'est fini ?

Non. Mais s'il la quittait ? Que ferait-elle alors ?

Grégoire lui tapota l'épaule, mi-paternel, mi-taquin. Allait-elle refuser de vivre une histoire d'amour pour éviter de vivre une rupture ?

— Tu laisserais tomber Gagnon pour pas qu'il te *flushe* ? Ça t'avance à rien. T'es *chicken,* Biscuit. À ton âge, tu devrais être contente qu'un petit jeune s'intéresse à toi. Ben non, il faut que tu compliques tout. T'as pas assez de ta job pour te donner du trouble ?

Elle trempa ses lèvres dans son spritzer en regardant la bière de Grégoire avec envie. Combien de calories par verre de bière ? par gorgée ? Le prostitué essuya la mousse au coin de sa lèvre supérieure, observa Graham qui gardait le silence : était-elle vexée par sa remarque sur son âge ?

— C'était une farce, Biscuit. T'es pas vieille. Tu devrais seulement changer de lunettes.

— De lunettes ? Tu n'as fait aucun commentaire sur elles en deux ans.

— Justement. Ça serait le temps que tu en achètes d'autres.

— Elles sont encore parfaitement adaptées. Ma vue n'a pas baissé depuis cinq ans. Je ne suis même pas presbyte.

Graham n'avait pas grandi dans une famille où l'on jette les lunettes par les fenêtres quand leur style est démodé. Le gaspillage la choquait. Elle cirait ses chaussures, prenait soin de ses vêtements, les usait et conservait même les pièces qui ne lui allaient plus au cas où elle retrouverait miraculeusement la taille de ses trente ans. Pourquoi devrait-elle racheter jupes et pantalons ? Elle rangeait les vêtements dans des boîtes au sous-sol de sa maison, bien emballés dans du papier de soie, parsemés de boules à mites, et se promettait de les ressortir un jour. De les mettre pour Alain Gagnon.

— J'ai vu des beaux modèles dans une vitrine, sur Cartier. Je suis sûr qu'elles te feraient bien. Si t'as pas changé de vue, ça sera pas long. Ils vont copier ta prescription sur tes anciennes lunettes.

— Tu es bien renseigné.

— On pourrait y aller demain.

Demain ? Avant ou après son dîner avec Alain ? Entre la séance d'information du matin et les résultats de l'autopsie ou à la fin de la journée ? Si elle finissait.

— J'ai beaucoup d'ouvrage demain. Un million de dossiers à revoir.

— Sur quoi ?

— Un violeur.

— Il doit y en avoir un bon paquet. Qu'est-ce qu'il a de spécial ?

— Il marque ses victimes d'une croix au sein gauche avec un couteau. Un vrai malade.

Graham avait depuis longtemps compris que Grégoire ne la trahirait pas, ne raconterait à personne ce qu'elle n'avait pas le droit de lui dire. Il était capable de garder un secret, et cette confiance était mutuelle ; elle devait être une des rares personnes — peut-être la seule — à savoir que son oncle avait abusé de lui quand il était enfant.

Grégoire se tâta la poitrine, grimaça tandis que Graham reproduisait maladroitement la blessure en croix et la lettre J sur un bout de papier. Elle lui tendit le dessin, qu'il examina en cherchant comment il pourrait aider son amie.

— Il y a eu une autre victime ce soir. Et celle-ci est morte.

— Il les tue astheure ?

— Non, elle était tellement épouvantée qu'elle s'est jetée devant une voiture sans…

— Le câlice ! Qu'est-ce que vous avez sur le bonhomme ?

— Pas grand-chose d'autre que cette signature étrange.

— Il viole seulement des filles ?

— Pour l'instant, oui.

— À quoi elles ressemblent ?

À des femmes ordinaires, ni belles, ni laides, ni riches, ni pauvres, ni grandes, ni petites. Ni maigres ni grosses. Ni très jeunes ni très vieilles.

— À part le fait qu'elles sont toutes plus ou moins blondes, rien ne les relie l'une à l'autre. Des Madame Tout-le-monde, comme moi, comme elles.

Graham désignait les cinq clientes attablées près de l'entrée. Elles riaient beaucoup, fêtant l'anniversaire de l'une d'entre elles. Graham n'avait jamais connu les *partys* de filles. Ni aucun autre d'ailleurs. S'amuser ne faisait pas partie de ses priorités et elle n'aimait pas les soirées en groupe. Cinq ou six fois par année, elle s'obligeait à sortir avec ses collègues, mais elle faisait des efforts surhumains pour garder le sourire quand ils quittaient le resto pour continuer la soirée dans un bar. Elle s'assoyait toujours à côté de Berthier ou de Rouaix, car ils parlaient moins que ses autres collègues ; pour la raison inverse, elle fuyait Anne Despaties et Roger Moreau, qui mettaient un temps interminable à raconter des histoires sans intérêt.

— Elles n'ont rien de particulier. Comme moi, je te le répète.

— Arrête donc ! Ton petit docteur n'a pas l'air de te trouver si ordinaire. Pis avec des nouvelles lunettes…

— Je vais y réfléchir. Je n'avais pas envisagé d'en acheter.

— Il faut que tu dépenses un peu de *cash* si tu veux qu'il continue à s'intéresser à toi.

— Je pourrais peut-être regarder des modèles demain. Si on s'appelait vers cinq heures ?

Ce n'était pas le moment idéal, puisqu'il travaillerait dans les centres commerciaux. Cependant, entre deux clients qui s'échappaient vers les toilettes pour une fellation tandis que leurs femmes essayaient des robes, il s'arrangerait pour téléphoner à la détective. Il aurait toujours du temps pour Biscuit.

— Tu es sûr que les lunettes vont m'aller ?

— Certain, j'ai du goût. Écoute-moi, pour une fois. Je connais les hommes mieux que toi. Je sais ce qui va plaire à ton beau docteur.

Elle faillit rétorquer que les hommes qu'il rencontrait n'avaient rien en commun avec Alain Gagnon, mais elle se contenta de sourire. L'idée d'acheter des lunettes neuves la séduisait ; elle cesserait de s'obstiner à souffrir avec ses verres de contact.

La nuit lui parut plus douce quand ils sortirent du Chantauteuil, plus amicale. En se rendant à sa voiture, rue d'Auteuil, Graham entendit un cheval s'ébrouer. Elle aurait bien aimé faire un tour de calèche avec Alain Gagnon, mais jamais elle n'oserait le lui avouer. N'empêche, elle devait avoir vu des centaines de couples se promener ainsi dans la cité, écoutant distraitement les descriptions touristiques du cocher, repérant un petit resto rue Saint-Louis, une superbe terrasse un peu plus haut, critiquant la laideur du complexe G. Graham aurait voulu glisser sa main dans celle d'Alain Gagnon, s'informer du nom du cheval — Zaza — et souhaiter que cette jument les entraîne au-delà des portes, au-delà des plaines d'Abraham, au-delà du fleuve qui coulait au loin.

Chapitre 2

Le réveil indiquait 1 h 20 quand Suzanne Geremelek entendit le cri de Marie-Ève. Elle sauta en bas du lit tandis que son mari se frottait les yeux en repoussant les couvertures.

— J'y vais. Elle a encore rêvé.

Rêvé de quoi ? De qui ? Suzanne avait interrogé sa fille, mais celle-ci soutenait qu'elle ne se souvenait pas de ses cauchemars. Suzanne pensait que Marie-Ève lui mentait autant la nuit que le jour et que ses rêves devaient être épouvantables. Et pourtant, ils ne pouvaient pas être aussi terribles que les siens. Marie-Ève ne se souvenait pas de la mort de son jumeau, puisqu'elle n'avait alors que quinze mois. Les magnifiques yeux pers du bébé ne la hantaient pas en permanence... Oh ! ses cils si longs, si fins, aussi ténus que le fil de soie d'une épeire, qui tenaient Suzanne captive, tissant autour d'elle des silences néfastes, oh ! son regard trop pur, trop confiant, qui disparaissait sous les longs cils, sous les paupières livides à tout jamais closes. Comme les volets d'une maison déserte où Suzanne demeurait prisonnière, une maison glacée où elle ne réussirait pas à réchauffer son cœur, où elle regardait la vie s'écouler, transie et désespérée.

Les cauchemars de Marie-Ève étaient certes angoissants, mais ils n'étaient pas pétris d'une létale culpabilité. Comment Suzanne avait-elle pu se laisser entraîner dans le lit de la chambre voisine de celle d'Éric sans deviner que celui-ci allait s'asphyxier ? Elle se demandait encore aujourd'hui pourquoi elle ne s'était pas suicidée aussitôt, pourquoi elle n'avait pas suivi son ange dans la mort.

Pour Marie-Ève, vraisemblablement. Marie-Ève qui la renvoyait à son péché sans le savoir, Marie-Ève et ses yeux noisette, pareils aux siens, qui avaient vu Éric se pâmer et mourir et son âme si blanche s'envoler après quelques secondes, fuyant cette terre de douleur et d'épreuves. Suzanne lisait une accusation dans l'œil de sa fille depuis la mort de son jumeau. Elle voyait des éclairs figer les prunelles roussâtres dans un méchant questionnement. Et elle approuvait cette condamnation méritée, elle aimait ce témoin du drame qu'elle avait vécu treize ans auparavant. Elle aimait la jumelle d'Éric parce qu'elle avait partagé son ventre avec lui. Parce qu'elle était née en premier pour lui ouvrir le chemin, faciliter son expulsion de l'utérus, parce qu'elle avait moins tété que son frère, devinant qu'il devait profiter davantage de la vie avant de mourir.

Marie-Ève avait été une enfant si docile, si souple. Et si difficile. Elle parlait très peu. Comme si, durant la grossesse de sa mère, le silence de celle-ci l'avait nourrie.

Il n'y avait que des silences dans leur histoire. D'interminables tunnels d'où ne jaillissait jamais la lumière.

Suzanne poussa la porte de la chambre ; Marie-Ève s'était calmée et dormait roulée en boule sur son flanc gauche, l'oreiller pressé contre sa poitrine. Cherchait-elle à retrouver la présence de son jumeau ?

Non. Il ne lui manquait pas. Elle était trop jeune. Elle ne pouvait pas se souvenir. Il ne le fallait pas. Sinon elle souffrirait. Suzanne s'avança vers Marie-Ève, caressa ses cheveux après s'être assurée que sa fille dormait profondément. Elle ressortit de la chambre, se dirigea vers le salon, ôta des livres de la bibliothèque, tira une petite boîte, l'ouvrit et contempla les dizaines de clés qu'elle y avait cachées. Des dorées, des argentées, des brillantes, des mates, des carrées, des rondes, des hexagonales, des sobres, des tarabiscotées, des légères, des lourdes, des énormes, des minuscules, des moyennes, des anonymes, des clés, des clés, encore des clés qui n'ouvriraient rien. Qui gisaient dans cette boîte de fer-blanc avec le bonnet de baptême d'Éric. Suzanne passa le ruban jauni sur ses lèvres, ses yeux s'emplirent de larmes qui refusèrent de couler. Elle alla dans la cuisine chercher un verre d'eau. Hésita. Prendrait-elle ses nouveaux somnifères ?

* * *

Maud Graham confia à son chat qu'elle était héroïque d'avoir résisté à l'envie de prendre une bière au lieu d'un spritzer.

— Toi, tu peux tout te permettre, Léo, tu ne grossis pas.

Le chat sauta sur ses genoux dès qu'elle s'assit devant le téléviseur. Il piétina ses cuisses quelques secondes et finit par se blottir, les pattes en manchon, en ronronnant. Graham lui murmura qu'elle l'adorait en lui grattant le cou et le derrière des oreilles avant de s'emparer de la télécommande. Chaîne météo. Quel temps ferait-il le lendemain midi ? Porterait-elle son chandail vert ou sa veste grise ? Ce dernier vêtement n'était pas bien chaud, mais la couleur mettait ses yeux en valeur, disait Léa.

Il pleuvrait. Probabilités d'averse de soixante pour cent. Elle traînerait son vieil imperméable. C'était mieux ainsi, tout compte fait, car Alain ne devait pas s'apercevoir des efforts qu'elle faisait pour lui plaire. Il fallait paraître naturelle, avait dit Léa. Comment être naturelle quand on refuse de tendre les mains de peur qu'elles soient moites ? Quand le cœur bat si vite que le sang n'a même pas le loisir de s'y purifier avant de repartir dans les veines, avant de monter au cerveau anxieux et affolé ? Naturelle ? Faire semblant que tout était normal, habituel, banal, simple, logique ? Comme si elle n'était pas amoureuse ? Est-ce que Léa avait oublié sa rencontre avec Laurent ? Graham en avait entendu parler des heures et des heures.

Graham éteignit le téléviseur. Un miaulement de Léo la ramena sur terre et elle remplit aux deux tiers son bol de croquettes avant d'aller se coucher.

Quand elle éteignit les dernières lumières, Steeve Tremblay, qui devinait ses allées et venues derrière les rideaux du salon, abandonna son poste d'observation. Souriant, il jeta par terre le foulard de Jacinthe Laurier, puis remonta la rue Holland jusqu'au chemin Sainte-Foy, où il avait garé sa Toyota. Il faillit faire demi-tour en sens interdit, mais songea que ce serait trop bête de se faire arrêter et d'attirer l'attention des policiers.

Cinq heures plus tard, un dalmatien renifla le carré de soie. Il émit un jappement en reconnaissant l'odeur de la peur et rapporta l'objet à son maître, qui joggait derrière lui. Bernard Poitras déplia le foulard. Il savait apprécier la bonne qualité ; c'était de la vraie soie, pas une de ces imitations qui se fanent lorsqu'on les touche.

Le chien couina quelques minutes, tenta de mordiller le carré de soie ; les humains étaient si sots parfois. Son maître devait se défaire de ce foulard, se débarrasser de l'horrible odeur dont il était imprégné. Mais non, Bernard Poitras glissa le carré dans la poche de son survêtement avant de repartir vers le bois de Coulonges. Il n'avait rien senti, rien détecté.

Graham aurait-elle soupçonné ces relents de terreur ? Peut-être. Sans doute. Elle connaissait cette amertume à la fois acide et pourrie qu'on sécrète juste après l'adrénaline. Cette âcreté piquante, entêtante qui mouille votre tee-shirt dans un long frisson. Graham avait senti à plusieurs reprises sa propre peur, s'était étonnée chaque fois d'avoir perdu sa teneur saline au profit d'une essence aigrelette, collante, gênante. Bien des témoins, bien des prisonniers avaient empli les salles d'interrogatoires de ces miasmes tenaces qui flottaient par-dessus l'eau de Cologne, la transpiration, le tabac, le bon savon ou la crasse. Graham aurait flairé l'épouvante de Jacinthe Laurier. Et sûrement son parfum. *Rive gauche* était si facilement identifiable. Elle l'avait tout de suite reconnu lorsqu'elle s'était penchée sur la victime.

C'est à ce parfum que Graham pensait en garant sa voiture en face de la centrale de police après une courte nuit. Elle imaginait une Jacinthe Laurier joyeuse, dynamique, primesautière comme le parfum d'Yves Saint Laurent. Les notes de gardénia, de rose, de chèvrefeuille et de santal résonnaient comme des éclats de rire, taquinaient l'esprit, lui faisaient croire à un éternel printemps.

Il n'y aurait plus aucun printemps pour cette Jacinthe Laurier qui avait un nom prédestiné à porter de jolis parfums. Plus d'été. Plus d'automne. Qu'un interminable hiver au fond de la terre.

Et une brûlure dans son ventre profané.

André Rouaix s'approcha de Graham.

— Qu'est-ce qu'il nous chante, le Violeur à la croix ? Il va continuer longtemps à marquer des victimes ? Est-ce que Jacinthe Laurier est aussi blonde que les deux autres ?

— Non, un peu plus châtaine. Mais pâle tout de même.

— C'est le seul lien entre les victimes. Jacinthe Laurier n'habitait pas dans le même quartier que les deux autres. Elle vivait à Charlesbourg.

— Lucie et Andrée-Anne ne se connaissaient pas. Elles-mêmes ne voient aucun lien entre elles. Souviens-toi du Collectionneur, qui trouvait ses proies au gym. Mais on a fait le tour de leurs activités, des voyages de chacune, de leurs fréquentations, sans rien trouver en commun. Elles n'ont ni étudié ensemble ni travaillé pour le même patron.

— Qui se vengerait d'elles ? Pourquoi ?

— Certains hommes n'ont pas besoin de motifs pour violer des femmes ou les tuer.

Rouaix acquiesça. Lors du dernier procès pour viol auquel il avait assisté, on avait parlé des « pulsions » incontrôlables du criminel. Il y avait encore des avocats qui présentaient leurs clients comme des innocents, victimes de leur virilité. Et il y avait des juges assez crétins pour croire qu'un homme peut se tromper sur la volonté d'une femme quand elle dit non, non et non, crie, hurle, se débat.

— Ouais, ce n'est pas le même genre de femme, le viol n'a pas eu lieu dans le même quartier, ni à la même heure, mais on va voir rappliquer les mêmes journalistes que d'habitude. Ils ne savent toujours rien d'Andrée-Anne Jobin ou de Lucie Boutet...

Berthier, qui avait suivi leur conversation, déclara que les journalistes répéteraient les niaiseries coutumières.

— Ils vont nous critiquer, quoi qu'on leur dise. On gage ?

Personne ne souhaitait perdre de l'argent. Berthier se replongea dans les dossiers des criminels sexuels tandis que Graham répétait qu'il fallait découvrir quel lien unissait les victimes.

— Ça fait deux mois qu'on cherche, marmonna Moreau.

— Si tu es pressé, fais de la course automobile, rétorqua Graham.

Elle était de mauvaise foi. Elle aurait bien voulu trouver immédiatement un indice, mais elle n'aimait pas Roger Moreau. Toujours en train de se plaindre, de récriminer, geignard et hargneux. Elle regarda les photos d'Andrée-Anne et de Lucie, les repoussa avant de relire leurs déclarations. Elle les savait par cœur ces maudits cauchemars, ces concentrés d'effroi. Les cicatrices des victimes s'effaceraient, mais leur mémoire conserverait à jamais la terreur de l'agression, des tortures infligées, de l'humiliation, de l'abjection.

Et si cet indice avait fait surface dans les cauchemars qui hantaient les victimes ? Pouvait-elle sonner à leur porte, ding dong, c'est moi, racontez de nouveau votre histoire à ne pas dormir la nuit ? Devait-elle insister ?

Elle décida de rencontrer le psychologue attaché aux services de police. Il était entré en fonction la semaine précédente. Il avait l'air un peu perdu, mais le consulter ne nuirait sûrement pas à l'enquête.

Graham passa devant le distributeur, dévora des yeux les sacs de chips et s'enfuit vers l'ascenseur. *Vade retro, Satana.*

* * *

Marie-Ève Geremelek froissa son sac de chips au vinaigre vide et chercha une poubelle aux abords du cimetière St. Matthews. Elle aimait beaucoup ce minuscule cimetière où l'on avait érigé récemment une sculpture très moderne. *La tour de l'alchimiste.* Elle ne savait pas si elle appréciait cette colonne qu'elle contournait fréquemment depuis le début de l'année scolaire. Elle s'agenouillait près de la tombe qu'elle avait élue et elle confiait à Éric, ce frère qu'elle n'avait pas connu, la chance qu'il avait d'être mort si jeune. Personne ne l'embêtait, lui, personne ne l'obligeait à taire ses désirs. Il avait la paix. Et même s'il avait vécu, leurs parents auraient été plus tolérants avec lui parce que c'était un garçon. Ils n'auraient pas toujours été sur son dos, à lui donner un million d'ordres et de conseils. Pensaient-ils qu'elle était encore un bébé ? Les adultes étaient frustrants !

Un timide rai de soleil bordait la pierre tombale, dentelle dorée allégeant le grès, le rendant presque gai, invitant. De magnifiques feuilles écarlates valaient tous les bouquets d'œillets qui se fanaient sur la tombe voisine. Marie-Ève enleva un papier gras que le vent avait poussé sur les feuilles avant de s'asseoir et de rouler un joint.

— C'est du bon stock, Jumeau. C'est Charlotte qui l'a acheté. J'y ai déjà goûté.

Marie-Ève n'avait jamais appelé son frère par son prénom. Tout le monde parlait d'Éric, mais elle seule pouvait lui dire Jumeau.

— Suzanne capote toujours autant. Elle a encore volé des vêtements pour toi. Elle pense que je ne le sais pas. Elle est folle ! Elle ne veut même pas que je voie mon grand-père ! Parce qu'elle s'est fâchée avec lui il y a mille ans, il faudrait que toute la famille le haïsse. Comme si je n'étais pas capable de décider qui j'aime ou non ! Le grand-père de Charlotte lui fait des gros cadeaux ! Elle a reçu un walkman pour ses CD à sa fête. Ça fait deux mois que j'en demande un,

34

mais c'est comme s'ils étaient sourds. Ils me parlent juste de mes notes en classe. Est-ce que c'est de ma faute si je suis poche en français ? Je déteste ça, la lecture, à part les *Chair de poule*.

Et le dernier bouquin que lui avait fait lire Charlotte. C'est depuis cette lecture que Marie-Ève venait au cimetière ; elle était persuadée qu'elle pouvait rejoindre l'âme de son jumeau. Dans l'ouvrage portant sur les esprits, elle avait appris que les adolescentes sont d'excellents médiums, car elles absorbent bien les courants telluriques, et leur disponibilité, leur curiosité attirent les fantômes.

Marie-Ève croyait aux spectres et les aimait, ressentait ce qu'ils vivaient ; ils erraient dans le temps et dans l'espace parce que personne ne les avait compris. Elle devait délivrer Jumeau ; il n'avait pas vraiment quitté le monde des vivants parce que sa moitié lui manquait.

Elle s'entretiendrait bientôt avec Éric. En compagnie de Charlotte, elle ferait tourner les tables, elles avaient déjà sorti le Oui-ja. Charlotte avait rêvé qu'Éric lui souriait, et la dernière fois qu'elle avait fumé du hasch, elle l'avait entendu lui dire de tenir bon contre ses parents. En quoi cela pouvait bien déranger son père qu'elle se fasse percer la lèvre supérieure ? Ce n'est pas lui qui souffrirait quand on passerait l'anneau dans la chair !

Le vent se leva, Marie-Ève remonta le col de son blouson, se redressa ; déjà midi et demi. Sans la présence de Charlotte à l'école, elle serait restée en ville à traîner. Qu'est-ce que ça lui apporterait dans la vie d'apprendre des équations mathématiques ?

Elle sortit du cimetière sans remarquer Grégoire, qu'un client avait déposé en face du Ballon rouge, pourtant fermé à cette heure. Un client qui l'avait payé généreusement afin de le garder toute la nuit même s'il était trop ivre pour pouvoir profiter de ses talents. Il avait promis au prostitué qu'ils se reverraient. Qu'il allait s'occuper de lui. Il lui avait donné son numéro de téléphone cellulaire, lui répétant qu'il pouvait l'appeler en tout temps. Grégoire déchiffrait le numéro inscrit sur une pochette d'allumettes quand la mèche verte tranchant sur la chevelure noire de Marie-Ève attira son regard. Il se rappelait l'avoir déjà vue dans les parages, car l'adolescente était très jolie. Sa crinière mettait en valeur la fraîcheur de son teint ; l'épi vert tombait sur son visage comme le feuillage d'un rosier grimpant. Oui, elle ressemblait à une fleur à peine éclose, satinée.

Que faisait-elle au cimetière ? Elle ne devait pas avoir plus de quatorze ans. Exerçait-elle le même métier que lui ? Probablement pas, car elle tenait un cartable dans ses mains. Il la suivit jusqu'au carré d'Youville, où la grande aiguille de l'horloge marquait la demie. Biscuit Graham devait dévorer des yeux son petit docteur à cette minute précise. Où avait-elle dit qu'elle le rencontrerait ? À L'Échaudé. Le doc avait du goût pour les restaurants, il fallait lui accorder ça. N'avait-il pas emmené Graham au Laurie Raphaël ? Elle en avait parlé pendant un mois !

Grégoire décida de rentrer chez lui à pied ; il adorait le souffle de la bise, qui lui éclaircissait les esprits, chassait les vapeurs d'alcool de la nuit. Il releva ses lunettes noires sur son front pour savourer le vent et remonta la rue Saint-Jean. Marie-Ève marchait à quelques mètres devant lui. Elle s'arrêta devant la boutique d'un disquaire, poussa la porte de l'épicerie voisine, en ressortit avec un sandwich dans lequel elle mordit avec appétit, puis elle accéléra le pas en bas de la côte de la Fabrique, bifurqua vers la rue Couillard.

Elle devait étudier au Petit Séminaire de Québec.

Grégoire se rappela que son ami Pierre-Yves avait étudié au Séminaire. Il avait adoré l'endroit. Il se souvenait de ses professeurs avec reconnaissance. Quand Grégoire rendait visite au chef cuisinier, celui-ci lui racontait souvent des anecdotes vécues dans les murs de la vénérable institution.

Grégoire n'avait pas de tels souvenirs d'une vie estudiantine. À l'époque, il était drogué à longueur de journée. De semaine. De mois. D'année. Il ne se souvenait pas de ce qu'il avait étudié, à peine des élèves et des enseignants. Quand on l'avait mis à la porte de la polyvalente, Grégoire n'assistait déjà plus qu'à la moitié des cours. Ceux de français, d'histoire et de géographie, car les romans et les atlas titillaient son goût pour une autre sorte de voyage.

L'avait-il perdu ? Hier soir, avant de s'endormir, son client lui avait proposé un voyage à New York. Grégoire n'avait pas réagi. Le client avait cru qu'il manifestait son indépendance, mais le prostitué ne savait simplement pas quoi répondre. Deux adolescentes sortirent du Temporel, crièrent « Marie-Ève » ; la fille à la mèche verte s'arrêta pour les attendre. Elle ne revint pas sur ses pas, leur sourit mollement, un brin condescendante. Une femme quitta à son tour le café. Grégoire, qui venait de se décider à aller y manger un gâteau au chocolat, reconnut Léa Boyer. Il avait vu plusieurs photos d'elle chez Graham et il l'avait aperçue à la soirée-bénéfice quelques mois plus tôt. Il la dévisagea sans vergogne. Léa le fixa un instant, intriguée.

— On se connaît ? finit-elle par demander.

— Je connais ta chum. La police. J'ai vu des photos de toi.

Le ton de Grégoire était provocateur, mais son regard manquait de détermination. Il était pâle, d'un gris-vert très soyeux. « La couleur d'une promesse de printemps », disait Graham.

— Des photos de moi ? Où ?

— Chez Biscuit… Graham. J'ai une mémoire écœurante.

— Tu es chanceux.

Non. Ce n'était pas une bénédiction de se souvenir de tant de choses. S'il en avait oublié un bon paquet, il n'avait pas réussi à gommer l'image de son oncle sur lui, l'indifférence de sa mère.

— Grégoire ? hasarda Léa. C'est ça ? Qu'est-ce que tu fais là ?

— Tu poses autant de questions que ta chum de fille ?

— Toi aussi, tu en poses. Tu allais prendre un café ?

— Non.

Il ne mentait pas. Il avait imaginé une pâtisserie, mais maintenant il avait envie d'observer davantage Léa.

— T'as quelque chose de changé, déclara Grégoire après l'avoir examinée. Tes cheveux.

Léa s'approcha de lui, fit mine de vouloir l'embrasser même si elle devinait que Grégoire était encore plus pudique que Graham en ce qui concernait les démonstrations d'affection.

— Tu es le premier représentant de la gent masculine à s'en rendre compte depuis hier. Mon mari n'a rien vu ! Mon fils non plus. Est-ce que ça me va bien ?

Léa avait changé la couleur de ses cheveux, optant pour un blond vénitien presque roux.

— Ce n'est pas aussi lumineux que ceux de Maud ; je ne pouvais quand même pas la copier complètement. Mais j'avais envie de changement.

Elle hésita, se décida à marcher en espérant que Grégoire la suivrait. Il lui emboîta le pas après quelques secondes.

— Marie-Ève, tu la connais ?

— Marie-Ève ? Marie-Ève qui ? Il y en a des dizaines à l'école. C'est le nom le plus populaire.

— Elle a une mèche verte.

— Ah, la petite Geremelek. Elle est de ton goût ?

Léa rougit aussitôt ; elle savait pertinemment que Grégoire était gai. Pourquoi avait-elle voulu le taquiner ?

— Biscuit t'a pas dit que je suis une tapette ?

— Je l'avais oublié. Tu es tellement le genre de gars avec qui mes élèves voudraient sortir.

— Oui, je suis *cute* et j'ai une veste de cuir.

— Qu'est-ce que tu veux à Marie-Ève ?

Grégoire fit un geste vague de la main. Ce n'était pas si important. Ça ne la regardait même pas. Léa Boyer insista pour qu'il se confie.

— Penses-tu que c'est normal qu'elle se tienne au cimetière St. Matthews ? Ça fait trois, quatre fois que je la vois dans ce coin-là.

— Au cimetière ?

Il acquiesça, soulagé ; Léa s'interrogerait sur le comportement de Marie-Ève à sa place. Le monde était petit, la ville de Québec surtout. Ça l'agaçait parfois de voir les mêmes têtes, mais il était content d'être tombé sur Léa Boyer.

— Oui, au cimetière. C'est un coin bizarre pour tripper. Il fait trop froid pour foirer. C'est quoi son genre, à Marie-Ève ?

Le genre adolescente qui pousse la porte de votre bureau, s'assoit et se tait ou vous déballe toutes ses pensées sans pouvoir s'arrêter. Le genre qui vous confie d'étranges soucis familiaux.

— La carpe ou le mainate. Elle est muette ou trop bavarde. J'avoue que je ne la saisis pas très bien. Et pourtant, j'essaye. C'est une fille brillante qui a une petite tendance à fabuler. Elle rêve d'être une star de rock, mais elle ne fait même pas de musique. Pour l'instant, elle suit une option en Drogue 101. Je sais qu'elle fume. Trop. Je lui en ai déjà fait la remarque. Je ne voudrais pas qu'elle se fasse mettre à la porte de l'école. Elle est sensible et intelligente. Et elle en veut à la terre entière comme beaucoup d'ados…

— C'est parce que sa vie doit être trop plate.

Grégoire s'arrêta net devant la rue Sainte-Famille.

— Finalement, je vais aller manger mon gâteau.

— Pas de pizza, aujourd'hui ?

Léa connaissait son faible pour la pizza ? Graham avait donc beaucoup parlé de lui à sa meilleure amie ?

— Biscuit n'en mange pas non plus aujourd'hui.

Avec une mine de conspirateur, Grégoire apprit à Léa que Maud Graham était en train de dîner avec Alain Gagnon.

— Elle va manger du confit de canard, certain !

Grégoire pivota subitement sur ses talons et abandonna Léa devant le porche du Petit Séminaire. Elle bredouilla trop tard un au revoir, sourit en poussant les portes de l'école. Elle croyait avoir compris pourquoi Grégoire plaisait à Maud. Ils se ressemblaient, étant tous deux rétifs, sur le qui-vive, légèrement paranoïaques, à la fois timides et orgueilleux. Et terriblement pudiques. Si Graham était triste, Grégoire péchait plus par cynisme. Malgré sa jeunesse. Par moments, il courbait les épaules, et on avait l'impression que tout le poids du monde pesait sur lui. Qu'il avait vécu très longtemps. Léa connaissait ces expressions usées, infiniment lasses des enfants qui avaient été malmenés. Elle en voyait, peu heureusement, en enseignant à des adolescents, en les recevant dans son bureau après les cours. Sa porte restait toujours ouverte, mais Léa regrettait que les élèves qui avaient vraiment besoin d'aide soient si rares à en réclamer. Si elle se fiait aux statistiques selon lesquelles un enfant sur cinq était victime d'abus, un sur dix était battu, sans compter tous ceux qu'on rabrouait constamment pour bien les convaincre de leur nullité, elle avait donc devant elle, sur les trente élèves d'une classe, au moins six adolescents qui vivaient une détresse profonde et qui la cachaient à tous.

Comment les aider ? Elle en discutait parfois avec Maud. Son amie était si pessimiste qu'elle la décourageait presque, sans en être consciente, de chercher une solution. Léa continuait toutefois à tendre l'oreille, à offrir son cœur aux enfants, à les attendre. Que lui confierait Marie-Ève Geremelek ?

Chapitre 3

Suzanne Geremelek fixait les boutons de l'ascenseur sans se décider à appuyer sur l'un des deux. Elle plongea la main dans son sac, la referma sur un trousseau de clés qu'elle tritura un long moment. Quinze belles clés. Ses favorites. Elle se sentait coupable de préférer celles-ci aux autres qui dormaient dans la bibliothèque du salon ; il fallait aimer indifféremment. Suzanne avait toujours su que sa mère préférait son frère aîné, si semblable à elle. Pourquoi ne s'était-elle pas fait avorter quand elle était tombée enceinte huit ans après la naissance de Jérôme ? Elle avait assez répété que cette grossesse l'avait obligée à renoncer à son emploi. Avec un mari médecin, elle aurait pu se débarrasser d'un bébé. Elle n'aurait pas eu à s'en occuper. À le nourrir, à l'habiller, à le laver. Mme Labonté s'était acquittée de ces tâches d'une façon mécanique. Élevée par un robot, Suzanne avait tenté de se muer en objet, mais il était si difficile de faire taire tous ses espoirs, de cesser de rêver que sa mère la bercerait, si peu possible d'être insensible à ses remarques acerbes.

Quant à son père, il était rarement à la maison, et quand c'était le cas, elle hésitait à attirer son attention ; il était trop imprévisible. Il pouvait tout aussi bien s'amuser avec elle que la rabrouer, sortir des bonbons de ses poches ou s'asseoir dans *son* fauteuil, exiger qu'on se taise pour le laisser se reposer en paix ou s'intéresser à son bulletin scolaire avant de se plaindre à sa femme des tracas qu'il subissait à son travail. À l'entendre, il était entouré d'incompétents. Suzanne avait cru à l'époque que c'était pour cette raison qu'il était allé travailler quelques mois en Abitibi. Il avait fait des aller-retour fréquents lorsque son épouse était tombée malade, puis il était revenu définitivement lors de son décès. Il s'était vite querellé avec son fils. Lequel était parti, déménageant en Alberta chez une tante.

Suzanne s'était réjouie ; elle aurait son père pour elle seule.

Mais l'inverse s'était produit : c'était elle qui appartenait à son père. Ils avaient vécu un an sans que Suzanne devine le désir grandissant du Dr Labonté. Un an où il l'avait fait sauter sur ses genoux, l'avait chatouillée en regardant la télévision, lui avait donné de petits baisers sur le front. Et sur la bouche. Il avait déclaré qu'elle était sa poupée.

Puis il l'avait appelée « ma petite femme ». Suzanne en avait d'abord été très fière ; à onze ans et demi, elle appréciait le fait de ne plus être traitée en gamine. Elle préparait d'ailleurs un repas sur deux. Elle était très douée. Et prenait des cours de couture au couvent où elle était pensionnaire durant la semaine. Elle rêvait alors d'offrir un bel habit à son père, un habit taillé et cousu de ses propres mains.

Un jour de janvier, il y avait eu une galette des Rois. Son père avait trouvé la fève, l'avait choisie pour reine. Tous les invités du Dr Labonté avaient applaudi à cette charmante élection et Suzanne avait gardé sa couronne en papier doré toute la soirée. Elle s'était promenée dans le salon pour la faire admirer à tous les collègues de Joël Labonté, qui reconnaissaient que la fillette était bien éduquée malgré l'absence de la mère. Aucune des invitées, cependant, n'aurait voulu occuper la place de la défunte. Si Joël Labonté était bel homme, tous les membres de son service, tous les employés de l'hôpital connaissaient son égoïsme et sa rigidité. Il n'y avait pas plus conservateur que lui. On avait des rapports courtois avec le Dr Labonté, on avait fait preuve d'une certaine compassion lors du décès de son épouse, mais de là à sympathiser avec lui... Les femmes qui travaillaient à ses côtés ne se sentaient ni admirées ni désirées par le médecin. Elles remplissaient une fonction dans son service, point à la ligne. Joël Labonté portait bien mal son nom : aucune chaleur, aucune tendresse ne se dégageait de lui.

Suzanne avait placé la couronne dorée sur la table de chevet de sa chambre pour ne pas la briser. Elle l'apporterait à l'école. Elle avait écouté le brouhaha de la soirée des Rois en songeant au jour où elle danserait ; elle mettrait des talons hauts et du rouge à lèvres.

Elle avait senti un baiser sur son front.

— Papa ? avait-elle murmuré.

— Tu es ma petite reine.

Il l'avait embrassée, elle avait senti sa langue fouiller la sienne. Elle avait cru qu'elle l'avalerait et qu'elle étoufferait. Que faisait son papa ? Elle était trop saisie pour protester. Qui était cet étranger qui prenait possession de son père, qui transformait son visage en une grimace ? Il s'était détaché d'elle ; il était tendu, le teint rouge, il tremblait. Elle avait pensé un instant qu'il était malade ou fou. Il avait dit que c'était sa faute ; on n'avait pas idée d'être aussi belle !

Il était revenu le surlendemain dans sa chambre. Il avait enfoui une main sous les couvertures, puis deux. Avait cherché les siennes, les avait posées sur son sexe. Maintenant qu'elle était couronnée, il fallait qu'elle connaisse mieux son roi.

Suzanne Geremelek appuya un index raide sur le bouton de l'ascenseur. Comment parvenait-elle encore à voir son père ? Elle avait un goût de boue sous le palais, indélébile, éternel. Elle mangeait des plats très épicés en espérant que cette fange qui tapissait sa bouche disparaîtrait sous le feu des piments, mais l'ignominie perdurait.

Le Dr Labonté ouvrit sa porte, s'avança vers Suzanne, critique ; elle avait décidément vieilli depuis quelques années. Elle avait perdu son charme juvénile, ses seins avaient trop grossi et sa peau était moins élastique.

— Qu'est-ce que tu veux ? demanda-t-elle.

43

— Entre, donne-moi ton manteau, fit-il sur un ton galant.

Il lui souriait avec aisance, comme s'il retrouvait une bonne amie.

— Je ne te donnerai plus jamais rien.

— Suzanne, tu me fais de la peine. Il y a prescription.

Prescription? Elle devait oublier qu'il avait abusé d'elle durant toutes ces années? Oublier sa douleur, sa peur de devenir folle en se murant dans un sarcophage de silence? Ou dans un entrepôt frigorifique, oui, ce cercueil polaire où l'on met des carcasses de bêtes. N'était-elle pas de la viande? De la viande avariée? Gâchée dès l'enfance? Et il parlait de prescription?

— Prescription de pilules, oui. J'en avale beaucoup pour dormir. Et pour me réveiller. Et pour être joyeuse. J'essaie de diminuer…

— Je ne parlais pas de ça, l'interrompit-il, agacé.

— De quoi alors? De quoi? Je t'ai interdit d'appeler chez nous. Par chance, c'est moi qui ai répondu.

Il protestait. N'avait-elle pas remarqué qu'il avait justement téléphoné en plein avant-midi, quand il n'y avait personne d'autre qu'elle à la maison? Il voulait la rencontrer plus souvent. Il s'ennuyait tellement d'elle.

— Arrête! On se voit trois fois par année et c'est bien assez.

— Je suis seul. Si seul. On devrait arrêter de se disputer et tout recommencer à zéro.

Tout?

Il ne comprenait donc pas qu'il l'avait détruite? Il continuait à se plaindre de son sort. On le respectait au travail, c'est vrai, mais il n'avait personne à qui se confier, dont il se sente proche. Il l'avait toujours dit; seule la famille comptait pour lui. Sa femme, sa fille.

— Appelle Jérôme si tu t'ennuies tant que ça.

— Tu sais bien qu'on ne s'est jamais entendus. Tandis que toi et moi, on a eu de bons moments. Tu ne peux pas prétendre le contraire.

Non, elle ne le pouvait pas. Et c'est ce qui la troublait le plus : toutes les images se superposaient, comme si un miroir était tombé, qu'il s'était brisé et que chacun des morceaux racontait sa propre histoire au lieu de lui rendre une identité dans sa totalité. Suzanne avait si fortement l'impression d'être fragmentée qu'il lui arrivait parfois de ressentir physiquement cet éclatement : un doigt ou le bout de son pied, sa fesse gauche, son œil droit manquaient de sensibilité quand elle les touchait. Comme si ces parties de son corps appartenaient à une autre femme. Elle finissait par se les réapproprier, en se répétant que le sang circulait dans toutes ses veines sans exception, mais la nuit, quand les cauchemars la harcelaient, elle redoutait la paralysie qui l'empêcherait de se débattre, de s'échapper.

— Je m'ennuie, répétait Joël Labonté.

— Tu n'avais qu'à t'entendre avec ta deuxième femme. Je ne suis pas responsable de tes bêtises.

Il se dirigea vers le buffet à pointes de diamant, ouvrit les portes d'un geste brusque, saisit une carafe de whisky et se servit un verre avant d'en offrir un à sa fille. Elle refusa.

— C'est de ta faute.

Il la tenait pour responsable de ses échecs conjugaux ; aucune femme n'avait pu remplacer Suzanne. Aucune n'était aussi docile, belle et discrète que sa petite reine.

— Ne m'appelle plus ainsi ! Je te l'interdis.

Joël Labonté changea aussitôt d'attitude. Le sourire enjôleur disparut, la voix baissa jusqu'à n'être plus qu'un murmure, infiniment plus menaçant qu'un cri de rage.

— Tu ferais mieux de revenir à de meilleurs sentiments à mon égard, ma Suzanne.

— Je ne suis plus *ta* Suzanne.

Si, elle l'était encore. Encore et pour toujours.

Elle s'effondra subitement, pareille à une marionnette dont on aurait coupé les fils. Son père disait la vérité ; il l'avait marquée de son sceau aussi sûrement qu'au fer rouge. Elle ne parviendrait jamais à se libérer de son emprise. En une nuit, il lui avait volé sa liberté, l'avait transformée en prisonnière.

— Tu n'as pas respecté tes engagements, Suzanne. Tu ne m'as pas invité chez toi pour mon anniversaire. J'espère que tu n'as pas l'intention de m'oublier à Noël ? Je serais très fâché.

Suzanne raconta qu'elle avait accompagné son mari à un congrès à Boston, mais le Dr Labonté la rabroua. Il l'avait vue sortir de chez elle le 14 septembre.

— Tu me suis ?

— Tu ne veux pas me parler, d'accord. Mais tu ne peux pas m'interdire de te regarder. Et de voir Marie-Ève. Elle ressemble de plus en plus aux Labonté. Non ?

Elle avait essayé de le nier pendant des années, mais l'adolescente était sa copie conforme.

— Alors ? À quand remets-tu le souper de mon anniversaire afin que je puisse revoir Marie-Ève ?

Suzanne se rua sur lui. Il lui emprisonna les poignets avant de les baiser.

— Tu m'excites quand tu es en colère, tu sais ?

Elle s'arracha à lui et courut vers la porte. En s'approchant de l'ascenseur, elle l'entendit crier qu'il aurait bien des choses à raconter à Denis Geremelek si elle s'entêtait à le repousser. Elle se figea, appuya le front contre les portes de l'ascenseur ; son père ne l'avait jamais menacée aussi clairement. Des vibrations la firent reculer, les portes s'ouvrirent, une voisine sortit de l'ascenseur, la dévisagea avec inquiétude.

— Ça va ?

Suzanne rectifia sa coiffure, inspira longuement.

— Je vous reconnais, vous êtes la fille de Joël, c'est ça ? Vous lui ressemblez.

Suzanne aurait préféré tenir de Belzébuth ou de la fée Carabosse, mais elle sourit poliment à la vieille dame.

Oui, elle avait été très bien éduquée.

Marie-Ève, heureusement, était plus insolente.

* * *

Léa Boyer observait avec une attention accrue l'expression tourmentée de Marie-Ève Geremelek ; elle se demandait si elle devait lui parler de sa visite au cimetière. Pour quel motif ? L'adolescente avait le droit de se promener là où elle le désirait. Si elle devait croire que Léa la surveillait, elle ne voudrait plus rien lui confier.

Marie-Ève s'était calée au fond du fauteuil mal rembourré, montrant par là qu'elle entendait rester un certain temps dans le bureau de Léa.

— Tu devrais raisonner mes parents, déclara Marie-Ève. Je n'ai jamais le droit de rien faire.

— Comme quoi ?

— Voir mon grand-père. Ma mère me l'interdit. Il vient seulement trois fois par année chez nous. À Noël, à Pâques, mais cette année, Suzanne ne l'a même pas invité pour son anniversaire. C'est dégueulasse. Il est super fin avec moi. Ce n'est pas de ma faute si elle s'est chicanée avec lui. Mais je m'en fous, je sais où habite mon grand-père. Je vais lui faire une belle surprise.

— Ta mère a sûrement ses raisons.

— Elle n'a qu'à me les expliquer si elle veut que je comprenne. Je ne suis pas une enfant. Ils me cachent tout. Mon père aussi.

— Que veux-tu dire, Marie-Ève ?

— Mon père s'imagine que je ne sais pas que ma mère collectionne des vêtements de bébé. Dans une valise en dessous de son lit.

Cette vieille valise grise contenait les pyjamas qu'avait portés Éric avant de mourir, des chaussons de laine de toutes les teintes de bleu, des bonnets, la literie brodée, sa robe de baptême en dentelle, mais également des salopettes, des tee-shirts, des pulls, des pantalons et un blouson en jeans.

— Ce sont des vêtements que mon jumeau n'a jamais portés. Elle les avait achetés d'avance. Et elle en achète

47

encore ! Mon père le sait, mais il ne fait rien. Ça ne le dérange peut-être pas que sa femme soit folle ? Parce qu'il est plus vieux qu'elle ?

— Ah oui ?

— Il a dix ans de plus. Il l'a rencontrée quand elle avait dix-sept ans. Ils se sont mariés très vite. C'est une des raisons de la chicane avec mon grand-père ; il ne voulait pas qu'elle se marie si jeune. Elle était enceinte de nous, mais il a raison, elle n'était pas obligée de se marier. À quoi ça sert le mariage ? Est-ce que les gens sont plus heureux parce qu'ils ont une bague ?

— Tes parents ne sont pas heureux ?

— Ils sont trop bizarres pour que je le sache. Des fois, ils s'entendent très bien, ils rient, ils se taquinent, et d'autres fois, ils s'ignorent. Ça dépend dans quel état est ma mère. Elle prend pas mal de pilules pour sa dépression.

— Sa dépression ?

— Façon de parler. Elle est opérationnelle. Elle traîne une petite déprime depuis des années. Et elle l'entretient avec les médicaments.

— Elle doit en avoir besoin.

— Je me demande ce qu'elle va avaler quand elle va être vieille si elle continue comme ça…

— Ta mère est très jeune. Ça t'ennuie ?

Léa Boyer était décidément perspicace. Alors que toutes ses copines l'enviaient d'avoir une mère qui pouvait passer pour sa sœur, même si elle s'habillait de façon ultraconventionnelle, Marie-Ève aurait souhaité l'inverse. Elle ne souhaitait pas être l'amie de sa mère ; elle avait des amies. Elle ne voulait pas de sœur non plus ; elle avait bien assez du fantôme de son frère.

— Ton frère est mort alors que tu étais bébé, n'est-ce pas ?

— On avait quinze mois. On est nés ensemble un 15 janvier. C'est peut-être un mauvais chiffre. Es-tu superstitieuse ?

— Un peu, j'imagine.

— Lis-tu ton horoscope ?

Léa secoua la tête.

— Moi non plus. Comme si tous les Capricorne pouvaient vivre la même affaire le même jour. C'est débile.

— Tu ne crois pas aux astres ?

Marie-Ève se rebiffa. Si elle n'ajoutait pas foi aux sottises des journaux, elle était cependant persuadée que la destinée des humains était inscrite dans les astres.

— Et comment vois-tu ton destin, ma belle ?

— Je ne veux pas d'une petite vie plate, en tout cas, affirma-t-elle à Léa. Regarde la planète ! Elle est très polluée et on construit encore des usines et des voitures. On achète toutes sortes d'affaires dont on n'a pas besoin. Je ne suis pas mieux que les autres. Je suis pire, même, parce que je suis consciente du gaspillage et que je continue à encourager la société de consommation. Je m'écœure… Nos vies sont superficielles, on le sait et on imite pourtant nos parents. Je ne veux pas devenir comme vous autres. Participer à ce système de merde !

Léa avait entendu cette tirade existentielle plus d'une fois. Elle écoutait avec intérêt les ados qui la lui servaient ; quoi de plus sain qu'un bon coup de gueule contre la société ? Cette horrible société qui détruit le sauvage pur qui se cache au fond des pauvres êtres humains lobotomisés par un excès d'information subliminale.

— On nous fait croire qu'on a besoin d'un tas de choses, poursuivait Marie-Ève, mais c'est faux. Moi, je veux être libre. Je suis libre. Ce ne sont pas mes parents qui vont m'empêcher de choisir ce que je veux être. Je fais ce que je veux.

Elle fouilla dans son cartable et tendit une photo à Léa Boyer.

— C'est mon grand-père. On a pris la photo à Noël. Il est beau, hein ? Je suis certaine qu'il y a plein de femmes autour de lui. Ma mère est en maudit parce qu'il s'est remarié, mais il a divorcé. Si elle n'aimait pas sa belle-mère, elle devrait être contente que cette femme-là l'ait quitté. En plus, il s'est marié après qu'elle-même a épousé mon père. En quoi ça la dérangeait ? Elle ne restait plus avec mon grand-père !

— Ce n'est probablement pas aussi simple que ça.

— Es-tu de mon bord ou du bord de ma mère ?

Marie-Ève se leva, prête à partir. Léa l'arrêta, jeta un coup d'œil sur la photo avant de la lui rendre.

— C'est vrai que c'est un bel homme.

On frappa à la porte, le professeur de biologie qui partageait le bureau avec Léa leur fit signe de se rasseoir ; il venait seulement chercher son manteau. Dès que Louis Vachon s'éloigna, Marie-Ève grimaça.

— Je ne l'aime pas. Il se pense drôle, mais il ne l'est pas du tout. J'espère que mon père n'est pas aussi ennuyant que lui avec ses élèves.

— Ton père ? Ah oui, c'est vrai, il enseigne la biologie à l'université.

— Au moins, on a appris les groupes sanguins au dernier cours. Je suis du même groupe que Charlotte. Elle a un oncle qui travaille dans un laboratoire et qui nous a fait un test de sang.

— Tu t'entends vraiment bien avec Charlotte, hein ? C'est une fille brillante.

— C'est presque ma sœur.

Léa allait évoquer les visites au cimetière quand Marie-Ève tapota sa montre. Sa mère venait la chercher pour l'emmener chez l'orthodontiste. Pour un dernier rendez-vous : finies les broches !

— Attends, je m'habille.

Léa attrapa son manteau bleu marine, tira une écharpe bourgogne de la manche gauche.

— J'ai assez hâte de mâcher de la gomme, fit Marie-Ève.

— Je sais ce que c'est. Moi aussi, j'ai eu des broches.

Elles bavardaient en marchant vers la sortie quand la jeune fille s'immobilisa ; elle venait de reconnaître sa mère.

— Qu'est-ce que tu fais ici ? Je t'avais dit de m'attendre dans l'auto. Je vais passer pour un bébé.

Marie-Ève disparut au bout du corridor avant que Léa ou Suzanne puissent réagir. Sa mère ébaucha un sourire : les adolescentes étaient difficiles à comprendre !

— J'avais justement l'intention de vous parler de ma fille, dit Suzanne Geremelek.

— Voulez-vous qu'on prenne rendez-vous ?

Suzanne recula : non, elle désirait s'entretenir avec elle seulement quelques minutes. Était-ce possible ?

— Pendant que Marie-Ève se rend à la voiture, on peut jaser. Je l'attends toujours une bonne demi-heure.

Léa rebroussa chemin, indiqua la porte de son bureau. Elle était contente de voir la mère de Marie-Ève. Au début de l'année, elle avait rencontré Denis Geremelek, mais Suzanne l'intriguait. Celle-ci désigna les piles de copies sur une des tables.

— Vous avez beaucoup de travail et vous prenez malgré tout le temps d'écouter les élèves.

— Je suis professeur d'histoire. Mais j'ai aussi une formation de psychologue. Les élèves le savent. Il y en a qui ont le goût de me parler. Disons que je suis une bonne oreille…

— Vous devez entendre bien des plaintes. Les ados ne sont jamais contents. Marie-Ève m'a dit qu'elle venait vous voir souvent. Ça me gêne un peu. Elle n'a pas besoin d'un psy, même si vous êtes sûrement très compétente. Ma fille n'a pas de vrais problèmes. Je ne voudrais pas qu'elle vous fasse perdre votre temps.

— J'aime les jeunes. J'aime discuter avec Marie-Ève. Comme bien des ados, elle n'est pas toujours très bien dans sa peau. Ces jours-ci d'ailleurs…

— Ma fille a mauvais caractère, l'interrompit Suzanne, mais elle a de bonnes notes. Nous sommes très fiers d'elle.

— Je n'en doute pas, madame, Marie-Ève est intelligente, sensible.

Suzanne Geremelek ne semblait pas s'être aperçue que sa fille avait découvert la drogue depuis quelques semaines, qu'elle changeait de comportement. Léa se réjouissait que Marie-Ève lui fasse encore confiance et lui parle comme elle le faisait l'année précédente, mais elle la sentait plus agressive qu'auparavant. Et moins studieuse, malgré des résultats assez satisfaisants. Chaque année, quelques élèves avaient des problèmes de consommation de drogue, mais Léa avait souvent vu les choses rentrer dans l'ordre après de solides discussions avec eux. Les moments qu'elle passait avec Marie-Ève l'aideraient peut-être à traverser la crise.

Le regard de Suzanne Geremelek était aussi insaisissable qu'une mouche. Les coups d'œil effleuraient Léa, se posaient sur un objet, puis sur un autre, revenaient à Léa, qui s'interrogeait sur son anxiété. Suzanne toussa, s'étouffa. Elle fit mine de se lever.

— Il doit y avoir une fontaine quelque part…

— Laissez, je vais vous chercher un verre d'eau.

Tout en tentant de reprendre son souffle, Suzanne Geremelek examinait le bureau de Léa. C'était donc là que Marie-Ève racontait sa vie ? Leur vie ? Assise sur cette vieille chaise en bois ? En se déplaçant vers le siège, Suzanne fit tomber le manteau que Léa avait jeté sur le dossier. Elle le ramassa, entendit un cliquetis familier : des clés tintaient dans une poche. Elle ne put résister à l'envie de s'emparer du trousseau.

Elle but d'un trait le verre d'eau que lui avait rapporté Léa, puis répéta que sa fille n'avait pas de gros ennuis.

— Je l'espère, madame Geremelek, mais Marie-Ève est plus renfermée depuis quelques semaines…

— Ça va passer. Je ne voudrais pas qu'elle vous embête trop souvent. Ni moi, d'ailleurs. Je ne vous dérangerai pas plus…

Léa la rassura avec chaleur. Elles firent quelques pas dans le couloir, croisèrent la directrice, qui retint Léa. Suzanne

Geremelek la salua aussitôt, contente d'avoir un prétexte pour interrompre leur conversation.

La vitesse à laquelle Suzanne s'éclipsa ne surprit pas Léa, distraite par la directrice. Elle discuta quelques minutes avec cette dernière, puis décida d'aller chercher Félix en premier, de le déposer à l'aréna. Sandrine l'accompagnerait au supermarché. Déjà 16 h 20 ?

Elle plongea la main dans la poche de son manteau, l'agita : où étaient ces foutues clés ? Elle tenta de se rappeler : les avait-elle déposées sur son bureau ? Elle soupira, ouvrit son sac à main pour en tirer un second trousseau. Elle n'avait pas le temps de revenir sur ses pas pour chercher le trousseau disparu. Elle pesta contre sa distraction en enfonçant la clé dans la serrure de sa voiture.

Il ferait nuit quand elle serait à la maison.

* * *

Malgré l'obscurité, Steeve Tremblay put prendre des photos de Léa quand elle rentra chez elle avec sa fille Sandrine. Elle fit plusieurs aller-retour pour transporter les sacs d'épicerie. Il était loin, mais les clichés devraient être assez bons, car il avait acheté un téléobjectif. Elle n'était pas si mal, la copine de Graham. Ça devait être une salope, comme la détective, qui avait détruit sa famille. Œil pour œil, dent pour dent. Maud Graham verrait bien ce que ça fait de se retrouver tout seul.

Le silence, d'abord. Un silence étrange règne dans la maison quand il entre chez Paul. La maison n'a jamais été aussi paisible depuis qu'il s'est installé avec son frère et ses neveux. Trop paisible. Pourquoi n'entend-il pas Mathieu courir derrière Luc, Jean réclamer une tablette de chocolat, pleurnicher parce que son camion de pompiers est brisé et Paul tenter de les faire taire ?

Ils sont là pourtant. Il y a du sang partout. Sur les meubles, sur la moquette. Paul a tué ses fils. Une balle en plein cœur pour chacun. Une dernière pour lui.

La première était-elle pour Ginette ? Elle méritait bien pire. C'est elle qui a voulu lui prendre les enfants. Sur les conseils de Maud Graham. Celle-là aussi aurait dû recevoir une balle en plein cœur ! Pas Mathieu. Pas Jean. Pas Luc. Pas son petit frère, pas Paul. Pas celui qu'il a protégé toute sa vie.

Steeve Tremblay retourna à sa voiture dès que Léa eut fermé la porte de sa maison. La première partie du spectacle était terminée. Il décida d'aller porter immédiatement les films chez Jean Coutu pour les faire développer. Il plaisanta avec l'employée, vit dans son attitude qu'il lui plaisait. Tant pis pour elle, il ne pouvait s'attarder, devant se rendre chez Graham pour vérifier si elle était rentrée. Il préférait la surveiller chez elle plutôt qu'aux abords de la centrale du parc Victoria ; il craignait que les policiers finissent par remarquer sa voiture. Il empruntait celle de Loulou, une fois sur trois, mais — prudence est mère de sûreté — il se méfiait de Graham. Paradoxalement, il était persuadé qu'elle ne pouvait pas le relier aux femmes qui étaient allées se plaindre de ses traitements au poste de police. Il ne savait pas exactement lesquelles avaient rencontré Graham ; il n'avait rien lu de précis dans les journaux ces dernières semaines. Seulement le commentaire de la détective rappelant aux femmes d'être prudentes.

Ces conseils n'avaient pas beaucoup servi à la fille qu'il avait suivie sur le campus de l'Université Laval. Et même si elle n'avait pas été tuée en se jetant devant une voiture après lui avoir échappé, elle n'aurait jamais pu le décrire, car il agressait ces femmes par-derrière, le soir, et en silence. La deuxième femme l'avait aperçu, mais ces quelques secondes n'avaient pas suffi à lui permettre de donner une bonne description. Il avait guetté son portrait-robot dans *Le Journal de Québec* sans l'y voir. Il n'avait pas de casier judiciaire. Il n'avait même jamais reçu de contraventions. Évidemment, en tant que moniteur d'auto-école, il est préférable de respecter le code de la route, et dans ce domaine comme dans tous les autres il agissait en bon citoyen. L'heure était venue d'aborder la deuxième phase de son plan : restreindre le cercle, tracer des croix plus près de Graham. S'il avait choisi ses premières victimes parce qu'elles offraient une vague ressemblance avec Ginette, il ciblait davantage les prochaines.

Tremblay s'arrêta pour acheter un hamburger, des frites et un café avant de se rendre rue Holland ; l'espace de stationnement où Graham garait sa voiture était vide. Elle devait donc travailler au parc Victoria.

À tenter de l'identifier ? Steeve Tremblay ressentit une curieuse excitation en imaginant Graham qui se souciait de lui sans connaître son nom. Elle croyait probablement qu'il était laid et gros et ne pouvait obtenir les faveurs des femmes autrement que par la force. Et qu'il était impuissant, puisqu'il ne les pénétrait pas avec son sexe. Le fatras des lolologues devait l'embrouiller, la tromper sur son compte. S'il ne prenait pas lui-même ses victimes, c'est qu'il n'aimait pas le désordre : il n'était pas un prédateur sexuel, mais un homme qui se vengeait. Il devait humilier ces femmes, mais il avait du dédain pour elles. Il ne couchait qu'avec des femmes qu'il connaissait très bien, qu'il avait longtemps suivies, sur lesquelles il s'était renseigné. Il pouvait avoir toutes les filles qu'il voulait, mais il les choisissait minutieusement maintenant. Quand il allait danser, il voyait qu'elles faisaient tout pour se rapprocher de lui, pour se coller contre ses cuisses. Ensuite, quand elles avaient eu ce qu'elles voulaient, elles se tournaient vers d'autres hommes.

Est-ce que Loulou le tromperait également ? Il sortait avec elle depuis la fin de l'été. Il n'avait rien décelé de suspect dans son comportement, mais il se souvenait de sa belle-sœur Ginette, qui avait redoublé de gentillesse avec Paul avant de le quitter. Lui-même avait eu des ennuis avec Josiane, une de ses blondes ; elle l'avait repoussé sans explication. Elle avait changé de numéro de téléphone, renvoyé ses lettres. Elle n'avait pas déménagé, heureusement, et il avait pu la punir de ces affronts. Il l'avait prise par-derrière. Elle l'avait supplié vainement. Et il s'était arrangé pour qu'elle ne puisse pas porter plainte. Pas plus qu'Alice, qui avait refusé de sortir avec lui. Elle aussi avait été surprise par sa visite.

Loulou était douce et ne cachait pas son admiration pour lui : peut-être était-elle différente des autres ? Il verrait bien. Il la surveillait. Plus que jamais il appréciait le fait que son métier de moniteur d'auto-école l'oblige à circuler dans Québec toute la journée. Il n'avait pas la sécurité d'emploi de Loulou, qui travaillait au complexe G depuis seize ans, mais il avait plus de liberté en contrepartie.

Il s'attarda quelques minutes devant la maison de Graham. Les feuilles qui frémissaient au bout de leurs branches tomberaient avant l'Halloween. Est-ce que la détective célébrerait cette fête des morts ? Penserait-elle à tous ceux qui avaient disparu par sa faute ? Si elle n'avait pas mis des idées folles dans la tête de Ginette, celle-ci n'aurait jamais voulu quitter Paul en emmenant les enfants. Pourquoi Graham s'était-elle mêlée de leur vie ? Certes Paul avait corrigé Ginette une ou deux fois. C'était normal qu'il réagisse, puisqu'elle l'avait provoqué. Mais il avait fallu qu'elle aille se plaindre au poste de police et pleurer dans le gilet de Maud Graham… La détective l'avait accompagnée dans un centre pour femmes en détresse.

En détresse ? Alors que Paul faisait vivre Ginette et les trois enfants ? Maudite menteuse !

Elle ignorait ce qu'était la détresse. Paul avait abattu sa femme dans la cuisine avant de monter dans les chambres des enfants. Elle n'avait même pas souffert. Qui avait découvert le carnage ? Qui ? Steeve avait fait preuve d'un sang-froid remarquable quand les policiers étaient arrivés sur les lieux du drame, car il pensait déjà à sa vengeance. Ce n'était pas cette Graham qui avait vu les corps de ses neveux, non, Madame avait mieux à faire, auprès d'autres femmes à qui donner des conseils matrimoniaux. Elle s'était contentée, comme tout le monde, de regarder les photos des corps dans le journal. Sans se sentir coupable. Elle avait même déclaré, à la soirée-bénéfice, quelques mois plus tard, que de regrettables accidents prouvaient que les femmes avaient besoin d'aide. Tandis qu'il l'écoutait, Tremblay riait dans sa barbe, remarquant Léa Boyer et Ghislaine Toupin qui restaient près d'elle...

* * *

Maud Graham but une gorgée de café et gémit, reposa la tasse sur son bureau. Un cerne marqua la dernière télécopie reçue concernant les criminels sexuels. Un homme était sorti de prison dans le Maine, deux mois plus tôt, après avoir purgé une peine pour viol. Se pourrait-il qu'il soit entré au Canada?

— On va arriver à l'Halloween sans résultat, dit-elle à Rouaix.

— Ne me parle pas de l'Halloween. Nicole a promis à sa sœur de garder ses garçons la fin de semaine du 31. Qui va sonner aux portes avec les petits?

— Ton fils?

— Martin a un match de hockey. Une chance qu'il est bon parce que je l'aurais obligé à suivre les enfants. Sais-tu qu'il a commencé sa saison en lion?

Oui, elle savait que Martin était le meilleur compteur de son équipe et, oui, elle savait qu'elle serait la bienvenue si elle manifestait l'envie d'assister à un match.

— Je radote, c'est ça? fit Rouaix légèrement vexé.

— Excuse-moi. C'est cette histoire de viols.

Elle sortit alors dans le couloir et se dirigea vers le distributeur, inséra la monnaie et appuya sur le bouton devant les chips B.B.Q. Elle regrettait déjà son geste quand elle constata que la machine ne lui livrait rien. Au lieu d'en être soulagée, elle donna un coup de poing sur l'appareil, puis un autre lorsque le sac tomba à ses pieds. Elle détestait que les objets lui résistent.

Elle mangea la moitié des chips trop vite et ralentit. Tant qu'à tricher, il fallait en profiter vraiment. D'autant plus que c'était sûrement le seul sac de chips qu'elle s'autoriserait avant l'Halloween.

Grégoire l'avait avertie au téléphone qu'il ne pouvait se libérer ; elle avait promis de l'attendre pour voir les montures de lunettes. Elle irait acheter des décorations avant de rentrer chez elle. Elle aimait l'Halloween. Elle adorait les bonbons, mais plus encore la liberté que lui procuraient les déguisements. Durant quelques heures, personne ne connaissait son identité ; protégée par l'anonymat de son masque, elle pouvait observer à loisir les adultes et les enfants. Fidèle à elle-même, elle préférait rester en retrait des choses et des gens. Avoir sa photo dans les journaux l'horripilait plus que tout, mais aurait-elle pu rabrouer les journalistes qui couvraient la soirée-bénéfice annuelle qu'elle marrainait avec la responsable du regroupement des femmes ?

— Ça me surprendrait que ce soit cet Américain, dit-elle en tapotant la télécopie.

— Ah, pour ce qui est des malades, on a tout ce qu'il faut ici... Il va recommencer.

— Oui. Et on ne sera pas là pour l'arrêter. Il fera encore sa maudite croix qui ne veut rien dire. Et une autre lettre qui va nous mêler encore plus !

— J'ai cherché de mon côté. Je n'ai aucune idée. Si c'était une crise mystique, on saurait laquelle. Il y aurait d'autres indices dans ce sens-là. Notre bonhomme se serait manifesté s'il était fanatique.

Graham froissa le sac de chips vide, visa la poubelle, avant de s'emparer du dossier du Violeur à la croix.

— Je vais voir notre nouveau psy.

— J'ai oublié de te dire qu'on devait aller en Cour pour témoigner au procès de Gros-Lot Dufour. L'avocat m'a téléphoné tantôt.

Graham ne se retourna pas, mais jura assez fort pour que Rouaix l'entende. Elle avait bien d'autres choses à faire que de perdre son temps à témoigner contre un revendeur minable.

Le psychologue l'attendait, souriant, dans une salle d'interrogatoires. Cette attitude décontractée agaça Graham. Elle ne venait pas faire la causette, elle voulait plutôt obtenir des réponses précises à des questions très vagues. Elle eut envie de fumer quand elle vit un paquet de Player's qui dépassait de la poche du polo de Vincent Labbé. Elle s'efforça de le regarder droit dans les yeux, d'oublier la tentation. Merde ! Est-ce qu'elle serait un jour débarrassée de ce vice ?

Elle parla des victimes à Vincent Labbé, précisa qu'elles n'avaient aucun lien entre elles, hormis le fait qu'elles étaient plutôt blondes.

— Le violeur est en conflit avec les femmes de ce type-là.

— Ah oui ? ironisa Graham. On s'en était rendu compte. Vous ne m'aidez pas beaucoup.

— Ça ne vous servira à rien de vous moquer de moi, répondit calmement Labbé.

— Excusez-moi, j'ai arrêté de fumer il y a quelques mois et j'en ai toujours envie. Ça m'énerve !

— Tout vous énerve. Moi, vous-même.

— Ne jouez pas au psy avec moi ! La dernière victime n'a aucun point commun avec Andrée-Anne Jobin et Lucie Boutet.

— Je ne sais pas grand-chose sur le violeur. Reparlez-moi des lettres et des croix.

Graham lui montra des photos des marques faites sur les victimes du Violeur à la croix. Le psychologue les regarda attentivement en disant les lettres à voix haute. Graham lui tendit une liste de mots en lui expliquant les rapports qu'elle et Rouaix avaient établis entre les vocables des trois colonnes.

Vincent Labbé sifflota avant de féliciter Graham.

— Je ne vois pas ce que je pourrais ajouter. Il faudrait que je fouille dans un dictionnaire. Vous avez regroupé les thèmes les plus importants : ce qui construit l'individu, le définit, et évidemment tout ce qui touche à la foi, à la spiritualité. Et vous avez relevé des prénoms de femmes.

— Oui, mais seule Jacinthe Laurier a été marquée d'un J. Lucie Boutet a été marquée d'un M et Andrée-Anne Jobin d'un L. C'est moi qui ai insisté pour conserver les noms d'animaux. Je ne sais pas pourquoi. Parce que j'aime les bêtes ?

— Non, c'est l'idée de métamorphose. Ce type est mal dans sa peau. Il peut rêver d'être un lion...

Pendant que Labbé relisait les trois colonnes, Graham songeait avec anxiété qu'elle aurait peut-être, d'ici peu de temps, à établir une quatrième liste, puis une cinquième.

— Beau tableau, répéta le psychologue. L'ennui, c'est qu'on ne connaît pas la logique à laquelle obéit l'agresseur.

Tiens, il était futé, ce psy !

— Qu'est-ce qu'il y a dans la tête de ce fou ?

— Il n'a probablement pas l'air d'un fou. C'est un être très organisé. Il contrôle tout malgré la haine qui l'habite, affirma Vincent Labbé en regardant de nouveau les photos. Les marques sont semblables d'une victime à l'autre... Il a pris le temps de les faire correctement, car il avait tout prévu. Il était sûrement au courant des horaires de ses victimes, du jogging de l'une, du retour du travail de l'autre. Il les a agressées dehors, ce qui limite les pistes plus que s'il les avait attaquées chez elles.

— Vous pensez qu'il connaissait ces femmes ? Qu'il savait que Jacinthe Laurier faisait de la recherche à l'Université Laval ?

— Il y a un rapport entre les victimes, sinon il ne les aurait pas marquées. Il l'a fait pour vous, pour les policiers, les journalistes. Pour la galerie.

— Pour nous ?

— Il voulait attirer votre regard, sinon il se serait contenté de violer ces femmes. Ses viols à lui seraient classés avec les autres, rattachés aux autres, quoique... non, il n'a pas pénétré les femmes avec son sexe. Il se distingue déjà. Il restait en dehors des femmes. Parce qu'il n'a pas le droit ?

— Le droit ? Personne n'a le droit !

— Je parlais du droit qu'il s'arroge. Ou il ne *pouvait* pénétrer ces femmes, et il voulait les avilir en leur imposant quand même sa puissance avec un succédané de virilité, ou il ne le *voulait* pas, parce que les femmes le dégoûtent, parce que son code personnel le lui interdit, ou sa foi. Son message, d'ailleurs, peut être religieux, à cause de la croix, mais il est surtout évident, très visible. Et s'il écrivait tout simplement les lettres de son nom?

— On y avait pensé, marmonna Graham. Pas de danger qu'il signe au complet…

— Il commence par les consonnes, mais il devra vous offrir les voyelles à un moment donné. Il y a assurément une logique. Ces lettres sont choisies. Il va continuer à vous écrire.

— Pour se faire arrêter?

Certains psychopathes souhaitaient inconsciemment être capturés. Ils voulaient que leurs forfaits soient reconnus et rêvaient d'atteindre la célébrité, comme Bundy, Manson ou Dahmer. Dans quel but le Violeur à la croix signait-il ses crimes?

Le psychologue n'avait pas de réponse. Graham le remercia d'un ton morne, qu'elle tenta d'adoucir par un sourire.

Chapitre 4

Le magasin Simons était très achalandé ce vendredi soir, mais Suzanne Geremelek souriait patiemment en attendant d'être servie. Elle avait trouvé ce qu'elle cherchait : un manteau bleu assez chaud pour affronter les prochains froids. La ceinture qui pendait dans le dos avec des boutons dorés lui plaisait bien. Elle avait vu le manteau porté par Léa et l'avait aimé. Suzanne avait aussi acheté un chandail vert pomme pour Marie-Ève tout en sachant que sa fille viendrait l'échanger le lendemain. C'était l'intention qui comptait. Marie-Ève accepterait le cadeau sans enthousiasme, mais au fond elle en serait très contente. Elle rapporterait le chandail chez Simons avec sa copine Charlotte, elle en essaierait une douzaine avant d'en choisir immanquablement un noir. Suzanne complimenterait Marie-Ève quand elle porterait le chandail sombre et elle ne dirait rien sur la jupe trop courte ; Denis s'en chargerait. Vainement, d'ailleurs. Marie-Ève plaiderait sa cause et gagnerait, comme toujours.

Tandis qu'elle tendait sa carte de crédit pour payer ses achats, Suzanne crut apercevoir plus loin la silhouette de son père. Elle eut un mouvement de recul qui intrigua la vendeuse.

— Il y a un problème, madame ?

Suzanne regarda attentivement la sortie, secoua la tête ; non, tout allait bien. Elle était très satisfaite de ses achats.

Elle prévint la vendeuse que sa fille viendrait sûrement échanger le pull.

— Je sais ce que c'est, dit l'employée en souriant, ma fille a quatorze ans. Je lui donnerais la lune, ça ne lui plairait pas. Est-ce qu'on était si malcommodes à leur âge ?

Si malcommodes ?

Suzanne était plus sage qu'une image. Elle restait dans son coin sans bouger en espérant qu'*il* l'oublierait. Elle avait apprécié le pensionnat, même si elle n'avait pas d'amies — à qui confier son terrible secret ? —, car le couvent la soustrayait à la présence de son père durant la semaine. Elle redoutait plus que tout ces samedis soir où il l'emmenait souper au restaurant, où il exposait les projets qu'il faisait pour elle alors qu'elle souhaitait avoir le courage de se tuer avant d'être majeure. Elle n'attendrait pas d'avoir dix-huit ans pour échapper à son père.

Elle ne s'était pas suicidée. Même quand Éric avait disparu, elle était restée. Mais vivait-elle vraiment ? Était-ce du sang ou de la boue qui coulait dans ses veines ?

$$* * *$$

Dans le miroir de la salle de bains, Steeve Tremblay observait les veines de son cou ; elles palpitaient quand il relâchait la pression qu'il exerçait sur elles. Qu'est-ce que ça faisait d'être étranglé ? Ou d'étrangler quelqu'un ?

Il alla dans sa chambre, ouvrit la porte du placard et regarda pour la millième fois les photos qu'il y avait collées : au nord, celle de son frère Paul ; au sud, celle de son fils aîné Mathieu ; à l'est et à l'ouest, Luc le cadet et Jean le benjamin. Toute sa famille. Sa famille morte. Au centre de la croix, il avait punaisé une photo de Graham découpée au printemps dans le journal. Il avait encerclé le visage de la détective de têtes de mort.

Steeve Tremblay fixait la photo de son frère quand le téléphone sonna. Il referma la porte d'un coup de pied avant de répondre. C'était Loulou ; elle s'ennuyait de lui. Il lui proposa d'aller au cinéma. Elle aurait préféré danser. Il insista, elle se rendit vite à ses arguments.

* * *

Maud Graham, elle, ne se rendit pas aux arguments de Léa. Elle avait appelé son amie pour lui dire d'être prudente, d'éviter les endroits déserts si elle devait sortir le soir. Léa avait pouffé de rire. Graham la prenait-elle pour une adolescente insouciante ?

— Écoute, il y a eu trois viols bizarres. J'ai peur pour toutes les femmes de Québec.

— Maud, je ne sors pas de chez moi. Que veux-tu qu'il m'arrive ?

— Fais attention.

— Certains élèves m'en veulent bien plus que ce violeur, dit Léa d'un ton badin. J'ai reçu une jolie lettre d'insultes aujourd'hui.

— Des menaces ?

Léa tenta de calmer Graham qui voulait voir la lettre ; elle l'avait jetée. C'était tout bêtement l'œuvre d'un élève en colère. Inutile d'y attacher de l'importance.

— Parle-moi donc du beau Alain Gagnon…

Retrouvant le sourire, Graham se cala dans sa chaise, chuchota dans l'appareil qu'elle avait dîné avec lui. Et qu'elle l'avait invité à souper chez elle le lendemain.

— Il faut que tu viennes avec Laurent. Ça va faire trop petit couple d'amoureux si je reste seule avec lui.

— On va vous déranger…

— Arrête, Léa ! Je ne sais pas quoi servir. Alain prétend tout aimer, mais j'ai peur qu'il soit déçu.

— Tu n'es pas si mauvaise. Fais un poulet basquaise, c'est inratable. Pourquoi es-tu encore au bureau à cette heure-ci ?

Graham lui reparla des viols.

— Les victimes n'ont apparemment aucun lien entre elles, excepté le fait qu'elles sont plutôt blondes, dans la trentaine.

— Alors cesse de t'inquiéter pour moi, je me suis fait teindre en rousse.

— En rousse ?

— Blond vénitien. Ton ami Grégoire est le seul à l'avoir remarqué. Il est très observateur.

— Tu as vu Grégoire ?

— Tu sais, on ne te rapporte pas tout, *Biscuit*... En tout cas, c'est bien que le violeur ne s'attaque pas aux jeunes. Elles ont leur quota de problèmes.

Léa fit une pause, se reprit, car ce qu'elle venait de dire était stupide. Personne n'a trop ou pas assez de problèmes pour être victime d'un viol. Elle voulait simplement souligner que plusieurs de ses élèves étaient mal dans leur peau.

— J'en ai une qui est fascinée par les cimetières. Sa mère a l'air gentille, mais un peu déconnectée. Et très angoissée à l'idée que sa fille se confie à moi.

— Il ne doit pas y avoir beaucoup de parents qui soient ravis d'apprendre que leur enfant a des problèmes.

— C'est mieux que de faire semblant qu'ils n'existent pas. Marie-Ève Geremelek erre. Elle vient me rencontrer régulièrement, mais elle a changé ces dernières semaines. Elle est plus instable.

— Heureusement qu'elle te fait confiance, qu'elle t'aime bien.

* * *

Oui. Marie-Ève aimait Léa Boyer. Elle n'aurait pas dû, cependant, mentionner son nom devant sa mère. Celle-ci versait du chocolat chaud dans des tasses en porcelaine de Limoges quand Denis avait suggéré de discuter des prochaines vacances familiales : où irait-on pour fêter Noël ? Il avait proposé Londres, mais Marie-Ève n'avait pas semblé très intéressée. Où préférait-elle aller ?

— Je m'en fous. La vie est pareille partout.

Suzanne avait eu envie de la gifler. Denis leur offrait un voyage de rêve et Marie-Ève répondait par une moue blasée. Elle refusait que sa fille blesse Denis ; ne l'élevait-il pas avec amour ? Elle avait craint que tous les hommes soient comme son père, et que Denis se rapproche trop de Marie-Ève. Elle avait guetté le moindre signe, le geste équivoque, un changement de comportement chez Marie-Ève, des manifestations de peur ou de rejet. Mais non, l'adolescente adorait Denis, l'embrassait avec une affection et une spontanéité que Suzanne n'avait plus eues avec son père après la fête des Rois.

— On a été trop bons avec toi, avait murmuré Suzanne.

Ils l'avaient éduquée d'une façon trop permissive. Mais Suzanne s'était sentie tellement dominée par son père qu'elle avait eu peur de répéter cette erreur. C'était pourtant impossible, car jamais Denis ne salirait Marie-Ève. Suzanne aurait pu tomber beaucoup plus mal en épousant un homme qu'elle connaissait très peu, qu'elle avait dragué pour fuir son père, la maison de son père, le lit de son père, le sexe de son père. Denis l'ennuierait moins souvent ; il n'avait pas l'air trop exigeant. De fait, il s'était montré très respectueux, comme s'il soupçonnait sa tragédie. Elle s'était attachée à lui durant sa grossesse ; il avait été si charmant, si attentif. Ne lui avait-il pas proposé de faire chambre à part, pour être certain de ne pas la déranger ? Et des fleurs, il lui en avait acheté si souvent ! C'est lui qui l'avait réconciliée avec l'idée d'avoir un bébé.

— Et si on allait à New York ? avait proposé Suzanne en dévisageant Marie-Ève.

Les seize dernières années avaient passé plus rapidement qu'elle ne l'aurait cru…

— New York ? avait dit Marie-Ève. Léa Boyer y est allée et elle a adoré la ville.

— Tu l'appelles Léa ?

Marie-Ève avait poussé un soupir exaspéré.

— Tu la vois beaucoup trop. Ce n'est pas seulement une enseignante, c'est aussi une psychologue. Elle peut essayer de diriger ta pensée.

— Non, Suzanne. Léa est correcte.

— Pas comme moi, je suppose ?

— Tu es toujours en train de me poser des questions.

— Parce que ta Léa n'en pose pas ? Elle doit vouloir savoir tout ce qui se passe ici !

— Arrête, maman. J'ai le droit de parler avec qui je veux. Ce n'est pas toi qui vas m'en empêcher.

— Denis !

— Ne t'adresse pas ainsi à ta mère.

Comment devait-elle l'aborder ? se demandait Denis. Depuis le début de l'année, depuis, mon Dieu, près d'un an, Suzanne prenait la mouche pour un rien. Elle avait toujours été très nerveuse, mais son caractère dépressif virait à l'irascibilité. Quel nouveau secret la rongeait ? La mort de leur fils ? Non, ce drame n'était pas mystérieux, il faisait partie de leur vie. Il pensait à Éric régulièrement et il savait que Suzanne y songeait tous les jours. Ils avaient érigé une forteresse de silence autour de la mort d'Éric et personne n'abaisserait le pont-levis. Ils étaient prisonniers de leur propre donjon et une partie de leur vie s'écoulait dans les vieilles tours désertes du château des souvenirs.

Et si c'était Marie-Ève qui énervait à ce point Suzanne ?

Elle était en guerre contre le monde entier — et surtout contre ses parents — depuis la rentrée scolaire, mais Denis s'efforçait de ne pas dramatiser la crise d'adolescence. Il répétait à Suzanne qu'il fallait être patient. Il s'interrogeait néanmoins : si Marie-Ève se révoltait inconsciemment contre le rôle de bouée de sauvetage qu'on lui avait confié à la mort d'Éric ? Elle avait retenu sa mère qui était au bord du précipice, elle l'avait tirée vers l'arrière en réclamant son boire, en faisant ses premiers pas, en gazouillant « maman » et « papa », en soufflant les bougies d'un gâteau année après année. Tandis qu'elle conjurait le mauvais sort, elle prouvait à Suzanne qu'elle n'était pas une si mauvaise mère.

Pourquoi Suzanne se tenait-elle pour responsable du décès d'Éric? Denis aurait tant voulu effacer ce sentiment qui la minait. Lors de leur mariage, elle était déjà triste, mais il ne détestait pas cet air mélancolique qui lui donnait envie de la protéger. Pour la première fois de sa vie, il avait l'impression d'être plus fort qu'une autre personne. Il s'était senti grandi, viril, apprécié. Il n'avait même pas essayé de séduire Suzanne; elle était venue à lui, aimantée. Encore aujourd'hui, il s'interrogeait sur ce magnétisme qui n'avait agi que sur cette seule femme.

Suzanne était étrange; là était probablement la clé du mystère. S'il l'aimait telle qu'elle était, il espérait que les récentes tensions qu'ils vivaient disparaîtraient bientôt. Sinon...

— Je verrai Léa si ça me tente! avait déclaré Marie-Ève. J'ai besoin de parler à quelqu'un de normal! Ici, c'est une maison de fous!

— Marie-Ève!

L'adolescente s'était élancée dans l'escalier, courant vers sa chambre pour s'y réfugier tandis que Denis cherchait à calmer Suzanne.

Marie-Ève s'était ruée sur le téléphone.

— Charlotte, c'est moi! Elle est encore sur mon dos! Je la déteste! Je n'en peux plus.

Charlotte aussi était désespérée, parce qu'elle avait vu Kevin embrasser Amélie. C'était fini entre eux. Après tout ce qu'elle avait partagé avec lui! Elle avait fait l'amour avec Kevin même si elle n'en avait pas le goût, mais il n'était pas resté avec elle.

— Je me sens comme un vieux chausson ratatiné.

— On va être plus fortes après notre cérémonie. Ça va nous changer, j'en suis sûre.

— On n'a rien à perdre. Les esprits sont plus fins que les humains.

* * *

Rouaix lut la télécopie qui venait de Montréal. Le type qui avait été libéré à Boston était entré dans une secte dès sa sortie de prison et n'avait pas quitté ses nouveaux frères. Des dizaines de personnes pouvaient affirmer l'avoir vu célébrer le culte le soir où Jacinthe Laurier est morte.

— Ça aurait été trop facile, grogna Rouaix.

— J'ai une nouvelle liste, dit Berthier. On va tout comparer?

— Je le sais que ça fait dix fois, mais il faut bien qu'il y ait un lien avec les blondes.

— Tous ces maniaques ont agressé des femmes et des enfants sans se soucier de la couleur de leurs cheveux. Il n'y a rien qui coïncide! Qu'est-ce qu'on cherche?

— On se casse le cul pour Graham. Elle va encore chialer parce qu'on a oublié quelque chose.

Rouaix fixa Moreau durant quelques secondes; ce dernier soutint son regard. Il avait raison et Rouaix le savait: amie ou pas, Graham n'était jamais contente. Quoique…

— Je dis ça, fit Roger Moreau avec un sourire en coin, mais depuis quelques semaines elle est moins bête. Même avec moi. C'est vrai qu'elle sort avec Alain Gagnon?

— Qui t'a raconté ça?

La rapidité de la réponse réjouit Moreau. Rouaix défendait Graham. Il ne s'était pas trompé, elle sortait avec le Doc.

— Personne ne me l'a dit, mais le Doc la couve avec des grands yeux de veau.

Rouaix agita des papiers; le travail n'avançait pas. Moreau se replongea dans les dossiers après avoir marmonné que le Doc avait bien du courage de fréquenter un dragon.

— Remarquez, elle crache moins de feu depuis qu'elle a arrêté de fumer, mais elle va sûrement recommencer. Elle recommence chaque fois.

— Ce n'est pas parce que tu es incapable d'arrêter que Graham va manquer son coup, protesta Berthier.

* * *

Graham avait pourtant très envie de fumer alors qu'elle déambulait dans la rue Cartier. Un parfum irrésistible de feuilles brûlées lui chatouillait l'esprit. Elle voyait chaque cigarette que s'allumaient les passants. Bon sang, cesser de fumer et être au régime en même temps exigeait une bonne dose de courage.

— Oui, mais maintenant tu fais l'amour, l'avait taquinée Léa. C'est le meilleur des péchés.

Oui. Mais à cette seconde, tandis que les corneilles se perchaient sur un lampadaire de la rue Aberdeen et qu'une odeur de pipe, de tabac mentholé et boisé flottait dans l'air, elle inspirait profondément en fermant les yeux. Non pas pour se calmer, mais pour capturer ces effluves capiteux. Elle se ressaisit, sortit la liste d'épicerie de la poche de son imper. Elle redoutait tant d'avoir oublié un ingrédient qu'elle s'arrêta pour relire entièrement la liste.

Steeve Tremblay la suivait. Elle traversa la rue Cartier pour acheter un dessert à la pâtisserie Nourcy. Elle était obsédée par le repas ; elle aurait dû réfléchir avant d'inviter Alain Gagnon à souper. Elle ne pouvait pas lui servir de nouveau du saumon fumé et un osso buco. Léa avait raison : le poulet basquaise était assez simple pour qu'elle puisse le réussir. Elle préparerait du melon avec du jambon de Parme en entrée. Comme ce n'était pas la saison du melon, elle le paya une fortune ; on l'assura qu'il serait bien sucré. Elle allait refaire la rue Cartier en sens inverse quand elle aperçut Grégoire qui se dirigeait vers le café Krieghoff. Elle s'immobilisa, n'osant s'approcher ; il était avec un homme. Un client ?

Grégoire était tellement habitué à guetter les regards qu'on lui adressait qu'il devina celui de Graham. Les bras chargés de paquets, sur le bord du trottoir, elle lui souriait timidement. Il lui fit signe de s'approcher.

— Salut, Biscuit. Je suppose que c'est pas le temps d'aller choisir tes lunettes? Je m'excuse pour hier, mais je pognais pas mal. Il faut battre le fer quand il est chaud, hein?

— Il fait beau, dit Graham en souriant. On ne croirait pas que ce sera l'Halloween la semaine prochaine. On n'a jamais eu un plus bel automne.

— Il va neiger demain, prédit Grégoire.

— Toujours aussi positif.

— Non, non, je n'ai pas encore le sida.

— Tu n'es pas drôle.

— Ton enquête progresse? Non? À te voir la face... Comment ça se fait que vous n'avancez pas? Veux-tu boire un café avec nous?

Le prostitué éprouvait un certain plaisir à faire comprendre à son client que Graham appartenait au corps policier.

Graham secoua la tête; elle n'avait pas fini de faire ses courses.

— Je sais bien que t'as pas le droit de raconter tes enquêtes. Tu diras à ta chum Léa que j'ai revu la fille au cimetière tantôt.

— Léa vient souper chez moi ce soir.

Graham sourit à Grégoire. Voulait-il se joindre au groupe? Il y aurait le mari de Léa et Alain Gagnon.

Grégoire refusa, mais l'invitation de Graham l'avait flatté.

— Tu as raison de ne pas venir. Je suis tellement mauvaise cuisinière. Je pourrais empoisonner mes invités, qui sait?

— Il y aurait une méchante enquête!

— Mais pas d'autopsie, le médecin légiste serait mort...

— Oh! Le beau médecin. Ça serait donc triste!

Graham rougit. Elle consulta sa liste d'épicerie pour se donner une contenance. Il lui restait le jambon de Parme à acheter et le vin.

— Je m'en vais à la Société des alcools.

— Oh, oh, tu vas le faire boire pour abuser de son corps?

71

Graham marmonna qu'elle ferait mieux de commencer à cuisiner tout de suite si elle voulait être prête à 19 h 30.

— Inquiète-toi pas, Biscuit. Ça va bien aller.

Comme elle aurait aimé que Grégoire ait raison ! Des gouttes de sueur perlaient sur son front quand elle vérifia si rien ne manquait pour le poulet basquaise. En rentrant chez elle, Graham vida les sacs d'épicerie. Elle passa l'aspirateur dans les moindres recoins, épousseta les meubles avec minutie, fit briller la robinetterie, avant de se résigner à ouvrir le *Larousse de la cuisine.* Elle disposa tous les ingrédients sur le comptoir et les examina d'un air dubitatif. Leur mélange donnerait-il le résultat que lui avait promis Léa ?

Des arômes de beurre fondu finirent par rassurer Maud Graham. Elle se pencha vers son chat après avoir découpé un minuscule morceau de poulet.

— Crois-tu qu'Alain va aimer sa soirée ? Je n'aurais peut-être pas dû l'inviter un samedi soir ? Avec Léa et Laurent. Ça fait tellement souper officiel. J'espère qu'il n'arrivera pas en avance !

Alain Gagnon était très en avance. Mais il était poli. Il gara sa voiture à dix mètres de l'entrée de Graham, baissa la vitre et respira à pleins poumons. Il était délicieusement anxieux. Il écouta Barbara chanter *Göttingen* en songeant qu'il se souviendrait toujours de ce soir d'automne où il allait rejoindre la femme de sa vie. Est-ce que Maud aimait aussi Barbara ? Il avait acheté plusieurs disques de Barbara. Sa mort l'avait attristé comme s'il avait perdu une nouvelle amie, une amie qu'il n'avait pas eu le temps de connaître, même s'il avait retrouvé un souvenir d'enfance en entendant *Une petite cantate* : l'indicatif musical de l'émission *Femmes d'aujourd'hui*. Mme Gagnon admirait la classe, l'élégance d'Aline Desjardins, l'animatrice. Quand il était malade et devait rester à la maison, Alain s'installait dans un fauteuil et regardait l'émission avec sa mère en buvant un chocolat chaud. Barbara était couchée dans cette mémoire heureuse, mais depuis sa disparition, elle était devenue une correspondante lointaine qu'on jure de rencontrer lorsqu'on ira dans son pays. Elle avait trop tôt déménagé dans la cité des ombres.

Une rafale souleva des feuilles mortes, les poussa vers le pare-brise. Alain Gagnon attrapa celles qui entrèrent dans la voiture, les appuya contre son visage pour jouir de leur fraîcheur, pour apaiser le trouble qui l'agitait. Il consulta sa montre. 19 h 25. Il attendrait neuf ou dix minutes avant de sonner chez Maud. Il croyait la voir examiner la table, rôder dans sa cuisine pour vérifier si tout était prêt. S'il se présentait trop tôt, il la priverait de ces instants où l'on fait un ultime tour de piste avant d'accueillir les invités.

Steeve Tremblay ralentit en remarquant la voiture d'Alain Gagnon, jeta un coup d'œil dans son rétroviseur : quelqu'un venait-il rejoindre le conducteur ? Non. On klaxonna, Tremblay dut avancer. Il tourna à droite, emprunta la rue suivante pour rejoindre le chemin Sainte-Foy et revenir dans la rue Holland.

Le conducteur était sorti de sa voiture. Il était tourné en direction de la maison de Graham. Il ne bougeait pas même si la rue était vide. Surveillait-il la détective ? Était-elle placée sous sa protection ? Avait-elle remarqué sa présence ? C'était impossible. L'homme était pourtant immobile... Tremblay accéléra, mais réussit à se dominer dès qu'il rejoignit le boulevard René-Lévesque. Ne pas se faire remarquer.

Il s'arrêta pour téléphoner à Loulou. Un coup, deux coups, trois coups. Quatre. Le répondeur. Il était tellement choqué qu'elle ne soit pas chez elle qu'il oublia de laisser un message. Où était-elle ? Elle lui avait juré trois heures auparavant qu'elle resterait chez elle devant la télé. Lui aurait-elle menti ? Il frappa l'appareil téléphonique avec rage. Le visage éberlué d'une femme derrière la vitre l'incita à se calmer. Il inspira lentement, expira et rappela chez Loulou. Elle répondit.

— Tu es là ? Tu viens de rentrer ?

— Non. Je sors du bain. Est-ce toi qui as appelé ? J'ai couru, tu avais déjà raccroché. Je devrais m'acheter un téléphone sans fil. Je pourrais le trimbaler partout.

Steeve Tremblay sentit une douce chaleur l'envahir ; tout rentrait dans l'ordre. Loulou ne l'avait pas trahi. Il lui offrirait un téléphone cellulaire. Il pourrait l'appeler n'importe quand. Elle pourrait toujours lui répondre.

Même si elle était avec un autre homme… Mais il ne pourrait le savoir. À moins de la suivre nuit et jour. Il avait déjà à s'occuper de Graham et de Léa ; il ne pouvait pas surveiller tout le monde. Non. Pas de cellulaire. S'il lui laissait trop de messages, elle devrait expliquer ses absences.

Quel policier était affecté à la protection de Graham ? Restait-il là toute la nuit ? Y avait-il une surveillance de jour ? Allait-il sonner à la porte de temps en temps, histoire de boire un café chaud ou d'uriner ? Non, il aurait révélé sa présence. Et si ce n'était pas un policier ? Si un autre type voulait se venger de Graham ? Il ne devait pas être le seul homme à la détester. Il repassa dans la rue Holland avant d'aller voir Loulou. L'homme était encore là. Il poursuivit sa route.

S'il était resté une minute de plus rue Holland, Tremblay aurait vu Alain Gagnon lisser ses cheveux, sortir un bouquet de fleurs de sa voiture, attraper une bouteille de vin et se diriger vers la maison. Il l'aurait vu contempler les étoiles et faire un vœu avant de sonner à la porte.

Graham ouvrit immédiatement.

— Tu as mis tes lentilles, dit-il. Ça va ?

— Je devrais les porter plus souvent…

— Tu as une belle robe.

Maud Graham allongea un bras, regarda le tissu du vêtement comme si elle le découvrait.

— Ah oui ? Je l'ai achetée chez Holt Renfrew. Je hais pourtant les centres commerciaux. C'est dommage que le magasin de la rue Buade soit fermé. J'aimais bien y aller.

— Moi aussi.

Il lui tendit le bouquet de mimosa. Elle sourit en le félicitant de son choix. Le parfum des pompons jaunes lui rappelait les marchés parisiens. Rue de Buci. Où il y avait d'énormes bretzels si appétissants. La rue de Fürstenberg.

— J'espère qu'on ira un jour ensemble, murmura Maud. J'adore les marchés. Et les bords de la Seine. C'est vrai que Paris est une ville pour les amoureux ; quand on est célibataire, on se sent plus seul à Paris qu'ici.

— Ce doit être pareil à Venise. Quand le lieu est trop beau et qu'on ne peut le partager avec personne.

— Et qu'on voit un million de couples enlacés, main dans la main. Je suis un peu romantique, non ?

Alain protesta en la suivant dans la maison. Il déposa la bouteille de Saint-Julien sur la table du salon, ôta son manteau, son écharpe de cachemire.

— Ça sent bon.

— Tu crois ?

Un tel doute se lisait sur les traits de Graham qu'il prit son visage entre ses mains pour la rassurer.

— Je suis certain qu'on va se régaler, Maud.

— C'est parce que tu n'es pas objectif. Seigneur ! Que fait Léa ?

Alain Gagnon continuait à sourire tandis que Graham expliquait que les enfants avaient dû retarder Léa et son époux. C'était toujours comme ça avec des gamins, mais il ne fallait pas croire qu'elle n'aimait pas les enfants, elle adorait Félix et Sandrine.

— Je t'amuse ?

Il toussa. Elle devait faire allusion à son sourire idiot.

— Je suis intimidé. Ça doit paraître un peu. Léa va s'en apercevoir.

— Ne dis pas ça, voyons. Léa est…

Ils eurent un petit rire nerveux en entendant la sonnette retentir.

Juste avant qu'elle atteigne la porte, Alain enlaça Maud et l'embrassa dans le cou, à la naissance des cheveux, là où il avait remarqué des épis.

— Pour me donner du courage.

Elle ouvrit à Léa et à Laurent en rougissant. Léa sourit, mais retint ses commentaires.

Il y eut d'autres rires qui manquaient un peu de naturel, mais Laurent et Léa étaient des convives chaleureux avec qui Alain se sentit très vite à l'aise. Il avait déjà croisé Léa à la soirée-bénéfice, mais ils discutaient pour la première fois. Il aimait sa façon de taquiner Maud tout en racontant des anecdotes qui la mettaient en valeur, de la couver des yeux quand elle revenait de la cuisine avec les plats, de paraître si soulagée en les goûtant. L'attachement entre les deux femmes était palpable et Gagnon eut la nostalgie de cette amitié. Il songeait au mot de Montaigne pour La Boétie : « Parce que c'était lui, parce que c'était moi » ; il regrettait de n'avoir jamais développé de liens aussi forts. Il avait des amis, mais aucun qui ne le connaisse, qui ne le devine comme Léa et Maud se connaissaient, se devinaient. Ce genre d'osmose était sûrement très rare.

— Est-ce que tu as retrouvé la lettre ? demanda cette dernière à Léa.

— Quelle lettre ?

— De menaces.

Laurent fronça les sourcils. Qu'est-ce que racontait Maud ? Léa tapota son bras ; la détective exagérait le ressentiment d'un élève.

— Tu as des choses plus importantes pour t'occuper, ma belle. Des vrais méchants. Avancez-vous ?

— Non. Tout le monde me pose cette question.

— Tout le monde ?

— Grégoire. Je l'ai vu tantôt. Il te fait dire que la fille du cimetière y est allée ce midi.

Que cherchait Marie-Ève Geremelek dans le cimetière désaffecté ? Elle ne pouvait pas se recueillir sur la tombe d'un parent, car personne n'avait été enterré là depuis des dizaines d'années.

— C'est beau, un cimetière, dit Laurent. C'est calme. Ta Marie-Ève a peut-être besoin d'un endroit pour… pour réfléchir. Elle est à l'âge où on se demande pourquoi on vit.

— Tandis qu'à notre âge on se demande si on vit.

— Léa !

Léa éclata de rire avant de préciser sa pensée : Sandrine allait fêter ses huit ans la semaine suivante. Huit ans !

— Il me semble que j'étais enceinte hier. Est-ce qu'on profite de la vie ?

— Je n'ai pas le temps d'y penser, avoua candidement Graham.

— Voilà ! C'est ce que je veux dire.

Graham protesta ; elle savait le prix de son existence. D'une existence. Elle côtoyait la mort depuis plusieurs années.

Alain Gagnon abonda dans ce sens. Loin d'émousser ses perceptions, le fait de travailler chaque jour avec la mort accentuait leur intensité.

— Je suis plus attentif. Les moindres détails m'intéressent. Déformation professionnelle sans doute. Je veux tout voir. Tout vivre.

— Peut-être parce que tu as été immobilisé de nombreux mois. Les gens qui ont été malades sont plus conscients.

— Je ne sais pas ce qui aidera Marie-Ève Geremelek à connaître le poids de la vie. Pour l'instant, elle repousse tout. Sauf son grand-père, évidemment.

— Pourquoi ?

Léa expliqua que Suzanne Geremelek interdisait à sa fille de voir son grand-père. Alors, bien sûr, Marie-Ève était dévorée de curiosité à son égard.

— Elle le lui interdit ?

— Oui, pour une chicane qui remonte à la nuit des temps.

* * *

Suzanne Geremelek transpirait dans son cauchemar, mais elle ne criait pas. Elle ne criait pas quand son père la rejoignait dans sa chambre, quand il se glissait sous les draps, quand elle sentait sa langue sur son ventre. Elle ne criait pas tandis qu'il répétait qu'il savait qu'elle aimait ses caresses.

Et que lui aimait les siennes. Elle se taisait, se bâillonnait. Elle aurait voulu boucher tous ses orifices, tous les pores de sa peau, cesser d'être pénétrée par cette odeur qu'elle exécrait et aimait tout à la fois. Elle était si troublée. Elle savait que ce que faisait son père était mal. Mais s'il ne venait plus la retrouver ? S'il cessait de dire qu'elle était sa petite femme, qu'il n'aimait que les filles de sa famille, de sa race ? Comme les pharaons. Que deviendrait-elle sans son amour ? Elle était seule au monde.

Le Dr Labonté avait expliqué à Suzanne que les rois égyptiens se mariaient entre eux : Cléopâtre avait épousé ses deux frères. Il n'inventait rien. Elle pouvait le vérifier dans le manuel d'histoire ancienne qu'il lui avait offert. Ils les imitaient, s'élevaient au-dessus du commun des mortels. Dans ses rêves, Joël Labonté flottait au-dessus d'elle, tel un dieu, omniprésent, occupant tout l'espace sans lui laisser le moindre interstice de liberté. Elle courait, elle courait vers des portes, mais le dieu Janus surveillait toutes les issues, les fenêtres, les entrées, la guettait de l'intérieur, de l'extérieur, à sa droite, à sa gauche, Janus riait dans sa toge glacée et Suzanne n'était même pas étonnée que la barbe de son père s'orne de frimas.

En s'éveillant, elle alla chercher un de ses trousseaux de clés. Elle les serra de toutes ses forces en les comptant et s'efforça de ne pas penser aux vêtements d'Éric qu'elle avait tant envie de caresser. Denis s'éveillerait si elle s'agitait trop et il tenterait de la raisonner.

Pourquoi n'abandonnait-il pas la partie ? Pourquoi essayait-il encore de la comprendre ? Au début de leur mariage, il invitait souvent le Dr Labonté à manger avec eux, car il se sentait coupable d'avoir — selon ses termes — *séduit* Suzanne. Il avait été surpris que le Dr Labonté n'ait pas fait de scandale en apprenant que sa fille d'à peine dix-huit ans était enceinte, il avait été si soulagé par l'attitude mesurée de son beau-père qu'il avait souhaité le recevoir régulièrement à souper. Puis il avait remarqué combien Suzanne se raidissait à chaque visite de son père. Il l'avait interrogée. Elle avait révélé qu'ils ne s'entendaient pas. Qu'elle ne voulait pas le voir plus de deux ou trois fois par année.

« Il a l'air de tenir à toi », avait argumenté Denis. Oh que oui ! Elle était sa propriété, sa chose, sa proie. Elle avait rétorqué que son père était trop possessif ; il l'étouffait, son amour pour elle était malsain. Denis n'avait pu imaginer que sa jeune femme évoquait l'inceste. Il ne soupçonnait pas que de telles choses existent ailleurs que dans les livres. Le mal était réservé aux films policiers et aux colonnes de faits divers, et les psychopathes habitaient aux États-Unis.

Suzanne était la grande aventure de sa vie. Quand il l'avait rencontrée, il avait eu l'impression d'endosser le costume de Humbert Humbert. Il n'avait pas pu résister au charme de Suzanne, mais il s'était senti très coupable de s'être approché de cette Lolita... Étant de dix ans son aîné, il aurait dû agir en homme responsable et la repousser gentiment. Au lieu de cela, il avait laissé Suzanne le convaincre du contraire. Elle lui avait répété que leur mariage serait heureux, qu'elle ferait une bonne épouse. Malgré son embarras, Denis s'était félicité de sa chance. Il aimait Suzanne sincèrement. Elle l'aimait aussi. Pour l'avoir soustraite à son père.

Avait-elle cru réellement qu'ils s'en sortiraient si facilement ? Éric était mort. Denis y avait vu une punition. Suzanne n'avait pas pu lui dire que c'était elle, elle seulement, qui méritait le châtiment.

Son père avait voulu jouer les dieux. Les dieux s'étaient révoltés contre cette usurpation, et Suzanne, la complice dans le crime, dans le silence, Suzanne avait payé de sa chair.

Elle croisa ses doigts sur le trousseau de clés et tenta de retrouver le sommeil sans prendre de Valium.

Chapitre 5

Steeve Tremblay sut dissimuler son contentement en constatant à quel point Louise était effrayée. Elle lui ouvrit la porte en tremblant, réussit à sourire à travers ses larmes en voyant l'énorme bouquet de fleurs qu'il lui avait apporté.

— Tu... c'est trop gentil... Des fleurs ?... Et je devais t'appeler...

Elle désigna la serrure brisée de la porte, puis elle éclata en sanglots en prenant la gerbe de roses.

— Qu'est-ce que tu as ? s'écria-t-il en feignant l'étonnement. Qu'est-ce qui se passe, Loulou ?

— On a mis une mouette...

— Une mouette ?

— Morte. Sur mon lit ! Une vraie mouette.

Il se rua vers la chambre, mais elle cria derrière lui qu'elle avait effacé toutes les traces de vandalisme.

— J'ai jeté la mouette dans un sac à ordures. Les policiers l'ont apportée avec eux.

Les policiers étaient venus ? Parfait, tout se déroulait comme Steeve l'avait prévu. La mouette lui servirait à entrer au poste de police. Il verrait enfin Graham de plus près. Il ne s'était pas approché d'elle à la soirée-bénéfice. Même s'il avait envie de vomir sur elle. Il s'était tenu sagement à l'écart, l'avait observée de loin. Il savait dès la seconde où il avait appris la mort de Paul qu'il le vengerait de cette maudite pute qui avait tout gâché. Il avait décidé très vite de suivre Maud Graham. De tout apprendre sur elle, sur ses amies.

— Ils vont l'examiner. Pourquoi a-t-on lancé une mouette dans ma chambre ? Ils n'ont rien pris. Juste mis un oiseau mort. Ça m'écœure. J'ai peur, Steeve.

— Il faut quelqu'un pour te protéger, fit Steeve en caressant les cheveux de la jeune femme. Je suis là.

Louise parut se détendre un peu, se rappela le bouquet de fleurs, qui était si beau. Si gros. En ôtant la cellophane, elle compta dix-huit roses.

— Huit roses rouges parce que ça fait huit semaines qu'on se connaît, deux blanches pour les deux jours, trois jaunes pour les heures et cinq roses roses pour les minutes. Pour les secondes, je ne savais pas...

Loulou poussa un petit hoquet attendri ; quel homme romantique !

— Toi, tu m'aimes au moins...

— Personne ne peut te détester, ma chérie.

Elle lui expliqua que les policiers l'avaient interrogée : qui lui en voulait assez pour s'être introduit chez elle avec un si macabre présent ?

— C'est sûrement une erreur, ma jolie. Ça ne fait pas longtemps que tu habites ici. Ça devait être destiné à l'ancien locataire ! À moins que tu ne me caches quelque chose ? Tu sais que tu peux tout me dire, Loulou. Tu le sais, hein ?

Elle le regarda avec reconnaissance ; il s'inquiétait pour elle. Elle se colla contre lui en murmurant qu'elle n'avait pas d'ennemis.

— La seule explication, c'est qu'un fou est venu chez toi.

— Un fou ?

— Avec tous ceux qu'on renvoie des hôpitaux, il y en a un paquet qui errent dans la nature... Un fou, on ne sait jamais ce que ça mijote.

— Un fou ? répéta-t-elle. Un vrai fou ?

Il fit mine de vouloir la rassurer ; il avait exagéré. Pourquoi un fou l'aurait-il choisie pour sa mauvaise farce ?

— Je vais changer ta serrure, c'est trop dangereux.

— Je ne veux pas rester ici toute seule.

— Juste cinq minutes, ma chérie. Je vais à la quincaillerie et je reviens. Personne n'a rien entendu pendant qu'on forçait ta serrure ?

Steeve s'était introduit chez Louise en plein après-midi pendant que l'immeuble était vide.

— Tu sais ce que tu devrais faire ? reprit Tremblay. Tu devrais appeler la femme détective. Tu te rappelles, on avait lu un article sur elle dans le journal, cet été ? Voyons... elle a un drôle de nom...

Il fit claquer ses doigts, s'écria « Graham ».

— Ah oui ? Celle qui s'occupe des femmes battues ?

— Elle va peut-être te prendre plus au sérieux que les policiers qui sont venus.

Loulou hésitait, mais se rendit aux arguments de Steeve.

— On va aller la voir tout de suite. Avant qu'ils jettent la mouette.

— Je ne peux pas laisser la maison débarrée. N'importe qui peut rentrer.

Il ragea intérieurement, furieux de retarder, par sa faute, sa rencontre avec Graham. Mais s'il n'avait pas brisé la serrure, on aurait soupçonné un proche de Louise...

— Je vais à la quincaillerie et je t'arrange ça, puis on va au poste.

Comme il était bricoleur, il changea la serrure défectueuse en peu de temps. Louise lui prit le bras quand ils sortirent. Il la serra contre lui d'un geste protecteur.

— Ça ira, lui promit-il.

À la centrale de police, il dut insister un peu pour qu'on leur permette de rencontrer Maud Graham. Moreau, qui entendit le récit de Louise, se réjouit en pensant à la tête que ferait la détective quand la jeune femme lui répéterait son histoire à dormir debout.

Graham aimait défendre les bonnes femmes, et discourir sur la compréhension, sur la compassion. Elle exaspérait tout le monde avec ses grandes théories féministes. On ne pouvait même plus faire de blagues un peu lestes quand elle était là.

Moreau offrit aux visiteurs de les conduire à la détective.

— Je vais rester dans le corridor, dit Tremblay à sa compagne. Tu risquerais de t'embrouiller dans ton histoire si je t'interrompais.

— Mais, Steeve…

Graham se levait déjà, venait vers eux. Tremblay lui tendit la main en mentionnant seulement son prénom.

— Steeve. Elle, c'est Loulou. Vas-y, Loulou, je vais boire un café dans le corridor.

Il avait vu Graham assez longtemps. Malgré le fait qu'il avait rasé sa barbe, qu'il ne ressemblait pas à son frère Paul et qu'il y avait des centaines de Tremblay à Québec, il ne fallait pas éveiller de soupçons.

Graham écouta Louise avec étonnement. Si l'étrangeté du crime dont elle avait été victime l'intriguait, ce type d'affaire ne la concernait pas.

— Pourquoi êtes-vous venue me voir, moi ? Les policiers qui sont allés chez vous…

— C'est mon ami. Il vous a vue dans le journal. Vous vous occupez des femmes battues.

— Il ne vous bat pas…

Louise s'indigna ; évidemment non ! Steeve était très galant. Il lui offrait des fleurs et l'appelait plusieurs fois par jour.

— Il n'a rien à voir avec la mouette. Il ne ferait jamais une chose aussi dégoûtante. Si vous voyiez son appartement ! On est presque gêné de marcher en souliers tellement le plancher brille. Et son auto ! Il la lave tous les jours. Il est moniteur d'auto-école. C'est un maniaque de l'ordre et de la propreté. Et pourquoi aurait-il tué une mouette ? C'est un malade qui a fait ça. Un vrai fou. Je veux savoir qui !

Graham lui promit de discuter de son cas avec les policiers que Louise avait rencontrés, puis elle la raccompagna jusqu'à la porte de la salle. Tremblay, au bout du corridor, esquissa un signe de la main. Durant une seconde, Graham eut l'impression que le visage de l'homme lui était familier. Elle lui sourit. Il parut surpris, mais lui rendit son sourire. Steeve, avait-il dit ? Auto-école ? Ça ne lui rappelait rien. Elle devait s'être trompée, elle ne le connaissait pas.

— Une mouette ? marmonna-t-elle en revenant vers son bureau. Pourquoi une mouette ? Comme si on n'avait pas assez d'ennuis avec les humains.

— En tout cas, ça commence par M, dit Moreau en riant.

— Tu es un petit comique, toi.

Graham explora cette idée quelques secondes et conclut qu'elle était obsédée par tous les mots qui commençaient par M, J ou L. Même le mot « mot » l'agaçait. Elle chassa cette histoire de volatile pour se concentrer sur les planches de symboles que lui avait apportées Anne Despaties. Des dizaines de formes y étaient représentées. Graham chercha la croix, mais ne trouva rien qui s'en approche.

— On va finir par faire venir une tireuse de cartes. Elle va être meilleure que nous. Elle lirait la croix dans le fond d'une tasse de café, non ?

Graham se pencha pourtant sur ces signes qui ne ressemblaient pas à ce qu'elle cherchait. Elle vit des os dans certaines formes, des crânes dans les taches d'encre, une silhouette menaçante dans les esquisses : où se cachait le criminel ?

Graham se leva, s'étira, suivit les gouttes de pluie qui se pourchassaient sur les vitres, se touchaient, se croisaient, se rattrapaient, se fondaient les unes dans les autres. Il fallait qu'elle se noie aussi dans l'âme du violeur, qu'elle pénètre dans sa pensée, qu'elle le précède. Elle ne se demandait pas pourquoi il agressait les femmes, elle savait trop bien que les violeurs veulent écraser les victimes de leur puissance, non, ce n'était pas la haine qui l'intriguait, mais la croix et la plaie sous le sein. À qui ces marques étaient-elles destinées ? Qui signait ces messages atroces ?

Rouaix la tira de ses réflexions ; on avait joint le demi-frère de Jacinthe Laurier, qui vivait au Manitoba.

— Il va être ici ce soir.

— Je lui parlerai.

— Non, je m'en charge, j'ai discuté avec lui. Il ne nous apprendra probablement pas grand-chose ; ça fait deux ans qu'ils ne s'étaient pas vus.

Graham faillit faire un commentaire sur l'attachement familial, ravala ses critiques ; elle n'avait pas dîné avec sa propre sœur depuis au moins six mois. Et elles habitaient toutes les deux Québec.

— Ils n'avaient rien à se dire, j'imagine.

Rouaix plaignit Jacinthe Laurier ; la famille était si importante pour lui. Deux prévenus qui protestaient contre leur arrestation lui firent détourner la tête. Godin et Turcotte. Les éternels revenants. Rouaix fit signe à l'officier de les lui amener. Avec qui s'étaient-ils battus aujourd'hui ?

Graham se replongea dans la lecture des interprétations des symboles, relut les témoignages des victimes d'une manière mécanique. Elle refermait le dernier dossier quand Berthier entra dans la grande salle avec une femme très bien mise. Il avait l'air ennuyé.

— Trudeau n'est pas là ?

— Grippé, fiévreux. Il vient de partir. On le remplace tous un peu.

— C'est un vol.

Graham s'approcha de la femme, se présenta.

— Je m'en occupe, Berthier. Tu peux rentrer chez toi.

Graham indiqua son bureau à la femme. Celle-ci la dévisagea, parut sur le point de parler, mais se mordit la lèvre. Graham soupira ; il y avait longtemps qu'elle n'avait pas entendu de confession pour vol à l'étalage, et ça ne lui manquait pas. C'était toujours lamentable. Des tas d'ennuis pour tout le monde. La femme était propre et bien coiffée, ses ongles fraîchement vernis, son rouge bien appliqué. Elle portait un manteau semblable à celui de Léa ; Simons probablement. Elle attendit que Graham soit assise pour faire de même.

— Vous êtes madame ?

— Geremelek. Suzanne Geremelek.

Graham se cala doucement dans son fauteuil de manière que Suzanne Geremelek l'imite ; l'interrogatoire serait un peu plus long que prévu : cette femme était peut-être la mère de l'élève dont s'occupait Léa. Graham tenterait d'en apprendre le maximum sur elle.

— C'est un nom peu commun.

— C'est le nom de mon mari. Je m'appelais Labonté, mais j'ai renoncé à mon nom de jeune fille. C'était plus facile.

— Pourquoi ? reprit Graham.

Suzanne secoua la tête. Non, elle avait parlé sans réfléchir. Rien n'est jamais facile.

— C'est vrai. Ce n'est pas facile de voler, fit Graham.

— Je n'ai pas volé, protesta Suzanne. J'étais distraite... Appelez mon mari, il viendra vous expliquer.

— La vie est faite d'erreurs. Racontez-moi ce qui s'est passé.

Graham ne croyait pas le moins du monde à une erreur du commerçant, mais elle tenait à entendre la version de Suzanne.

— Écoutez, j'ai vu un pyjama de bébé. Un bébé de quinze mois. Il était très beau.

— Le bébé ?

Le regard de Suzanne papillonna avant de se fixer au loin avec intensité comme si une image venait d'apparaître.

— Oh oui ! Éric avait des cheveux si doux et de grands yeux souriants. Il souriait toujours, il ne se doutait absolument pas de...

Suzanne enfouit son visage entre ses mains, lissa ses joues ; elle n'avait pas à discuter d'Éric avec une inconnue.

Une inconnue dans un poste de police. Elle prenait conscience subitement qu'elle était dans un poste de police, mesurait le danger. L'avait-on vraiment arrêtée ? Elle regardait les murs, les piles de paperasses qui envahissaient le bureau de Graham. C'était ici que travaillaient les policiers ? On aurait cru une salle de presse avec tous ces téléphones qui sonnaient sans arrêt. Comment pouvait-on se concentrer dans un tel brouhaha ?

— C'est la première fois que vous venez ici ? reprit Graham.

— Oui. Mon mari va tout arranger, ne vous inquiétez pas.

Il serait embêté. Fâché ? Et si Marie-Ève l'apprenait ? Non, il n'y avait aucune raison.

— Je ne voulais pas de ce pyjama, car je n'ai pas d'enfant de cet âge-là. Ma fille est adolescente. J'étais dans la lune. Je pensais à Marie-Ève, justement.

— Les ados sont compliqués, non ? Mon collègue a un garçon de dix-sept ans, qui vient à peine de se remettre à étudier. Il ne faisait rien avant. Rien de rien. Son père était exaspéré. D'un autre côté, ils doivent choisir si vite leur vie, leur plan de carrière… Marie-Ève vous ressemble-t-elle ?

Suzanne écarquilla les yeux : si Marie-Ève lui ressemblait ? Eh oui. Hélas !

— C'est votre seule enfant ?

Mais pourquoi cette détective lui posait-elle des questions sur ses enfants ?

— Éric est mort, souffla-t-elle.

— Éric ? dit Graham. De qui parlez-vous donc ?

— De mon fils. Il est mort à quinze mois.

Suzanne tira un paquet de cigarettes de son sac à main et lui en offrit une. Il y aurait bien un ou deux collègues de Graham qui sacreraient à cause de la fumée, mais elle ne se voyait pas refuser une cigarette à une femme qui avait été si cruellement amputée.

— C'est horrible, compatit Graham. Et personne ne peut vous comprendre. Sauf les parents qui ont vécu le même drame.

— Oui. Il paraît que le temps arrange les choses. C'est plus ou moins vrai : on s'habitue à la douleur sans qu'elle disparaisse.

— Vous avez tenu grâce à Marie-Ève. Aujourd'hui, vous ne pouvez plus lui choisir des pyjamas.

Suzanne ébaucha un sourire.

— Je ne fais même plus d'efforts pour choisir ; je prends un truc, n'importe lequel. Ma fille le retourne à la boutique le lendemain. C'est presque un jeu.

— Évidemment, vous savez quelles boutiques lui plaisent... La fille de mes voisins s'habille chez Gap. Elle doit avoir plus de pulls que moi. Je pourrais les lui emprunter ; elle les aime si larges !

— Je sais ce que c'est. Marie-Ève aime tout ce qui est trop grand pour elle. Un bon jour, elle trébuchera sur ses manches !

— Elle doit porter des tee-shirts pour dormir, non ?

— Oui, des choses délavées aux couleurs bizarres...

— Les pyjamas que vous avez volés n'étaient pas pour elle, avança Graham avec douceur.

Suzanne admit que son geste avait l'apparence d'un vol. Ce n'était pas ce qu'elle souhaitait. Elle voulait caresser le pyjama. Pas léser le vendeur. Graham lui expliqua qu'elle était obligée de suivre la procédure, car le commerçant tenait à déposer une plainte. C'était très embêtant.

— Denis va aller le voir. Il arrangera tout. Il enseigne à l'université. Je l'appelle.

Elle laissa un message dans sa boîte vocale.

— Il doit donner un cours.

— Votre mari vous a-t-il parlé de la jeune femme qui est morte la semaine dernière en face du pavillon Desjardins ?

— C'est épouvantable. Elle s'est jetée sous les roues de la voiture sans que Lucien Trudel puisse freiner. Il est en congé de maladie. Il ne veut plus conduire.

— Votre mari connaît bien M. Trudel ?

— Pas tellement. Denis enseigne la biologie.

— Ça doit être passionnant.

— Il a l'air d'aimer ça. C'est un bon professeur. Il m'a enseigné au cégep. Il finissait sa maîtrise à l'Université Laval à l'époque.

Rouaix, qui rentrait de la Cour, s'attarda quelques instants pour écouter Graham et Suzanne Geremelek. Il admirait la méthode de sa collègue ; on aurait pu croire qu'elle papotait avec les personnes qu'elle interrogeait. Comment faisait-elle pour leur témoigner ce bienveillant intérêt ?

Plus tard, après que Denis Geremelek fut venu rejoindre Suzanne, après qu'il eut donné le nom d'un avocat et signé tous les papiers exigés, Rouaix retrouva Graham pour faire le point sur le dossier du Violeur à la croix.

— J'ai vu le patron tantôt. Il s'impatiente.

— Il n'est pas le seul.

Elle se leva, annonça qu'elle allait acheter une pomme. En le disant à voix haute, elle ne pouvait pas changer d'idée et revenir avec des chips ou du chocolat. Non, une pomme est bien meilleure, une bonne pomme rouge, se répétait-elle en se dirigeant vers les distributeurs.

— Eh ! Graham ! Un appel. L'Hôtel-Dieu. Un viol.

Graham blêmit, revint sur ses pas, prit son sac et son imper, et suivit Rouaix qui dévalait les escaliers.

Dans la voiture, il répéta ce qu'il venait d'apprendre : la victime avait une quarantaine d'années, elle habitait à Duberger, l'homme s'était fait passer pour un employé d'Hydro-Québec afin d'entrer chez elle.

— Ce n'est pas le même *modus operandi,* conclut Rouaix.

Ils rencontrèrent l'infirmière et le médecin qui s'étaient occupés de la jeune femme, mais dès qu'ils eurent échangé quelques mots avec cette dernière, ils furent quasiment persuadés qu'elle n'avait pas été agressée par le Violeur à la croix. Le criminel était resté assez longtemps avec elle pour pouvoir la marquer, mais il ne l'avait pas fait. Il ne l'avait pas non plus attaquée par-derrière. Et elle avait les cheveux noir corbeau.

Graham prit la déposition de la femme et lui jura qu'elle ferait tout ce qu'il fallait pour que l'agresseur croupisse en prison. La victime, bien que choquée, montrait beaucoup de détermination ; elle promit qu'elle irait dès le lendemain à la centrale pour établir un portrait-robot du violeur.

Graham la remercia et lui remit sa carte, où elle nota son numéro de téléphone à la maison.

— Vous pouvez m'appeler n'importe quand. Je connais des femmes qui peuvent aussi vous écouter et…

— Ma meilleure amie est avocate. C'est pour ça que j'accepterai de témoigner au lieu de m'enfermer chez moi. Même si je comprends les femmes qui préfèrent garder le silence.

Graham se contenta de lui serrer la main en signe de compréhension. Le carnaval de la justice était une véritable roulette russe. Sur quel magistrat tomberait cette femme le jour de l'audience ?

Graham avait en tête la juge Verreault, qui avait déclaré que le crime était moins grave puisque la victime, une enfant, ayant été *seulement* sodomisée, avait conservé sa virginité.

L'infirmière poussa la porte de la chambre pour semoncer Graham :

— Notre malade a besoin de repos.

Graham s'excusa, rejoignit Rouaix dans la salle d'attente. Il avait parlé au médecin : en examinant la victime, il n'avait observé aucune marque en forme de croix, ni autre bizarrerie ou anomalie. L'homme n'avait pas tenté de l'étrangler par-derrière ; il lui avait attrapé et noué les poignets pour commettre le viol.

— Il n'a pas essayé de dissimuler son visage, ajouta Rouaix.

— Et il est jeune. La victime parle de seize, dix-sept ans. Elle croit l'avoir déjà aperçu dans son quartier. Pourquoi n'a-t-elle pas pensé qu'il était trop jeune pour travailler à Hydro-Québec ?

Rouaix et Graham gardèrent le silence en rentrant à la centrale du parc Victoria. Ils restaient à la case départ, jouant avec des dés pipés qui ne leur accordaient aucun point, rien qui ne leur permette d'avancer ni de prévenir la prochaine agression.

* * *

Steeve Tremblay jeta un coup d'œil sur sa montre pour la cinquième fois en moins de trois minutes. 17 h 7. Que faisait Louise ? Il l'attendait depuis déjà un quart d'heure. Il avait garé sa voiture tout près du complexe G pour la voir quand elle sortirait de l'immeuble. Elle aurait dû s'avancer sur l'esplanade depuis quatre minutes au moins ; ça ne prenait pas une éternité pour descendre de son bureau en ascenseur, en sortir et traverser le hall d'entrée. Qui la retenait ?

Il compara l'heure indiquée par le cadran du tableau de bord à celle de sa montre. Identiques. Il regarda de nouveau dans son rétroviseur ; des dizaines de femmes quittaient le complexe G, couraient pour attraper l'autobus, et Loulou n'était pas du nombre. Il jura, fouilla dans la poche de son veston, en tira une coupure de journal. Malgré l'usure du papier maintes et maintes fois plié et déplié, Tremblay distinguait très bien Maud Graham et la responsable du regroupement des femmes à la soirée-bénéfice. Il se retint de déchiqueter l'image ; il n'avait qu'un exemplaire de cette scène à laquelle il avait assisté, remarquant les sourires qu'échangeaient Graham et ses copines.

Il se défoulerait chez lui avec des doubles des clichés qu'il avait pris de Graham. Il jouait souvent aux fléchettes en visant les yeux de la détective. Ou ceux de Léa. Il avait songé un certain temps qu'elles étaient lesbiennes, puis il avait vu un jeune homme raccompagner Graham à minuit un soir d'été. Il était rentré avec elle et n'était ressorti qu'une heure et demie plus tard. Un gigolo. Sans intérêt. Il ne le violerait jamais. Il n'était pas une tapette.

91

* * *

Grégoire ne se doutait pas qu'un homme obnubilé par la vengeance pensait à lui à l'instant où il sortait pour acheter du lait. Il changea d'idée en humant des effluves de friture dominant le parfum âcre des feuilles mortes ; il irait manger un club sandwich au Laurentien. Au carré d'Youville, il repéra Marie-Ève grâce à sa mèche verte et il la suivit au lieu d'aller manger. Elle se rendait au cimetière. Qu'est-ce qui l'attirait dans ce lieu ?

Une voiture ralentit à la hauteur du cimetière. La conductrice se gara dans un espace interdit, sortit de la voiture et rejoignit l'adolescente. Marie-Ève se débattit lorsque la femme tenta de l'attraper par le bras et courut devant elle pour lui échapper.

Elle avait l'air plus en colère qu'effrayée, et si la femme fit quelques pas pour la rattraper, elle abandonna rapidement cette idée.

Grégoire se demandait qui était cette femme. S'il s'agissait de sa mère, elle avait l'air jeune, mais elles se ressemblaient beaucoup. Elle portait un manteau bleu marine semblable à celui de Léa Boyer.

Il parlerait de cette scène à Biscuit.

Il rebroussa chemin, constata que Marie-Ève s'était arrêtée en face du Capitole pour discuter avec une copine. Il vira à gauche et entra dans le restaurant en salivant à l'idée de manger une poutine. Pauvre Biscuit qui n'en avait pas mangé depuis au moins trois semaines : elle était sacrément amoureuse pour s'imposer un régime. Il l'enviait. Il ne s'éprendrait jamais d'un homme au point de faire de pareils sacrifices. C'était préférable, au fond. Il n'avait pas envie de se compliquer l'existence. L'amour était super au début, puis les gens se disputaient, faisaient du chantage en utilisant les enfants, se les repassaient pour ne pas avoir à s'en occuper tout seuls. Il avait vécu dans neuf familles d'accueil ; il avait vu un million de situations semblables. L'amoureux était gentil, beau, intelligent pendant un mois ; après il devenait un coureur, un violent ou un jaloux. On s'engueulait, on se séparait et on recommençait.

Biscuit ne vivrait peut-être pas les choses d'une manière aussi dure, mais Yves l'avait quand même plaquée pour une autre fille. Elle l'avait pleuré assez longtemps ! Gagnon avait l'air correct, c'est vrai, mais personne ne le connaissait comme il faut.

Avec ses clients, Grégoire avait appris à ne pas trop se fier aux apparences.

Il décida d'aller jouer au billard. Il mettrait son beau cul en valeur en se penchant sans arrêt ; un type craquerait sûrement. Il fit un détour par le cimetière ; qu'y avait-il d'inscrit sur la tombe qui retenait l'attention de Marie-Ève ? Elle s'agenouillait devant une des deux seules tombes protégées par de petites grilles qui ressemblaient à celles qui bordaient le cimetière. Grégoire poussa la porte, sourit au bruissement des feuilles mortes qui collaient à ses chaussures et buta sur une pierre avant d'atteindre la tombe recherchée.

Des Wilde y avaient été enterrés. Un père et ses enfants. *Catharine — aged 15 months.* Quel lien unissait Marie-Ève à ces Anglais ? Elle avait un nom qui sonnait plutôt russe ou polonais. Et même si elle leur était apparentée, elle ne pouvait pas pleurer la mort d'un ancêtre qu'on avait enterré depuis si longtemps.

Grégoire sortit perplexe du cimetière. Le drapeau aux couleurs gaies qui flottait au-dessus de l'entrée du Drague claquait au vent. Il hésita. Une bière ou non ? Il alluma une cigarette et inspira la fumée avec soulagement. Le néon rose fluo du bar clignota, il se décida à passer la porte. Il boirait un café-cognac. Ça le réchaufferait. Sale humidité d'automne. Il aurait dû mettre un foulard, mais ce n'était pas aussi sexy qu'une veste de cuir ouverte sur une chemise déboutonnée. Est-ce qu'il avait rêvé ou la mère de Marie-Ève portait le même manteau que Léa ?

Il se dirigea vers le téléphone ; il valait mieux appeler Graham avant de boire. Elle parut très surprise qu'il lui parle de la mère de Marie-Ève, qu'il lui raconte la poursuite au cimetière.

— C'est bizarre, hein ?

— Oui, cette femme est étrange. Elle était ici tantôt.

— Pour quoi faire ? demanda Grégoire.

— Top secret.

— T'es plate, Biscuit.

— Je le sais. Tout le contraire de toi. Où es-tu ?

— Dans un bar. Où veux-tu que je me tienne pour pogner ? Il fait trop froid dehors. J'ai pas de foulard.

Elle admit qu'il était préférable qu'il reste à l'intérieur ; il n'attraperait pas la grippe.

— Non, je vais attraper autre chose, certain ! Je vais aller jouer au billard. Les centres d'achats, c'est pour demain. La belle paye du jeudi.

Il raccrocha avant qu'elle lui répète ses conseils de prudence. Elle n'était tout de même pas sa mère. Il était injuste : sa mère ne lui aurait adressé aucune mise en garde, elle se fichait totalement de ce que son fils devenait. Il ne l'avait pas vue ces dernières années, mais elle n'avait sûrement pas changé. Elle devait vivre avec Bob-le-porc.

Pour dissiper au plus vite le souvenir de son oncle, Grégoire vida d'un trait son verre de cognac, puis il se brûla les lèvres avec le café. Il jura en continuant à boire le liquide trop chaud. Il s'endurcissait à la douleur depuis ses douze ans.

* * *

Marie-Ève, elle, avait moins l'habitude de la douleur, mais elle était si fière de ses scarifications qu'elle les désinfecta sans gémir. À peine un froncement de sourcils. Les coupures qu'elle et Charlotte s'étaient infligées lui semblaient très réussies pour une première expérience. Au nombre de dix, elles rayaient la peau des avant-bras avec régularité ; les lames de rasoir, bien coupantes, permettaient un beau travail. Charlotte avait montré beaucoup de détermination après qu'elles eurent fumé du hasch, et son exemple avait encouragé Marie-Ève. Elles n'étaient pas des filles ordinaires, promises à un destin banal, condamnées à une petite vie merdique comme tout le monde. Elles n'étaient pas peureuses, elles. Elles voulaient communiquer avec les esprits et elles y parviendraient. Charlotte était catégorique ; elles avaient juste le bon âge pour plaire aux spectres. Les *poltergeist* adoraient les adolescentes.

Marie-Ève se déshabilla entièrement devant le miroir de sa chambre. Elle s'examinait rarement, déçue par son image, mais ce soir-là, elle se trouvait belle comme une princesse antique avec ses bras striés de lignes ensanglantées. Elle contemplait ces incisions avec fierté, avait hâte de recommencer et regrettait de ne pouvoir les montrer à personne d'autre que Charlotte. En s'approchant du miroir, elle eut l'impression qu'on l'observait, que son reflet avait fait place à un autre être.

Un être qui était son sosie. Éric. Éric la contemplait. Hypnotisée, elle appuya sa main sur le miroir. Un frisson la parcourut des pieds à la tête ; elle sentait la paume d'Éric contre la sienne. Ainsi, il s'était mis à lui ressembler en vieillissant. Ils étaient devenus monozygotes, plus jumeaux que jamais, plus unis. Un. Elle devait s'entretenir avec lui, lui confier son rêve de s'élever au-dessus de l'inepte condition humaine. Si Éric avait vécu, il ne se serait sûrement pas contenté d'une existence médiocre où de bonnes notes à l'école permettaient d'assister à un concert de rock, où il fallait une paire de patins à la dernière mode pour avoir des amis. Non, Éric aurait rejeté ce monde superficiel.

Le miroir s'éclaircit, le doux sourire de l'adolescent s'estompa ; Marie-Ève se sentait apaisée, bercée par l'apparition. En entendant la voix de Suzanne qui rentrait à la maison et l'appelait, elle hésita, se souvint de sa colère au cimetière, mais renonça à faire une scène et répondit poliment.

Suzanne s'étonna de ce ton aimable, s'inquiéta : Denis avait-il raconté l'incident du pyjama à leur fille ? Est-ce que Marie-Ève préparait une vacherie ?

— Je n'ai rien dit, jura Denis. Elle est de bonne humeur aujourd'hui, c'est tout. Ça tombe bien, la journée a été assez chargée d'émotions.

Suzanne Geremelek s'approcha de son mari, répéta qu'elle n'avait pas voulu voler le vêtement. Il lui serra les poignets. Il savait bien qu'elle n'était pas responsable, elle devait néanmoins faire des efforts de son côté. Décider enfin de s'aider.

— Une thérapie ? C'est ça que tu veux que je fasse ? Une autre ?

— On trouvera quelqu'un de très bien avec qui tu t'entendras. Et tu iras jusqu'au bout, cette fois.

— Je vais réfléchir, promit Suzanne à la grande surprise de Denis.

Elle ne voulait plus revivre la honte d'être appréhendée comme une vulgaire criminelle. Elle était pourtant habituée à la honte, à ce sentiment corrosif qui ne la quittait pas depuis vingt ans, mais elle avait appris à dissimuler cet embarras poisseux. À la boutique, elle avait eu l'impression d'être nue devant tout le monde, exposée jusqu'au tréfonds de son âme. Les policiers qui l'avaient emmenée l'avaient toisée avec mépris, comme si elle puait. Elle avait détesté la centrale de police, même si la détective s'était montrée très aimable. Quelle drôle de femme. Elle s'intéressait plus au magasinage qu'à son enquête. Tant mieux pour elle ; elle était tombée sur une incompétente qui ne savait pas trop comment régler son cas. L'histoire du pyjama serait vite classée. Et oubliée.

Des pas dans l'escalier lui firent tourner la tête.

— Ah ! Marie-Ève, s'exclama Denis, on voulait savoir si on commandait du chinois ou de la pizza. Ta mère n'a pas le goût de cuisiner ce soir.

— L'un ou l'autre, j'aime les deux.

Le sourire de Marie-Ève combla Denis; durerait-il jusqu'à la fin de la soirée? Vivre avec une adolescente donnait une excellente idée des montagnes russes. Marie-Ève passait sans prévenir de la bouderie à une humeur délicieuse. Plusieurs fois par semaine. Par jour.

Marie-Ève étira les manches du chandail que lui avait offert Suzanne et déclara qu'elle allait le garder.

— En fin de compte, ce n'est pas si pire, cette couleur. Ça fait changement.

Suzanne aurait voulu l'embrasser.

— Alors? s'impatienta Denis. Chinois ou italien?

— Je veux un *chow mein* aux légumes, déclara Marie-Ève, du poulet frit à l'ananas, des *spareribs,* des *egg rolls* et des *dry won ton* aussi. Et des biscuits aux amandes. Et des nouilles frites au porc.

L'enthousiasme de Marie-Ève réjouit ses parents. Denis fut surpris de manger avec appétit et de constater que Suzanne faisait honneur aux mets chinois. Était-il réellement allé à la centrale du parc Victoria deux heures plus tôt? Est-ce qu'on pouvait passer subitement d'un cauchemar à la quiétude d'un repas en famille?

Il devrait convaincre sa femme de commencer une nouvelle thérapie.

Chapitre 6

Les vitrines des magasins amusaient Steeve Tremblay. Il contemplait les masques et les costumes d'Halloween avec satisfaction : il pourrait s'approcher de Léa sans danger. Il avait proposé à Louise d'accompagner son neveu dans sa tournée. L'enfant habitait rue Moncton ; il serait donc normal qu'il aille quêter des friandises rue Murray.

Loulou avait suggéré à Steeve de louer un costume de chat.

— Tu as une démarche si souple, avait-elle expliqué, je ne t'entends jamais venir.

— Et toi ? Tu te déguiseras en souris ? Je vais te croquer !

Il s'était précipité sur elle pour l'embrasser, elle avait pouffé de rire avant de lui rendre son baiser. Il était si romantique ! Pour se faire pardonner de lui avoir fait une scène à cause de son retard, il l'avait invitée à manger au Saint-Amour.

— Je voyais des dizaines de personnes sortir du complexe G, mais ce n'était jamais toi. J'ai eu peur qu'il te soit arrivé quelque chose.

— Mais je suis descendue à 5 h 10 ! Je n'avais même pas cinq minutes de retard.

— Ça m'a paru trop long !

Louise savait que c'était moins son retard qui avait agacé Steeve que le fait de la voir en compagnie d'un collègue. Elle avait fait part de ses soupçons concernant la jalousie de son amoureux à sa copine Judith, et celle-ci l'avait enviée d'avoir un homme qui tenait autant à elle. Ses crises prouvaient qu'il lui était très attaché ; sinon, il n'aurait pas été si fâché de voir Pierre à ses côtés.

Ils avaient très bien mangé rue Sainte-Ursule et Steeve avait proposé de boire un digestif au Château Frontenac. Au bar Saint-Laurent, il avait insisté pour que Louise accepte une coupe de champagne alors qu'il buvait un Perrier.

— Je ne peux pas me permettre la moindre erreur avec ma voiture ; c'est mon outil de travail.

Steeve était si sage. Presque trop sérieux. Elle ne s'en plaindrait pas. Il ne serait pas du genre à oublier de payer ses factures de téléphone et à lui emprunter de l'argent comme le faisait Jean-François. Steeve était un être responsable, sur qui elle pouvait compter. Il l'attendait chaque soir à la sortie des bureaux et il n'était jamais arrivé après qu'elle eut quitté la tour. Il avait eu un peu raison, au fond, de s'impatienter de son retard. Ce n'était pourtant pas sa faute si le photocopieur était tombé en panne.

Ils avaient parlé de l'Halloween en rentrant chez Louise. Pourquoi ne le fêteraient-ils pas avec des enfants ?

— Je n'en ai plus de mon côté, mais toi, tu…

— Tu n'en as plus ? s'était-elle alarmée.

Que voulait-il dire ? Sa discrétion à propos de sa famille intriguait Louise. Il détournait systématiquement les questions sur le sujet.

Steeve se reprit, réussit à sourire : sa sœur n'avait que de grands ados.

— Pourquoi ne veux-tu pas me parler de ta famille ? s'enhardit Louise.

Même s'il détestait le ton inquisiteur de Loulou, il lui mentit en prenant un air contrit :

— Je n'ai rien à t'apprendre d'excitant. Ma sœur vit à Montréal et ses enfants ont l'âge d'aller au cégep.

— Tu n'en parles jamais.

— On a dix ans de différence. On ne se voit pas. Son mari

est un imbécile. On a failli se battre au dernier Noël. Tu es chanceuse d'avoir une famille qui t'est proche.

Louise se sentit toute bête d'avoir poussé Steeve à remuer ces désagréables souvenirs. Ce n'était pas maintenant qu'elle pourrait l'interroger sur son appartement : pourquoi ne l'y emmenait-il pas plus souvent ? Elle n'y était allée qu'une fois pour prendre l'apéro avant une séance de cinéma. Steeve prétendait qu'il aimait mieux l'appartement de Louise, mais elle soupçonnait autre chose.

— À quoi penses-tu ?

— À toi.

Elle lui tapota la main alors qu'il changeait les vitesses, la retira rapidement, car elle savait qu'il condamnait ces gestes affectueux quand il conduisait.

— C'est une bonne idée de fêter l'Halloween avec des enfants, dit-elle en donnant un ton joyeux à sa voix. Ça sera plus drôle.

— Ton neveu Philippe aimerait-il ça ?

— Oh oui ! Avec ses problèmes de dos, ma sœur ne l'emmène pas très loin.

— Marché conclu. Il reste à dénicher nos costumes. Je m'en charge.

Elle avait proposé le thème félin. Va pour un chat. L'important était qu'il soit masqué. Zorro aurait bien fait l'affaire ; n'allait-il pas rendre justice ? Léa remplirait de bonbons le sac de Philippe sans se douter qu'il gravait ses traits dans sa mémoire, qu'il l'imaginait en son pouvoir.

La tête de Graham quand elle apprendrait le drame...

Le costume de chat, tout noir, était un peu petit pour Steeve, mais il le prit quand même.

— C'est le dernier costume de chat qui nous reste, avait précisé l'employée. Le chat noir est très populaire.

Steeve se coiffa du masque. Il faisait une de ces chaleurs là-dessous ! Peu importe, il serait anonyme. Et dehors, la température n'excéderait pas cinq ou six degrés en fin d'après-midi.

Une femme vint louer un costume de velours rouge avec des broderies dorées. Elle plaisanta avec l'employée : son mari aurait au moins le déguisement s'il n'avait pas le tempérament du prince charmant.

— C'est seulement dans les contes, affirma l'employée.

— Je sais. J'ai lu un graffiti très amusant dernièrement : « Il faut embrasser bien des grenouilles avant de trouver son prince charmant. » Une autre femme avait écrit juste en dessous : « Il suffit de vivre quinze jours avec le prince charmant pour qu'il redevienne un crapaud. »

L'employée s'esclaffa, puis cessa de rire en se rappelant la présence de Steeve. Il lui sourit cordialement ; il avait le sens de l'humour. Une petite blague sur les hommes n'allait pas l'indisposer.

* * *

— Tu n'as pas encore trouvé le prince charmant ? demanda le Dr Labonté à Marie-Ève.

— Les gars de ma classe sont bien trop niaiseux.

Elle était arrivée une heure plus tôt. Comme elle était légèrement intimidée en entrant, Joël Labonté avait su la mettre à l'aise et elle s'était vite laissée tomber dans un fauteuil en se plaignant de n'avoir qu'une heure et demie à consacrer à son grand-père.

— Appelle-moi Joël. Il me semble que je suis trop jeune pour être ton grand-père. Tu appelles bien tes parents par leurs prénoms.

Marie-Ève acquiesça ; Joël était formidable. Il s'intéressait à elle, à ses amies, à ses goûts. Il venait de lui remettre de l'argent pour qu'elle achète des disques de ses groupes préférés ; elle les ferait jouer quand elle lui rendrait visite. Vraiment chouette. Il répétait qu'elle était aussi belle qu'intelligente et qu'il était fier d'elle. Elle devait plaire à des tas de garçons.

— Ils sont niaiseux ? À ce point ?

— Des bébés. Charlotte a sorti avec Kevin, mais même s'il a dix-sept ans, c'est un bébé qui ne sait pas ce qu'il veut. Il est avec une autre fille aujourd'hui. Il avait juré à Charlotte qu'il l'aimerait toujours. C'est un écœurant.

— Ton père et ta mère, eux, ils s'aiment encore ?

Marie-Ève fit la moue avant de répondre :

— Ils ne s'engueulent pas souvent, et de toute manière ils se taisent dès que j'apparais. Comme si je ne savais pas pourquoi ils se crient après. Maman achète des vêtements de bébé, ça énerve papa. Je le comprends. Ce n'est pas ça qui va faire revenir Éric. Elle est folle, ma mère.

— Ne dis pas ça, fit mollement le Dr Labonté.

— Elle me tape sur les nerfs. Elle se mêle de tout. Elle essaie de tout savoir sur moi.

— C'est sûr que c'est embêtant, tu es quasiment une adulte. Tu as le droit à ta vie privée.

Marie-Ève s'exclama : enfin ! quelqu'un qui ne la traitait pas en gamine.

— Comment le pourrais-je ? Tu es devenue une si belle fille…

— Je voudrais être plus grande.

Il s'insurgea ; elle était parfaite telle qu'elle était. Pourquoi vouloir être trop bâtie ? Les grandes femmes avec des poitrines abondantes se fanaient si vite. Il affirma que les hommes avaient un faible pour les types androgynes.

— Pense à Kate Kilkenny.

Joël connaissait Kate Kilkenny ? Il était réellement branché. Kate, son idole ! Si gracieuse, si aérienne. Mais Kate devait être plus grande qu'elle.

— Je ne crois pas, répondit le Dr Labonté. Quelle allure ! As-tu envie d'être mannequin ?

— Non. C'est trop superficiel.

Elle exprima son dédain pour la société et pour les gens qui jugeaient les autres sur les apparences. Ils regardaient si vous aviez le blouson de cuir ou les chaussures à la mode afin de vous classer.

— La consommation nous écœure, Charlotte et moi. On préfère communiquer avec les esprits...

— Les esprits ?

Il réussit à dissimuler son amusement ; Marie-Ève était si candide ! Il pourrait l'aimer peut-être plus vite qu'il ne l'avait espéré. Il inventa une anecdote au sujet des tables tournantes et prétendit avoir parlé avec un revenant vingt ans auparavant.

— C'est vrai ! Quand je vais conter ça à Charlotte ! Elle...

Il l'interrompit : elle n'avait pas le droit de mentionner ses visites à quiconque. Elle ne devait jamais oublier ce détail.

— Charlotte garderait le secret.

— Il faut être prudent. Ta mère pourrait me créer des ennuis si elle apprenait que tu es venue chez moi.

— Vous devriez vous réconcilier, ça serait moins compliqué.

— Je voudrais bien, mentit le Dr Labonté, mais elle refuse de me voir plus de trois fois par année.

— Je pourrais essayer de la faire changer d'idée.

— Marie-Ève ! Jure-moi de ne rien tenter. Si tu te mêles de ça, on sera séparés. Tu n'es pas majeure, elle a le droit de t'interdire de me voir.

— Ce n'est pas juste.

Il s'alluma une cigarette, en offrit une à Marie-Ève.

— Tu ne fumes pas ?

Elle hésita, puis lui confia qu'elle fumait des joints avec Charlotte.

— C'est très marrant, la mari, j'en ai déjà pris, moi aussi.

Bon sang ! Il était encore mieux qu'elle ne l'imaginait.

— À partir de treize, quatorze ans, continuait Joël Labonté, on est capable de savoir ce qu'on aime et ce qu'on n'aime pas. Ce n'est pas aux autres de décider pour nous. La société s'immisce trop dans la vie privée des gens. Les adultes décident toujours, alors qu'ils font des tas d'erreurs. Autrefois, des filles de douze ans se mariaient. Hélène, la femme de Samuel de Champlain, par exemple. Ou

Cléopâtre. Elle n'était pas vieille lorsqu'elle a épousé son frère.

— Son frère ?

Marie-Ève s'était exclamée d'un ton horrifié, mais Joël Labonté avait cru déceler dans sa voix une pointe d'envie et une certaine fascination.

— Son frère ? répéta-t-elle plus doucement. J'aurais pu me marier avec mon jumeau ?

Elle se faisait déjà à l'idée. Quelle bonne élève !

— Cléopâtre a épousé ses deux frères ; c'était normal dans l'Antiquité égyptienne. Et en y réfléchissant, c'est plus normal d'avoir confiance en quelqu'un qu'on connaît, de s'éprendre de lui plutôt que d'un parfait inconnu. Non ?

Marie-Ève était troublée ; aurait-elle aimé Éric d'amour ? Son double lui manquait cruellement, elle rêvait souvent de cet absent et le chérissait, mais...

— Je... je ne sais pas.

— La société nous impose des règles, alors qu'on devrait avoir le droit de choisir qui on aime. Roméo et Juliette sont morts parce qu'ils ont tenu tête à la société.

Joël avait raison ! Elle parlerait de lui à Charlotte. Elle comprenait qu'il soit prudent, mais sa meilleure amie ne la trahirait pas : elles seraient bientôt unies par le sang.

Joël Labonté avait changé le disque compact et revenait vers Marie-Ève en se tenant derrière le canapé. Il voyait ses petits seins, à peine éclos, et devait faire preuve de beaucoup de maîtrise pour ne pas plonger ses mains dans le chandail de Marie-Ève et faire rouler les tétons sous ses doigts. Ils durciraient tout de suite, il en était certain. Elle avait une façon de le regarder qui laissait deviner ses réactions. Comme sa mère, elle protesterait, et comme sa mère, elle y prendrait goût. Son corps se plierait à ses caresses.

Ce ne serait pas un adolescent maladroit qui lui ravirait la virginité de Marie-Ève. Il ne le permettrait pas.

Le carillon de l'horloge tinta. Marie-Ève soupira en s'extirpant du canapé ; elle aurait préféré rester là tout l'après-midi.

— Tu reviens quand tu veux. Moi, le soir, j'ouvre le canapé. C'est un divan-lit. Je regarde la télévision, bien allongé, bien tranquille.

— Chanceux, je suis obligée de rester dans le salon. Ça m'énerve! J'espère qu'à Noël mon père me donnera une télé pour ma chambre. Il est temps!

Il lui tendit son manteau, elle enfila une manche en grimaçant.

— Tu as mal au bras? À l'épaule?

Marie-Ève rougit, secoua la tête, mais il insista, posa une main sur son épaule.

— On ne te bat pas, au moins? Ma chérie, allez...

Marie-Ève releva la manche de son chandail en expliquant à Joël qu'elle et Charlotte entraient en communication avec des esprits. Elles les attiraient avec ces scarifications et diverses incantations.

— Mon bébé! Ce n'est pas prudent.

— Je les ai désinfectées. Arrête, tu me chatouilles.

Le Dr Labonté embrassait chaque coupure rapidement tandis que Marie-Ève protestait en riant. Il réussit à se dominer.

— Je n'aime pas que tu te blesses, ma beauté. Ta peau est trop lisse, trop belle. Pourquoi as-tu fait ça?

— C'est un rituel pour les morts. À cause du 31 octobre. C'est une idée de Charlotte. Elle lit des livres sur les messes noires depuis longtemps. Je ne peux pas t'en dire plus. On a un pacte. En tout cas, ça ne fait même pas mal. Et c'est beau avec mon vernis à ongles.

Elle appliqua sa main droite sur son avant-bras gauche. Joël Labonté trouva l'image ridicule, mais il ne voulut pas contrarier Marie-Ève.

— Ce n'était pas pratique au cours de gym ce matin. J'avais peur que les manches de mon chandail glissent quand je levais les bras au badminton. Ne t'inquiète pas, Joël. On s'arrange seulement pour plaire aux esprits. Ce sont de petites coupures.

* * *

Petites, mais pas invisibles. Pierre Russo croyait avoir remarqué quelque chose d'inhabituel dans l'attitude de Marie-Ève alors qu'elle lançait le volant au-dessus du filet. Ses gestes étaient contraints. Pourquoi craignait-elle de bouger les bras ? Il avait d'abord pensé au soutien-gorge. Russo, qui avait eu quatre sœurs, connaissait ce problème qui gâchait la vie de certaines adolescentes : une poitrine trop plate. Julie et Ariane avaient mis des kleenex dans leurs soutiens-gorge pendant un an pour créer l'illusion. Des années plus tard, elles riaient de leur peur que ces mouchoirs tombent durant les activités sportives. Russo avait observé discrètement la gamine sans être persuadé de son hypothèse. Puis il avait vu, par deux fois, des lignes sombres sur l'avant-bras de Marie-Ève. Elle étirait les manches du chandail de coton ouaté régulièrement.

Il ne pouvait pas la questionner en plein cours. Mais ces marques semblaient trop étranges pour qu'il les ignore.

À la sortie du gym, il faillit la prier de rester, mais il se méfiait de l'imagination des adolescentes. À la polyvalente où il enseignait l'année précédente, une élève l'avait dénoncé pour harcèlement sexuel ; pourtant, il ne s'était pas approché d'elle à moins de deux mètres. Heureusement, un témoin avait pu affirmer que Russo, s'il était resté seul avec l'adolescente dans le gymnase, n'avait eu aucun geste déplacé. Russo avait tiré une leçon de l'incident : ne jamais se trouver seul avec une élève.

Il mentionnerait plutôt à Léa Boyer ce qu'il avait remarqué. Si Marie-Ève était victime de sévices, elle saurait comment agir.

Les propos de Pierre Russo intriguèrent Léa ; elle lui promit d'éclaircir le mystère aussi vite que possible.

— Ce qui est étrange, c'est que Marie-Ève avait l'air particulièrement de bonne humeur. J'ai eu de jeunes victimes de coups, ils n'ont pas cette gaieté qu'elle affichait ce matin. Ils sont agressifs ou repliés sur eux-mêmes, ils essaient de se faire oublier, mais ils ne sourient pas. Marie-Ève est bizarre.

— Si tu voyais la mère…

* * *

Grégoire s'était arrêté devant la vitrine de Faces à faces, admirant les costumes d'Halloween avec regret ; dans son enfance, il n'avait célébré la fête des morts que l'année où il était chez sa grand-mère. Elle lui avait fabriqué un costume de pirate. Il avait eu beaucoup de succès et avait rapporté un sac bourré à craquer de bonbons et de tablettes de chocolat. Puis sa grand-mère était morte et sa mère avait interdit sa porte aux enfants.

— Je ne passerai pas ma soirée à me lever pour donner des bonbons, avait-elle dit. Toi, si tu en veux, va t'en chercher.

Grégoire s'était emparé d'un drap et l'avait percé de trous pour ses yeux et sa bouche, mais il avait croisé des enfants qui avaient de si beaux costumes qu'il avait écourté son trajet. Il avait eu honte de son drap minable et n'avait plus jamais fêté l'Halloween. Cette année, Pierre-Yves l'avait invité à une soirée. Grégoire avait objecté qu'il travaillait. Pierre-Yves avait insisté : la fête durerait jusqu'aux petites heures. Grégoire s'interrogeait : pourquoi Pierre-Yves tenait-il à sa présence ? Il ne couchait même pas avec lui.

Biscuit était pareille ; son cul ne l'intéressait pas non plus.

Il vit un reflet dans la vitre, compta jusqu'à dix avant de se retourner. La silhouette demeurait immobile. Un passant qui admirait la vitrine ou un client ? Il arrivait rarement qu'on le drague s'il ne l'avait pas choisi. Grégoire se décida à se retourner.

— Ah, c'est toi, fit-il en reconnaissant Gagnon.

— Je n'étais pas sûr. Je te cours après depuis une heure.

107

Grégoire s'affola. Qu'était-il arrivé à Biscuit pour que son amant fasse le tour du quartier Saint-Jean-Baptiste pour le retrouver?

— Rien du tout. Elle va bien. Je veux t'inviter à notre souper d'Halloween.

— Qu'est-ce qui vous amuse tant dans cette fête-là? Dans ton cas, c'est normal, la fête des morts, c'est tes clients après tout...

Alain Gagnon sourit, expliqua que Graham avait envie de voir les enfants de Léa déguisés.

— Il y aura Léa et son mari, c'est tout. En plus, ça fait vingt ans cette semaine qu'elle est dans la police. On va boire du champagne.

— Ah oui? Il faut fêter ça? Vingt ans chez les bœufs?

— Ça lui fera plaisir qu'on le souligne.

— Tu veux qu'elle t'admire, hein?

— Oui, je veux qu'elle m'aime.

— Je n'ai rien à faire là-dedans. Je vends mon cul ce soir-là. Il y a des gros méchants loups qui vont vouloir me manger. Tout le monde va être sur le *party* dans les bars. C'est bon pour moi.

— Viens faire un tour, s'il te plaît.

Grégoire haussa les épaules. Ça dépendrait de la soirée. Alain Gagnon lui offrit de le reconduire, mais Grégoire dédaigna l'offre; il allait manger un hamburger chez Victor.

— Les meilleurs en ville, affirma-t-il.

Il n'osait pas offrir au Doc de venir avec lui, et Alain Gagnon, malgré son envie de mieux connaître Grégoire, ne s'aventura pas à lui proposer de l'accompagner. Ils restèrent quelques secondes silencieux, embarrassés, puis Gagnon tendit la main au prostitué. Grégoire la serra avec plus de force que ne s'y attendait Alain Gagnon.

— Eh! J'oubliais. On soupe chez Léa, à cause de ses enfants.

Il lui donna l'adresse en répétant que sa présence ferait vraiment plaisir à Maud.

— J'haïs les réunions de famille.

— On ne discutera pas de politique ni de religion, je te le jure.

— Juste de meurtres et de cadavres ?

Alain Gagnon sourit, la fossette de sa joue gauche se creusa. Biscuit avait du goût.

Grégoire le regarda monter dans sa voiture, mais ne répondit pas à son salut. Il ne souhaitait pas rencontrer Biscuit avec des tas de gens. Qu'est-ce qu'ils se diraient ? Avait-elle parlé à Léa de la scène du cimetière ?

* * *

Suzanne Geremelek secouait son foulard bourgogne quand son mari était rentré. Il l'avait aidée à enlever son manteau.

— C'est nouveau ? C'est joli.

— Je l'ai acheté chez Simons.

— Il faudrait que tu continues à *tout* acheter, Suzanne.

L'avocat avait dit qu'un premier délit n'entraînerait pas de graves conséquences, mais ce manège névrotique devait cesser.

Denis offrit un dry gin à son épouse après s'en être servi un bien tassé. Il devait affronter Suzanne et la persuader de se faire soigner. D'entreprendre une nouvelle thérapie et de la terminer, cette fois. Suzanne s'énerva rapidement, l'accusa de tout compliquer.

— L'avocat pense que si tu admets ton problème et vois un thérapeute, cela montrera ta bonne foi.

— L'avocat n'a pas tué son fils !

— Tu n'as pas tué Éric. C'était le syndrome de la mort subite du jeune enfant. Ça fait des années qu'on te le répète.

— Je te promets de ne plus recommencer. Que veux-tu de plus ?

La paix, tout simplement. Que Suzanne soit mieux dans sa peau.

Elle se rebiffa : qui était-il pour avoir de tels désirs ? Un exemple de bonheur et de sérénité ? Il s'enfermait durant des heures avec ses maquettes d'avion sans qu'elle s'autorise la moindre critique.

Le ton avait beaucoup monté quand Marie-Ève poussa la porte d'entrée. Charlotte la suivait. Les Geremelek se turent aussitôt et entendirent leur fille dire à sa meilleure amie que ses parents étaient débiles. Ils ne protestèrent pas.

— Je viens prendre des disques, je mange chez Charlotte, annonça Marie-Ève.

Denis sourit poliment à Charlotte et se resservit un gin. Marie-Ève avait raison de fuir leur demeure. En revenant de l'université, il avait compté le nombre de maisons décorées pour l'Halloween et s'était dit qu'il devrait creuser une citrouille pour l'occasion. Leur maison lui paraissait tellement sinistre, ce vendredi soir ; aucun enfant ne serait tenté de sonner à leur porte.

— Il faudrait acheter des bonbons, déclara-t-il à son épouse quand Marie-Ève eut claqué la porte.

Suzanne lui suggéra d'une voix très douce d'aller en chercher au magasin.

— L'an dernier, on en a manqué, tu te souviens ? As-tu envie de veau ou de poulet pour souper ?

Il avait envie de bonheur. Il le frôlait sans jamais y toucher, jouait à colin-maillard avec la joie, courait les yeux bandés après un mirage qui s'évanouissait dès qu'il l'effleurait. Pourquoi n'avait-il pas le droit d'être heureux ?

— Je vais aller choisir une citrouille, fit-il. Je la découperai demain.

— Je pourrais faire une tarte. Tu aimes bien les tartes à la citrouille.

— Je vais grossir.

— Je t'aime comme tu es, tu le sais bien.

Non, il ne le savait pas. Il s'interrogeait sur leur union. Était-elle maudite parce qu'il avait séduit Suzanne quand elle avait à peine dix-sept ans ? Avaient-ils été simplement malchanceux de vivre une tragédie ? Les couples qui perdaient un enfant n'avaient pas tous une faute grave à se reprocher. Il tournait en rond. Imitait Suzanne. Chacun son manège et les cauchemars seront bien gardés.

Au magasin, ils choisirent des sacs de tablettes de chocolat, des boules de gomme de toutes les couleurs, des bâtons de réglisse à la cerise et de la tire Sainte-Catherine.

— Peut-être que je serais restée vieille fille si tu ne m'avais pas enseigné ? dit Suzanne.

— Oh non, tu es bien trop jolie. Je t'ai remarquée dès le premier cours. Tu étais assise dans le fond de la classe comme si tu voulais te faire oublier.

Il se souvenait parfaitement de leur rencontre ; Suzanne l'avait fasciné avec son visage angélique. Elle semblait terriblement gênée. Si elle avait été majeure, il n'aurait pas eu l'impression de profiter de la situation, de la confiance qu'elle lui manifestait ; il aurait joui pleinement de sa chance de plaire à une belle jeune femme. Au lieu de cela, il s'était tourmenté en l'embrassant, leurs baisers avaient laissé un goût de remords. Suzanne était si complexe ; candide et avisée à la fois, naïve et désabusée, fraîche et flétrie, joyeuse et désespérée. Une vieille enfant. Elle passait d'un état d'euphorie à un accès de déprime qu'il ne savait expliquer. Elle répétait qu'il ne fallait pas s'en soucier et ne pas lui en vouloir. Mon Dieu ! Il ne lui en voulait pas, il essayait de l'apprivoiser.

Des années plus tard, il savait que le jardin secret de Suzanne était envahi par les ronces et les monstres, et qu'il n'en aurait jamais la clé, qu'il ne pouvait pas aider Suzanne à le débroussailler, à y planter des tournesols. À moins qu'une nouvelle thérapie ne l'aide, ne les aide enfin. Elle parlerait peut-être de l'agression que lui avait fait vivre son grand-père. C'était certainement plus grave que ce qu'elle avait prétendu les deux seules fois où elle en avait parlé. Peut-être se réconcilierait-elle avec son père, pourrait-elle lui pardonner de ne pas l'avoir protégée contre son propre père si le thérapeute réussissait à tout démêler. Denis avait renoncé à une vie sexuelle harmonieuse.

Suzanne adoptait des attitudes extrêmes quand il s'approchait d'elle : soit elle devenait passive, soit elle montrait un enthousiasme qu'il devinait factice malgré son affection pour lui. Car elle lui était réellement attachée, il aurait pu le jurer. Pourquoi ne lui faisait-elle pas davantage confiance ?

— Marie-Ève va sûrement sortir avec ses amies demain soir. Si on invitait les Filiatrault ? Ça fait longtemps qu'on ne les a pas vus.

Suzanne acquiesça. La soirée serait un peu ennuyeuse, mais calme et sans heurt. Georges Filiatrault était aussi professeur de biologie à l'université, sa femme enseignait les mathématiques au secondaire, et ils n'avaient pas traité Suzanne avec condescendance lorsqu'elle avait épousé Denis. Pas l'ombre d'une remarque sur son jeune âge, sur son manque de maturité.

— Je vais faire le minestrone, Georges l'adore, dit Suzanne en aidant Denis à placer les sacs d'épicerie dans le coffre de la voiture.

Elle prit place au volant.

Suzanne conduisait rarement quand ils sortaient ; Denis s'assit à côté d'elle sans montrer son étonnement. Il se tut quand ils firent un détour par le boulevard René-Lévesque, mais il manifesta sa surprise quand ils empruntèrent la rue Murray. Où allaient-ils ?

— Nulle part. Il paraît qu'il y a une maison à vendre dans cette rue.

— Tu veux déménager ?

— Mais non, voyons, je suis un peu curieuse...

Par chance, il y avait bien une pancarte devant une maison et Suzanne put immobiliser la voiture. Léa ne devait pas habiter très loin de là. Marie-Ève avait mentionné la rue Murray. Où exactement ? Suzanne aurait voulu tout savoir de cette femme qui plaisait tant à Marie-Ève. La chance lui sourit, car une voiture se gara dans l'entrée voisine, un homme sortit une chaise du coffre et Léa ouvrit tout grand la porte de côté. Elle embrassa l'homme, avant de refermer la porte. Que ferait-elle ensuite ? Elle coudrait probablement des costumes d'Halloween ; Marie-Ève avait dit que Léa avait des enfants.

* * *

Léa Boyer n'avait aucun talent en couture. Elle préférait la cuisine et s'affairait à préparer une bombe Coppélia pour faire plaisir à Maud Graham. Les enfants sonneraient aux portes voisines avec leurs cousins, ils mangeraient ensuite de la pizza devant la télé et les adultes fêteraient l'Halloween en paix. Elle avait invité Maud et Alain vers 20 heures, quand les visites commençaient à se raréfier. Elle souhaitait avoir tout le loisir d'observer Alain Gagnon, de le connaître davantage.

Il était ponctuel, en tout cas. À 20 heures pile, il frappait à la porte des Boyer, tendait un bouquet splendide à Léa et une bouteille de Pomerol à Laurent. En enlevant son manteau, il s'inquiétait de Maud ; elle n'était pas encore arrivée ?

— Elle a toujours dix, quinze minutes de retard lorsqu'elle vient ici. Ça date du temps où on sortait ensemble en célibataires. Je n'avais jamais fini de me maquiller quand elle se pointait. Ça l'énervait !

Léa rit au souvenir d'une Maud impatiente.

— Elle n'a pas tellement changé, elle s'énerve très rapidement, commenta Laurent.

Alain Gagnon s'aperçut que Léa était déguisée en bohémienne ; aurait-il dû se costumer aussi ? Maud n'avait rien mentionné à ce sujet. Mais Laurent n'était pas déguisé non plus…

— Ne t'en fais pas, je me suis habillée comme ça pour faire plaisir à Sandrine.

Laurent préparait les apéritifs quand on sonna à la porte. Alain se leva aussitôt, puis se rassit en rendant son sourire à Léa.

— J'ai l'air fou, hein ? À me précipiter pour aller répondre alors que je ne suis pas chez moi.

— Et si c'était elle ?

Léa lui fit signe de l'accompagner à la porte. Deux grands chats et un petit qui tendait un sac à moitié plein de bonbons miaulèrent « Halloween ». Le chaton imita un ronronnement et Léa éclata de rire.

— Tu es bien mignon, mon beau minou.

Elle lui flatta la tête. Le neveu de Louise ronronna.

— Tu as quel âge ?

Steeve Tremblay n'écoutait pas les réponses du gamin ; il ne quittait pas Léa des yeux. Malgré son fichu sur la tête et son maquillage outrancier, elle devait être cette femme qu'il avait vue à la soirée-bénéfice et qui avait rejoint Maud Graham dans une pizzeria quelques semaines auparavant. Il les avait suivies toute la soirée, avait vu la détective reconduire son amie chez elle. Son tee-shirt moulait ses seins généreux et Tremblay songea que la plaie saignerait sûrement beaucoup au moment de la punition. Graham découvrirait son amie dans une mare de sang. Il y en aurait autant qu'à la mort de Paul. Il ne savait pas encore où il mettrait son projet à exécution, mais il cherchait avec acharnement. Son tour viendrait bientôt. Graham saurait ce que ça fait d'être en deuil à Noël. Il aiguiserait bien le scalpel pour graver les quatre branches dans la chair de Léa. Et elle crierait, le supplierait sans succès. Paul aussi avait supplié Ginette. Il était mort à cause d'elle. À cause de Graham.

Les femmes étaient toutes des salopes. Il tira Loulou par le bras un peu trop brusquement ; elle émit un oh ! plaintif, et Léa fit un pas en avant sans intervenir. Était-elle plus sage que Graham ? Tant pis, ça ne changerait rien à sa décision. Il adressa un grand sourire à Louise, qui crut qu'il n'avait pas fait exprès de la secouer. Elle lui sourit et tendit la main à son neveu.

— Viens, on a beaucoup de maisons à visiter.

L'enfant claironna un merci bien sonore et Léa referma la porte derrière eux.

Alain Gagnon venait de se rasseoir quand le carillon se fit entendre. La porte s'ouvrit avant qu'ils atteignent l'entrée. Enfin, Maud était là.

Il la regardait fixement, sachant qu'elle sentait ce regard insistant, mais il ne pouvait s'en empêcher. Il aurait voulu imiter Félix et Sandrine, qui s'étaient rués pour l'embrasser. Maud taquinait les enfants, répétait les mêmes questions. Avaient-ils récolté beaucoup de bonbons? Qui avait fait leur costume? Sandrine tourna sur elle-même pour faire gonfler sa crinoline de princesse et Félix tira avec son pistolet de chasseur intergalactique pour abattre Graham, qui s'écroula sous la pluie de balles.

Léa poussa ses enfants vers le sous-sol.

— Allez rejoindre vos cousins, sinon ils vont écouter le film sans vous. Et remontez les assiettes sales quand vous aurez fini la pizza.

Alain avait profité de cette diversion pour aider Maud à se relever et pour l'embrasser furtivement dans le cou.

Sandrine s'écria qu'ils étaient amoureux, Félix pouffa de rire, et ils dévalèrent l'escalier à toute vitesse. Léa en rajouta:

— Est-ce que c'est Maud ou Alain qui est le plus rouge?

Maud, probablement. Alain était moins timide qu'elle, plus pressé de montrer publiquement qu'il l'aimait. Les commentaires des enfants l'avaient fait rougir, oui, mais lui avaient surtout fait plaisir. Il était heureux de cette soirée qui officialisait un peu leur liaison. Alain espérait que Graham déciderait de révéler leur histoire à ses collègues. Il avait de plus en plus de mal à rester aussi distant qu'elle l'exigeait quand il passait à la centrale du parc Victoria.

Bien qu'elle se fût juré de ne pas discuter de l'enquête chez les Boyer, Maud demanda leur avis à ses amis. Que recherchait le Violeur à la croix? Qu'est-ce que ces marques signifiaient? Ils émettaient des hypothèses quand Grégoire sonna rue Murray.

Léa insista pour qu'il entre, mais il refusa. Elle appela Graham. C'était ridicule, Grégoire arrivait juste à temps pour le dessert. On avait même mis son couvert.

— Je n'avais rien promis au Doc, répondit Grégoire sur le ton du reproche. Alors ? As-tu un gros gâteau avec vingt bougies ? Tes amis ne t'ont pas fêtée au poste ?

Graham avait reporté la fête, suggérant d'attendre la fin de l'enquête sur le Violeur à la croix pour s'amuser.

Grégoire lui tendit un sac.

— C'est Pierre-Yves qui me l'a conseillé, c'est son livre de cuisine préféré. Il a fait toutes les recettes.

Comme elle hésitait, il lui dit que c'était juste un cadeau d'Halloween.

— Pour que tu ne sois pas toujours obligée de te faire inviter chez tes amis pour manger.

Graham protesta pour la forme. Grégoire avait acheté *Le parfait braiseur.*

— Ça va faire changement des hot-dogs. Tu essaieras les ailes de poulet et la sauce au *butterscotch*. On l'a testée chez Pierre-Yves. Je te le jure, tout est bon dans ce livre-là.

— Mais, Grégoire…

Il recula, la salua et se fondit dans la nuit. Le bruit de ses pas, seul, prouvait que Graham n'avait pas été victime d'une apparition.

Et le livre de cuisine.

— Il est fou, répéta-t-elle en ouvrant le livre et en salivant devant le nuage aux framboises.

— Il t'aime beaucoup, dit Léa. C'est un drôle de garçon.

— Parce qu'il m'aime ?

— Idiote !

Chapitre 7

Marie-Ève passa devant le bureau de Léa Boyer en coup de vent.

— Marie-Ève, je…

— Je suis en retard. J'ai rendez-vous chez le dentiste. Je viendrai demain.

L'adolescente avait l'air mutine, comme si elle préparait une bonne farce. En tout cas, elle ne paraissait guère abattue pour une enfant qui était peut-être victime de violence. En entrant dans son bureau, Léa se rappela que Marie-Ève lui avait appris récemment qu'elle en avait enfin fini avec le dentiste et ses maudites broches.

Si Marie-Ève lui avait menti, où courait-elle avec tant de hâte ?

Joël Labonté attendait la visite de Marie-Ève en faisant les cent pas dans son appartement des jardins Mérici. La dernière fois, l'adolescente s'était pâmée devant la vue qu'il avait sur le Saint-Laurent. Le fleuve avait changé de couleur après l'Halloween, il avait pâli, se rapprochant des teintes douces et blêmes du ciel qui descendait lentement sur la ville en novembre. Une ville qui serait bientôt calfeutrée par la neige, accueillant à la terrasse Dufferin les plaintes des cornes de brume qui montaient du fleuve pour se prolonger dans l'air du soir, graves et solennelles. Marie-Ève avait contemplé la masse grise et mouvante en dénombrant les bateaux qui remontaient le cours. Joël lui avait promis qu'ils loueraient un voilier à l'été. Il l'avait épatée.

Elle était vraiment jolie, sa petite fille. Elle avait emprunté ce qu'il y avait de mieux à ses parents. Si elle avait le nez de Suzanne, la forme de son visage était bien la sienne, le front aussi, haut et fier, et cette bouche aux lèvres bien dessinées. Les yeux noisette étaient les siens et ceux de Suzanne.

Et ce corps, souple comme une liane, à la peau fine, à peine dorée, parfumée à l'essence de Jouvence, ses petits seins aux mamelons roses et menus, qu'il avait si hâte d'embrasser! Comme il attendait le jour, proche, où il lécherait Marie-Ève pendant qu'elle sucerait son pénis. Il imaginait sa petite langue rose frémissant sur son gland, descendant, remontant tout le long de sa verge, l'affolant complètement avant de le planter au fond de sa gorge. Il saurait se retenir. Il lui écarterait les jambes et la pénétrerait encore et encore. Son sexe devait être bien fermé, bien étroit, telle une gaine de soie chaude destinée à le recevoir. Il étrennerait cet étui de chair tendre comme le faisaient les pharaons et les prêtres précolombiens. Au début, elle protesterait un peu, elle aurait peur, mais c'était dans la nature des femmes d'être initiées. Elle serait troublée parce qu'elle était jeune et sans expérience. Il ferait son éducation. Marie-Ève lui appartiendrait.

Lui appartenait déjà.

Il s'humecta les lèvres en reconnaissant son pas derrière la porte, replaça ses cheveux et se mira dans la glace du hall d'entrée; il avait l'air beaucoup plus jeune que son âge. Il comprenait que Marie-Ève soit sensible à son charme. Il ouvrit largement les bras en l'apercevant; elle s'y précipita. Il les referma et la serra contre lui jusqu'à ce qu'il sente monter son désir. Elle ne devait pas deviner immédiatement cette érection. Il la débarrassa de son manteau et accrocha celui-ci dans le placard en chuchotant à Marie-Ève qu'une surprise l'attendait dans le salon.

Il lui avait acheté chez Holt Renfrew une superbe ceinture de cuir noir. Marie-Ève poussa des cris de joie et essaya la ceinture en répétant qu'il était génial : comment avait-il deviné qu'elle lui plairait autant ? Elle l'avait admirée dans la vitrine du magasin en allant au centre commercial avec Charlotte.

Il le savait. Il avait suivi les adolescentes.

Marie-Ève courut vers le miroir, tourna sur elle-même.

— Elle m'amincit.

— Tu es parfaite, ma belle, parfaite. Tu peux bien être ma... ma préférée.

Marie-Ève le taquina ; c'était trop facile, elle était sa seule petite-fille. Il ne pouvait en préférer d'autres.

Il lui offrit un apéritif. Un dry gin ? Un negroni ? C'était trop fort ? Non, protesta-t-elle. Ses parents ne voulaient pas qu'elle boive, mais Charlotte et elle étaient allées dans des soirées où il y avait de la bière.

— Charlotte a une cousine qui vit en appartement parce qu'elle vient de Sept-Îles. On va coucher chez elle si on ne veut pas rentrer à la maison.

— Tu pourrais venir ici. Sans Charlotte, car il faut garder notre secret...

— Mais si mes parents appellent pour vérifier que je suis bien chez la cousine, je devrai donner ton numéro, et ils le reconnaîtront.

Joël Labonté agita son index en signe de dénégation ; il n'avait qu'à faire installer une autre ligne téléphonique. Une ligne réservée à Marie-Ève. Il n'y répondrait jamais ; elle seule s'en servirait. Elle donnerait le numéro à ses parents en disant que c'était celui d'une copine. Le souhaitait-elle ?

Marie-Ève s'approcha de lui, le serra pour lui donner un baiser sur la joue. Il se détourna très vite et très légèrement pour que les lèvres de l'adolescente effleurent les siennes. Il rit, comme s'il n'avait pas fait exprès. Marie-Ève rit aussi, sans savoir pourquoi. Elle alla vers la fenêtre, tira les rideaux pour mieux voir le fleuve.

— Je pourrais rester des heures devant le Saint-Laurent.

— Tu n'as qu'à t'installer ici.

— Ma mère ne voudra jamais.

Il se résigna d'un air triste. Il regrettait que Suzanne et lui soient si éloignés. Mais il se souciait de son bien-être. Comment allait-elle cette semaine?

— Pareille. La névrose habituelle à propos d'Éric.

— C'est elle qui te l'a dit?

— Je le devine. Je sais qu'il me manque des bouts de l'histoire. Mais toi, tu le sais peut-être...

Joël Labonté fit signe à Marie-Ève de s'asseoir près de lui. Elle se laissa tomber sur le canapé, replia ses jambes sous elle et s'appuya sur un coussin pour écouter les mensonges du Dr Labonté. Il raconta qu'Éric était mort alors que lui-même et Suzanne étaient en train de danser dans le salon des Geremelek.

— On a toujours aimé danser. Je me débrouillais bien. On avait mis de la musique. On n'a rien entendu.

— On n'entend pas nécessairement un bébé qui suffoque. J'aurais pu être en train de pleurer et ça aurait couvert les bruits d'étouffement.

— Ta mère prétend qu'Éric était un peu enrhumé, qu'elle aurait dû aller voir s'il dormait bien au lieu de danser. C'est moi qui avais acheté le disque de Simon and Garfunkel, car je savais que Suzanne les aimait. Est-ce que je pouvais imaginer que ça finirait ainsi? Qu'elle m'associerait au décès de ton frère?

— Elle exagère.

— Elle n'aimait pas ma deuxième femme; ça lui a fourni un prétexte pour nous voir moins souvent.

— Tu as divorcé rapidement. Elle aurait dû recommencer à te fréquenter ensuite. Pourquoi est-ce qu'elle détestait ta femme?

— Elle était jalouse de ses filles, je suppose. Elle avait été habituée à être la seule à avoir mes attentions. Je ne lui en veux pas, tu sais. Suzanne est une nature compliquée, c'est tout.

— C'est chiant.

Joël défendit Suzanne et fit jurer à Marie-Ève de ne pas rapporter cette conversation à sa mère.

— Elle me rejetterait encore plus. Si c'est possible. L'important, c'est que nous soyons proches, toi et moi. On ne peut pas refaire le passé.

Il sentait la pointe du genou gauche de Marie-Ève peser délicieusement sur sa cuisse. Il toucha la ceinture pour pouvoir caresser le ventre de l'adolescente par inadvertance.

— Arrête, tu me chatouilles, fit Marie-Ève. Elle est belle, ma ceinture.

— Et si je t'achetais une paire de bottes ?

Marie-Ève oubliait très vite ses principes sur l'hypocrite et détestable société de consommation. Elle s'amusait tellement avec Joël qui devançait ses désirs. Évidemment qu'elle ne dirait rien à Suzanne ! Pour être ensuite privée de ces plaisirs ?

Marie-Ève adressa un sourire à son hôte.

— Ici, je me sens comme le fleuve, libre de mes mouvements. Je peux faire ce que je veux.

— Tout ce que tu veux, ma belle. Renseigne-moi davantage sur vos cérémonies cosmiques, à Charlotte et à toi. Tu ne t'es plus coupée, non ? Je ne veux pas que tu te mutiles. C'est normal que les phénomènes paranormaux t'intriguent, car l'ésotérisme est fascinant. On pourrait essayer de faire tourner les tables ensemble, un soir. Tu resterais ici, tu dirais que tu dors chez une copine ; on aurait toute la soirée pour appeler les âmes des morts…

Marie-Ève s'enthousiasma ; elle impressionnerait Charlotte, qui en savait toujours plus qu'elle sur les esprits. Quel dommage que Joël et Charlotte ne se rencontrent pas, ils s'entendraient si bien ! Quoique Charlotte l'envierait sûrement d'avoir un grand-père comme lui. Il fallait toujours qu'elle soit la meilleure. Elle décidait de tout et croyait souvent que Marie-Ève se dégonflerait, mais elle avait eu une bonne surprise quand elles s'étaient coupées avec le rasoir ; elle avait dû reconnaître son cran. C'était sûrement ce qui avait décidé Charlotte à promettre de l'*ecstasy* pour leur prochaine cérémonie. Était-elle partante ?

— À quoi rêves-tu, ma jolie ? s'informa Joël Labonté en remarquant l'expression plus trouble de Marie-Ève. Elle avait bu trop vite son cocktail. Il lui en préparerait de bien meilleurs encore...

— Je n'ai pas le goût de rentrer à la maison. J'aimerais mieux rester ici avec toi. Je suis trop bien.

Il l'écoutait avec ravissement. Même Suzanne ne lui avait jamais parlé ainsi.

Marie-Ève dut néanmoins quitter l'appartement du Mérici. Elle décida de rentrer à pied. Elle se gava de pastilles à la menthe afin de dissimuler l'odeur du negroni. Elle n'avait pas aimé les premières gorgées de l'apéro, mais s'était vite habituée ; elle n'était plus un bébé pour boire des drinks trop sucrés.

* * *

Louise Verrette, elle, n'avait pas renoncé au Tia Maria malgré ses trente-cinq ans. Elle venait de se verser un verre quand sa mère lui téléphona. Évoquant la fête de l'Halloween, elles dirent combien Mimi trouvait que Steeve avait été gentil avec son fils. Mme Verrette décréta que Steeve Tremblay était un bon parti. Propre, les cheveux courts, pas de barbe et très poli. De plus, son appartement était très bien rangé, n'est-ce pas ? Il ne cherchait pas une femme de ménage, et savait même faire du pâté chinois et des vol-au-vent. Un homme bien sous tous rapports.

De sa voiture, Tremblay avait repéré la fenêtre de la chambre de Loulou. Il voyait sa silhouette faire quelques pas, s'arrêter, s'asseoir, puis se relever et se diriger vers la cuisine, revenir dans la chambre. Elle tenait le téléphone tout en cuisinant. Avec qui discutait-elle ?

Il surveillait Loulou depuis un bon moment. Après l'avoir appelée pour s'excuser de ne pas aller la chercher au bureau, il s'était garé non loin du complexe G et l'avait attendue. Un bon point pour elle; elle était seule. Elle aurait pu, cependant, aller rejoindre quelqu'un dans un café, ou dans un bar de la rue Cartier, par exemple. Elle était rentrée directement chez elle, paraissant aussi sage qu'elle le prétendait.

Il resta un quart d'heure dans la voiture, se demandant si elle attendait quelqu'un. À quoi occupait-elle ses loisirs, ses soirées en son absence? Et maintenant, susurrait-elle des mots tendres à un autre homme?

Tremblay arrêta le moteur de sa voiture, verrouilla les portières et monta chez Louise. Elle s'étonna qu'il frappe à sa porte, mais elle lui ouvrit avec empressement.

— Je te dérange?

— Non, non, je jasais avec ma mère.

— Ta mère? Elle va bien?

Louise, qui se demandait ce qu'elle pourrait rajouter à son repas afin de le partager avec Steeve, ne répondit pas tout de suite.

— Ta mère va bien? répéta-t-il, guettant son embarras.

Elle préparait peut-être un mensonge.

— Maman? Elle dit que mon neveu n'arrête pas de raconter sa soirée d'Halloween. Il a beaucoup apprécié ta gentillesse. Ma mère aussi.

— Je vais conforter son opinion. Si on allait lui faire une petite visite?

— Une visite?

Louise habitait près du chemin du Foulon alors que sa mère demeurait à Orsainville. Pourquoi sortir dans le froid au lieu de demeurer tranquillement à la maison?

— Pourquoi pas? Allons-y! dit Steeve.

Il saurait interroger discrètement Mme Verrette pour apprendre si elle avait téléphoné à sa fille.

Louise avait l'intention de s'installer devant la télé avec le film qu'elle avait loué au club vidéo durant son heure de dîner: *Autant en emporte le vent.*

— Ta mère aimerait sûrement le revoir, insista Steeve. Apporte la cassette chez elle.

Ce serait aimable, bien sûr, mais Louise aurait aimé être seule pour voir Rhett Butler embrasser Scarlett O'Hara, pour se remémorer ses émois d'adolescente quand elle avait vu le film de Victor Fleming. Elle s'était juré qu'elle ne serait pas aussi capricieuse que Scarlett si un homme tel que le capitaine Butler s'intéressait à elle. Avec quelle fougue il avait soulevé Scarlett et l'avait entraînée dans la chambre ! Louise s'était cousu un peignoir semblable à celui que portait Vivian Leigh dans la scène du voyage de noces, mais elle avait dû se contenter d'étreindre l'ombre de Clark Gable.

Peut-être que Steeve était aussi épris d'elle que le héros de Margaret Mitchell ? Il la regardait parfois avec tant d'intensité, de voracité. Et il n'aimait pas qu'elle mentionne ses collègues masculins. Il niait sa jalousie sans la convaincre ; il ne pouvait s'empêcher de faire des remarques acerbes ou de bouder. Elle évitait dorénavant de faire des allusions à Pierre ou à François.

— Je vais appeler maman pour la prévenir.

— On va lui faire une surprise. Et si on lui achetait des fleurs ? Les boutiques sont ouvertes ce soir.

Loulou se répéta qu'elle avait beaucoup de chance d'avoir rencontré un homme si délicat.

Steeve sut très vite, en parlant avec Mme Verrette, qu'elle avait effectivement téléphoné à sa fille. Ils s'installèrent devant le téléviseur. Au moment où Scarlett épousait le capitaine Butler, Steeve prétexta un rapport à préparer. Il quitta les deux femmes après avoir promis à Louise d'aller la chercher au travail le lendemain. Dès qu'il eut fermé la porte, Mme Verrette confia à sa fille qu'elle ne pouvait espérer mieux comme gendre. Loulou devait tout faire pour le garder ; un homme tel que lui ne viendrait pas la relancer une autre fois. Après tout, elle n'était plus toute jeune et elle n'avait jamais obtenu un prix de beauté. Louise faillit rétorquer qu'elle tenait de sa mère ce visage si banal. Steeve affirmait qu'il la trouvait jolie ; c'était ça, l'important. Il répétait qu'il l'aimait, l'appelait souvent au bureau pour l'assurer de son affection.

Que désirer de plus ? Il avait l'air navré de devoir rentrer chez lui pour plonger dans ses livres de comptes.

Steeve Tremblay n'était pas retourné chez lui. Il avait attendu que la plupart des lumières des maisons soient éteintes rue Murray pour sortir une bombe de peinture et écrire le mot « SALOPE » en rouge sur la voiture de Léa Boyer. Puis il était reparti et avait roulé pendant une heure avant de se garer dans le souterrain de son immeuble. Il avait allumé la télé, jeté un coup d'œil sur les nouvelles à RDI, grignoté quelques chips en regrettant de ne pas voir l'expression de Léa Boyer quand elle découvrirait le graffiti. Il aurait aimé entendre ses cris de colère, mais rôder rue Murray entraînait des risques qu'il valait mieux éviter. Il se contenterait d'imaginer sa rage. Et celle de Maud Graham.

* * *

La détective n'apprit la mésaventure de Léa qu'après que cette dernière eut trouvé une deuxième lettre anonyme dans ses affaires.

Léa avait voulu parler à Marie-Ève, qui était passée en courant devant son bureau ; elle avait appelé l'élève, qui avait promis de nouveau qu'elle la verrait le lendemain. Léa était restée quelques secondes dans le corridor, perplexe : Marie-Ève, qui venait bavarder avec elle si régulièrement, la fuyait maintenant. Que cachait-elle ? Ses parents lui avaient-ils ordonné de ne plus lui parler ? Elle aurait désobéi avec joie. Alors, quoi ?

Un élève s'était approché d'elle pour l'inviter à assister au match de football du samedi. Elle avait accepté, puis elle était retournée corriger des copies. C'est en divisant une pile de feuilles afin que le travail lui semble moins considérable qu'elle avait vu le message. Une feuille blanche où l'on avait imprimé en énormes lettres : « TU VAS PAYER. »

— Payer pour quoi ? dit Léa à Maud Graham au téléphone. Je ne suis pas un prof si terrible.

— Il faut qu'on se voie et qu'on épluche la liste des élèves pour cerner ceux qui sont susceptibles de t'écrire ce genre de choses.

— Écoute, Maud, je t'ai prévenue uniquement parce qu'on a écrit un graffiti sur ma voiture cette nuit. Je vais être obligée de la faire repeindre. Quand Laurent va l'apprendre…

— Je n'aime pas ça…

— Arrête, Maud, je suis folle de rage, mais c'est un truc idiot, pas inquiétant. Je voulais seulement me plaindre un peu.

Graham protesta ; il y avait eu des lettres, un graffiti, destruction d'un bien. Léa ne devait pas prendre ces actes à la légère.

— Je ne peux pas croire qu'un de mes élèves m'en veuille à ce point. J'ai de bons rapports avec eux.

Graham devinait que son amie était moins effrayée que blessée. Elle tenta de la réconforter. Peut-être était-elle l'enjeu d'un pari. Après tout, les adolescents se mettaient mutuellement à l'épreuve. Ou peut-être était-ce une sorte de test. D'autres professeurs avaient-ils reçu des lettres anonymes ?

— Je ne sais pas.

— J'ai un autre appel. On discutera de tout ça ce soir.

Graham voulait cacher son inquiétude à sa meilleure amie. Un jeune serait-il sorti de chez lui à minuit, en pleine semaine, pour jouer avec de la peinture afin d'ennuyer un professeur ? Quel élève pouvait lui en vouloir autant ?

Ou à quel élève avait-elle autant plu ? On avait vu des adolescents tomber amoureux de leur professeur et des patients s'éprendre de leur psy. Et si Léa avait repoussé les avances d'un de ces grands élèves qui se croient adultes parce que leur moustache commence à pousser ?

— Qu'est-ce qui se passe ? demanda Rouaix à Graham.

— C'est Léa. Elle a reçu des lettres de menace.

— Un élève frustré.

— Oui, ça doit être ça, fit Graham sans conviction.

André Rouaix lui tendit une pile de feuilles : la liste des sigles où apparaissait un J.

— Là, j'ai tout ce qui existe dans le monde ; on a coché les plus intéressants. Les associations les plus bizarres, les expériences ésotériques. Honnêtement, j'ai le sentiment que ces consonnes-là ne sont pas rattachées à un gang, quel qu'il soit.

— Moi non plus, mais il faut pourtant avancer dans toutes les directions...

— M, L, J : qu'est-ce que ça peut vouloir dire ?

Les initiales de l'auteur ? Celles d'une secte ? Jasmin, qui était très doué en décryptage, ne pouvait faire de miracles. Il lui faudrait davantage de lettres pour deviner le message du Violeur à la croix.

Si certains criminels sexuels dont Graham explorait les dossiers avaient manifesté d'étranges perversions, aucun n'écrivait des consonnes en enfonçant un scalpel dans la chair d'une femme. Graham avait la certitude que les tueurs en série avaient des traits de caractère fétichistes : les scènes du crime désignaient des rituels, les assassins signaient leurs crimes. Cette règle ne s'appliquait pas automatiquement aux violeurs. Ils étaient trop nombreux pour avoir tous des façons de procéder originales. Les preuves qu'ils laissaient étaient souvent les mêmes : salive et sperme. Curieusement, ils se souciaient de porter des gants alors qu'ils omettaient de mettre des préservatifs. Ils ordonnaient aux victimes de se taire, évidemment, mais sur le lot il y en avait qui déposaient une plainte. Qui allaient à l'hôpital, où l'on recueillait précieusement les indices, où le sperme dévoilait l'ADN du bourreau. Les statistiques le montraient : la plupart des victimes connaissaient leurs agresseurs. Ceux-ci décidaient, un bon soir, qu'ils avaient envie de leur voisine, de leur collègue ou de la serveuse du dernier bar où ils s'étaient arrêtés, et ils passaient à l'action. L'ADN permettait d'établir que c'était bien un client connu ou un copain, et non un étranger, qui avait agressé la victime. Même s'il était masqué, même si l'avocat de la défense tentait de lui faire avouer qu'elle n'avait pas reconnu la voix de l'accusé alors qu'il la menaçait de mort.

— D'où vient-il ? murmura Graham. De quel cercle de l'enfer s'est-il enfui pour venir nous harceler ?

— Il cherche à nous dire quelque chose. Ses victimes sont des instruments. Il écrit sur elles... Elles lui servent de parchemin.

Graham claqua des doigts. On devait explorer cette idée de support pour l'écriture.

— S'intéresser aux auteurs, aux éditeurs, aux imprimeurs ?

— Tous ceux qui travaillent autour du livre. On a affaire à un fou qui respecte un plan. Les victimes ne sont peut-être pas choisies au hasard, comme l'absence de lien entre elles nous porte à le croire. Il suit une structure précise, il a un but ultime !

Et cet ordre, ce comportement bien réglé protégeait le Violeur à la croix. Graham imaginait un homme banal, effacé, un peu tatillon dans le quotidien, avec des manies de vieux garçon, des principes stricts qui l'autorisaient à punir les femmes qui ne s'y conformaient pas.

Graham avait pensé que le violeur pouvait appartenir à un commando antiavortement, un homme qui aurait décidé de sanctionner les femmes qui avaient subi une interruption de grossesse, mais une seule victime avait eu à faire ce choix. Alors, qu'est-ce qui dérangeait à ce point l'existence de ce scribe sadique pour qu'il donne à ses crimes l'allure d'un avertissement ? Les victimes avaient toutes affirmé qu'il gardait le silence, qu'il semblait rageur mais très concentré, qu'il exécutait le viol comme une mission. « J'avais l'impression d'être dépersonnalisée, anonyme, avait déclaré Lucie Boutet, que n'importe quelle fille aurait fait l'affaire. Pourquoi est-ce qu'il était tombé sur moi ? Je suis certaine qu'il ne me reconnaîtrait pas. » Quelle femme voulait-il châtier en s'en prenant à Lucie, à Jacinthe et à Andrée-Anne ?

— Comment deviner quel homme a envie de se venger en s'attaquant à toutes les filles ? On nage dans la vase, Rouaix, on s'enfonce dans les sables mouvants.

Rouaix ne pouvait pas contredire Graham ; toutes les pistes qu'ils suivaient se terminaient en cul-de-sac.

— Fecteau va nous tomber dessus bientôt.

— Facile de critiquer. Qu'est-ce qu'il ferait, le patron, à notre place ?

Maud Graham énuméra à son partenaire les motifs de meurtre. L'envie, la vengeance, la jalousie, le silence.

— Il ne les tue pas, mais c'est tout comme.

— On est d'accord, le viol est plus une affaire de destruction, de puissance, qu'une affaire de sexualité. Notre type ne cherche pas à faire taire les femmes, ni à se taire lui-même : il signe ses crimes et laisse ses victimes en vie.

— Admettons qu'il soit un possessif névrotique et que sa compagne l'ait trompé ? Il pourrait décider de se venger d'elle en punissant toutes les femmes ?

— Et les initiales ? Il écrirait le nom de la traîtresse ? De celle qui l'a plaqué ?

— Même si on relisait tous les prénoms féminins de notre liste, il faudrait savoir le nom des conjointes des criminels qu'on a arrêtés et qui sont sortis de prison depuis.

— Mettons donc Moreau là-dessus.

— Il va hurler. Rien n'indique que le Violeur à la croix ait été arrêté auparavant...

Graham esquissa un sourire. Eh oui, Roger Moreau serait furieux. Il serait obligé de rester durant des heures devant l'écran de l'ordinateur.

— Pauvre lui, fit-elle sans l'ombre d'un soupçon de compréhension.

André Rouaix n'essayait même plus de convaincre Graham des qualités de Moreau. Ce dernier s'était moqué de son engagement dans les centres de femmes deux ans plus tôt et elle l'avait définitivement classé dans la catégorie des imbéciles macho. C'est à peine si elle daignait le regarder quand elle s'adressait à lui. Son attitude hautaine avait avivé l'animosité que Moreau ressentait envers elle ; des paris étaient ouverts quant à savoir qui mettrait le feu aux poudres, qui pousserait l'autre à bout. Les trois quarts des policiers penchaient pour Graham. Elle était si cassante. Rouaix, lui, croyait qu'elle avait trop d'orgueil pour ne pas réussir à se dominer. Moreau finirait par allumer la flamme qui causerait l'explosion. Graham soutiendrait qu'il l'avait provoquée tout en sachant, en son for intérieur, que c'était elle qui avait tendu les allumettes à Moreau en lui faisant subir son mépris glacé.

Si la hargne de Graham servait les enquêtes, si son obstination agressive lui permettait de pister un assassin, ses rapports avec certains de ses collègues n'en étaient pas pour autant facilités. Il y avait deux clans : ceux qui admiraient l'enquêtrice, devinaient la sensibilité sous ses piquants de porc-épic, et ceux qui, même s'ils devaient reconnaître qu'elle obtenait de bons résultats, souhaitaient sa mutation, rêvaient de pouvoir raconter des plaisanteries sur les femmes sans être désapprouvés publiquement.

Moreau était le chef de file de cette section. Il aurait été étonné d'apprendre qu'il existait un homme détestant davantage que lui Maud Graham.

* * *

Steeve Tremblay fut ravi de voir la voiture de Graham s'arrêter rue Murray : la salope venait visiter sa copine ? Graham tourna autour de la Volvo, consternée ; elle ne semblait pas apprécier ses dons picturaux. Si elle n'aimait pas ses graffitis, qu'est-ce que ce serait quand elle les lirait sur Léa Boyer ? Quand la peinture rouge serait remplacée par du sang ? Sur Léa, il graverait les noms en entier. Mathieu, Luc, Jean et Paul. On ne venge pas les gens à moitié.

Léa Boyer avait bien tenté d'effacer la peinture en rentrant de l'école, ses enfants l'avaient aidée, mais Tremblay avait choisi une peinture qui tenait. Léa serait obligée de faire repeindre sa voiture si elle n'avait pas envie que tous les passants sachent qu'elle était une salope. Il rit, songeant au prochain choc qu'il causerait à Graham. Elle apprendrait une fois pour toutes à se mêler de ses affaires.

Graham n'avait pas vu la voiture de Steeve Tremblay ; lorsqu'il rôdait près de ses proies, il ne prenait évidemment pas une voiture de l'école de conduite, mais utilisait celle de son frère. Elle était neuve, Paul ne s'en étant servi que quelques mois.

Graham sonna à la porte de Léa Boyer tout en enfonçant une clé dans la serrure. Elles étaient intimes au point de partager leur trousseau de clés ? Le timbre annonçant la fin d'une émission de radio tira Tremblay de ses réflexions ; il devait filer pour rejoindre Loulou au complexe G.

— C'est moi, cria Graham en entrant chez Léa. Il y a quelqu'un ?

Félix se précipita vers elle en imitant le bruit d'un avion mitrailleur. Elle attrapa le petit garçon sous les aisselles et le leva dans les airs en riant. Il hurlait de plaisir.

— De la belle visite ! fit Léa en l'accueillant à son tour.

— J'ai vu ton auto.

— Si je tenais celui qui a fait ça ! Quelle journée ! Si tu voyais les sourires débiles des autres automobilistes. J'ai été obligée de me garer loin du Séminaire ; je n'avais pas envie que mes collègues et les élèves voient ça.

Léa soupira.

— On en parlera après le souper, fit Maud Graham. Je vais t'aider à le préparer. Qu'est-ce que je peux faire ?

— Éplucher et couper les légumes ?

Graham fit mine de protester ; on lui réservait toujours les tâches ennuyeuses.

— C'est que tu y excelles… Aimerais-tu mieux faire la sauce brune ?

Graham battit en retraite, fouilla dans le réfrigérateur pour prendre les haricots, s'enquit de la composition de la sauce. Il devait y avoir du beurre et de la farine, non ?

— Un petit peu. Tu n'auras qu'à mettre moins de sauce sur ton escalope. J'ai promis à Sandrine, ce matin, que je ferais sa recette préférée. Juste avant de...

— De sortir et de voir le gâchis.

— Le pire a été d'expliquer aux enfants ce que veut dire le mot « salope », confia Léa. Mais ça a dû faire plaisir à mon voisin.

— Je sais qu'il te déteste, mais écrirait-il un graffiti sur une voiture ?

— Mon Dieu, non ! C'est trop vulgaire. Il risquerait de tacher son veston Armani.

— Et il me semble que ce n'est pas le vocabulaire qu'emploierait un élève. Ça fait un peu trop film français. Les jeunes disent plutôt « maudite vache » ou « grosse torche », ce genre de mots doux, non ?

— Si ce n'est pas un élève, qui est-ce ? Je n'ai pas tant d'ennemis. Toi, tu arrêtes des bandits et tu les enfermes, c'est normal qu'ils soient fâchés. Mais moi ?

Si c'était moi, ce serait normal, en effet, songeait Graham. Elle aimerait nettement mieux être la cible de ces menaces, elle serait moins inquiète. Devait-elle prendre un peu, beaucoup, énormément, pas du tout ces lettres anonymes au sérieux ?

— Tu as apporté la lettre que tu as reçue ce matin ?

— Je l'ai mise dans une enveloppe en la tenant du bout des doigts. J'ai fait attention aux empreintes... Mon Dieu, j'ai l'impression de jouer dans un film policier de série B.

— Je veux donner la lettre aux services techniques. Ils pourront peut-être m'apprendre des choses.

Lesquelles ? Léa venait de soulever, sans le savoir, le voile que Graham n'osait tirer elle-même, le voile qui dissimulait une intuition si précise qu'elle devait être vraie : c'était à elle qu'on voulait nuire en attaquant Léa. Un bandit avait été relâché et voulait faire payer la détective. Si elle avait raison, Léa pouvait courir un réel danger. La liste des suspects était longue ; combien de personnes avait-elle arrêtées depuis qu'elle était en poste ?

Elle faillit appeler Rouaix, mais elle refusait d'alarmer Léa avec cette intuition qui se muait en certitude à la vitesse grand V. Dès le lendemain, elle vérifierait avec Rouaix les récentes sorties de prison : qui venait de quitter Orsainville ? Ou Parthenais ? Cowansville ? Sainte-Anne-des-Plaines ? Les criminels arrêtés à Québec ne purgeaient pas tous leur peine dans la capitale.

Même si la liste des prisonniers était longue, nombre d'hommes seraient rapidement éliminés : Graham en connaissait très bien une bonne partie et savait qu'ils s'en prendraient directement à elle s'ils décidaient de se venger. Le coupable était un homme patient qui fantasmait depuis longtemps sur cette punition tordue ; il avait eu l'occasion d'apprendre qu'elle tenait à Léa. Dans un journal ? Grâce aux photos prises à la soirée-bénéfice ? Elle apparaissait à ses côtés sur une des images. Graham avait été bien naïve de penser qu'on ne ferait qu'une photo durant son discours et qu'on se désintéresserait d'elle ensuite. Elle avait tenté d'échapper à cette attention, mais un photographe semblait la trouver aussi fascinante que Lady Di. Il l'avait croquée avec Léa. Et Alain. Et Grégoire ?

Si le vengeur menaçait tous ceux qu'elle aimait ? Grégoire constituait une proie idéale. Quant à Alain, il était d'une insouciance agaçante ; malgré son métier, il ne voyait pas le danger. Imprudent, il prenait des auto-stoppeurs, roulait dans des endroits déserts, ouvrait sa porte à n'importe qui. Graham lui en faisant le reproche, il avait répliqué qu'il avait eu une vraie peur dans sa vie, celle de ne jamais remarcher, et que rien ne l'empêcherait de se promener où il le voudrait et quand il le voudrait.

Léa était la seule à recevoir des lettres anonymes. Mais peut-être le criminel suivait-il un ordre des préséances : Léa était sa plus vieille amie. Il s'attaquerait ensuite à Grégoire, ou à Alain. Par ordre d'entrée en scène dans sa vie ?

— Je dors ici, déclara-t-elle à Léa après le souper. Ton mari est parti, on va placoter tranquillement jusqu'à minuit.

— Qu'est-ce que tu me caches ?

Léa savait à quel point Maud détestait dormir ailleurs que chez elle. Ainsi, elle aurait parié cent dollars que c'était Alain qui visitait Maud et non l'inverse.

Graham essaya mollement de mentir, puis décida qu'il n'était pas plus mal que Léa sache que l'épée de Damoclès qui pendait au-dessus de sa tête était assez lourde.

— Ce soir, je dors ici et demain tu viens à la maison avec les enfants.

— Les enfants ? Qu'est-ce que je vais leur raconter ?

— Qu'on veut se remémorer l'époque où on s'invitait l'une chez l'autre et que tu profites de l'absence de Laurent pour le faire. Ils seront ravis, de toute manière, car ils pourront jouer avec Léo. Ils s'adorent, tous les trois. Flûte ! Je vais être obligée de ressortir pour aller le nourrir. J'y vais tout de suite. Je prends ma clé pour entrer, n'ouvre pas si on sonne, d'accord ?

Léa soupira ; toute cette pagaille pour deux lettres anonymes et un graffiti. Mais Maud ne changerait pas d'idée, elle ne lui permettrait pas de demeurer chez elle. Elle sourit en pensant que Léo ne serait peut-être pas aussi heureux de revoir les enfants que le prétendait sa maîtresse. Elle rangeait la vaisselle quand elle entendit la clé s'enfoncer dans la serrure. Elle cessa de respirer tout en se traitant d'idiote ; ça ne pouvait être que Graham. Celle-ci avait réussi à lui faire peur avec son histoire de machination. Elle sursauta néanmoins en entendant Graham claquer la porte.

— C'est toi ?

— Qui veux-tu que ce soit d'autre ? Qu'est-ce que tu as ?

— Tu as fini par m'effrayer...

— J'espère me tromper, mais je préfère être prudente. Je suis désolée de te forcer à tout chambouler. On va vite arrêter le type qui est responsable de ce bordel.

— Et si c'était une femme ?

— On va vérifier les libérations, remonter sur toute une année ou plus, s'il le faut.

— Et si c'était l'épouse d'un prisonnier ? Une femme qui voudrait punir Graham d'avoir envoyé son mari en tôle. De la priver de son amant, du père de ses enfants, de son pourvoyeur.

— Il y a des femmes qui ne vivent que par et pour un homme.

Graham rejeta l'hypothèse de Léa. Elle connaissait des femmes qui étaient si dépendantes qu'elles quêtaient à leur conjoint la permission de respirer, mais l'effacement, la timidité, la peur régissaient leur quotidien.

— Tu imagines une grande passion amoureuse ? Une Bonnie ne pouvant vivre sans son Clyde ? Tu es romantique, ma pauvre Léa. Une incorrigible romantique. Je comprends pourquoi tu t'entends si bien avec les adolescentes.

Léa protesta avant d'avouer qu'elle ne comprenait pas tous les élèves. Marie-Ève, par exemple, la boudait, refusait de lui parler alors qu'elle était persuadée d'avoir gagné sa confiance.

— Je ne sais pas si c'est l'influence de Charlotte. C'est sa grande copine. Une petite dure ! Elle est en révolte contre tout : ses parents, les profs, la société, les études, le travail. Elle nous regarde comme si notre indigence pouvait la contaminer. Elle va finir par se faire mettre à la porte. Trop d'absences. Et insolente avec les profs. La moitié des élèves l'admire parce qu'elle est baveuse, l'autre moitié la craint parce qu'elle sait vous ridiculiser avec la remarque qui fait mouche.

— Voilà une personnalité attachante.

Léa poursuivit.

— Non, tu l'aimerais, je te connais… Charlotte est très vive et je sais qu'elle ne nous déteste pas vraiment. Simplement, on l'ennuie. Elle réussit dans toutes les matières sans travailler. Avec des résultats bien au-dessus de la moyenne. On ne sait pas comment négocier avec Charlotte. Elle a un quotient très élevé, mais il n'en demeure pas moins que c'est une adolescente, avec l'immaturité que comporte cet âge.

— Et Marie-Ève, là-dedans ?

— Charlotte se tient avec Marie-Ève depuis qu'elle a appris que son jumeau est mort ; cette tragédie l'auréole de mystère. Elles sont devenues amies en une semaine. Inutile de préciser que Charlotte domine Marie-Ève. C'est dommage qu'elle m'évite… Ses parents s'en sont peut-être mêlés. Sa mère ne voulait pas que je continue à la recevoir dans mon bureau après les cours. Marie-Ève a pourtant besoin de s'exprimer ; elle est hantée par son jumeau. Son absence la trouble énormément… C'est possible qu'elle souffre du syndrome du membre fantôme même si elle a peu connu ce frère. Je voulais l'aider. On avançait bien. Je la voyais régulièrement. Elle est très curieuse de sa famille ; sa mère a coupé les ponts avec son père. Suzanne Geremelek refuse d'expliquer ses motifs à Marie-Ève. Une atmosphère de secret règne dans cette maison-là…

— Ce n'est pas l'idéal quand on est en pleine crise existentielle.

— Les secrets sont venimeux. Et ils vous explosent à la figure quand vous vous y attendez le moins.

— Marie-Ève m'a raconté un de ses rêves : elle faisait de la drave et l'eau était noire sous les billots. Épaisse comme du goudron. Elle marche sur de l'instable.

— Et elle a peur de ce que ça cache ? Elle a raison. Sa mère est bizarre… Qu'est-ce que ça révèle, la kleptomanie ?

Léa se leva. Il était tard, elles poursuivraient leur conversation le lendemain, puisqu'elles resteraient ensemble.

— Au fond, ça m'amuse, avoua Léa. On va s'offrir une petite fondue…

— Sans sauce. À moins que…

— Tu voudrais inviter Alain ?

Non, il était à Montréal pour la semaine. Mais Grégoire ? Accepterait-il de souper avec elles ?

— Il n'a pas voulu venir vendredi dernier parce qu'il y avait trop de monde…

— Il est très observateur. Il a tout de suite décelé une faille chez Marie-Ève.

Chapitre 8

Une faille qui s'agrandissait; Marie-Ève perdait le sens de la réalité. Grisée par l'intérêt que lui portait son grand-père, elle avait l'impression, enfin, d'être spéciale, originale, unique, merveilleuse, captivante, belle. Elle avait attiré l'attention d'un adulte et le monde ne s'était pas écroulé. Pourquoi Suzanne tenait-elle à la fondre dans la masse, à étouffer sa fantaisie, à lui répéter qu'on court au-devant des ennuis lorsqu'on se fait remarquer? Charlotte avait même dû compter avec cette énergie qui habitait Marie-Ève depuis qu'elle s'était rapprochée de Joël. Elle ne déciderait plus de tout comme elle en avait l'habitude. Marie-Ève imposerait ses désirs.

En croisant Léa dans un corridor du collège, elle lui adressa un grand sourire pour lui montrer à quel point elle se sentait bien dans sa peau. Léa lui sourit à son tour, ouvrit la porte de son bureau pour l'inciter à entrer.

Marie-Ève n'avait pas le temps. Ni l'envie. Elle préférait dorénavant se confier à Joël; elle était certaine qu'il ne répéterait jamais ses secrets à Suzanne. Elle l'avait appelé entre deux cours, pour lui faire la bise, lui dire qu'elle irait le voir dès qu'elle le pourrait. Charlotte avait cherché à savoir à qui elle téléphonait, mais Marie-Ève savourait l'ignorance de son amie-qui-connaissait-toujours-tout. Même si elle lui avait révélé qui était Joël.

Charlotte était déstabilisée ; habituée à la passivité de Marie-Ève, à son obéissance, elle s'étonnait de l'éclat nouveau qui animait le regard de l'adolescente. Cette indépendance l'avait d'abord agacée, puis elle avait reconnu qu'elle se serait lassée d'une amie trop docile. Si Marie-Ève était dorénavant plus frondeuse, elles deviendraient les nouvelles Thelma et Louise, les héroïnes âgées d'un vieux film que Charlotte admirait parce que ces femmes ne se laissaient pas marcher sur les pieds, n'avaient peur de rien.

— On pourrait acheter de la dope, proposa-t-elle à Marie-Ève à l'heure du dîner. Pas du pot, ni du hasch, quelque chose de mieux.

— Ah oui ?

— À moins que ça te fasse peur ?

Marie-Ève n'hésita qu'une seconde avant d'acquiescer.

— On va tripper un peu plus fort à la cérémonie. Ça marche toujours pour demain ?

Charlotte confirma l'absence de ses parents et de son frère aîné ; la maison serait vide.

— On va prendre des pilules, sinon mon frère va sentir tout de suite qu'on a fumé. Il est assez énervant ! Il serait capable d'en parler aux parents.

Marie-Ève lui proposa d'aller faire leurs emplettes immédiatement.

Le ciel gris rendait la ville triste, lui donnait l'aspect d'une photo en noir et blanc, un peu floue et désuète, aux contours usés. Les toits des commerces de la rue Saint-Jean s'alignaient sur un fond terne, dissous dans un univers monotone qui s'étendait au-delà des portes du Vieux-Québec. Les rares calèches, conduites par des cochers qui guettaient vainement le touriste, invitaient les voitures à imiter leur style poussif et à ralentir devant le Parlement, toujours plus sévère en novembre. Les arbres, dépouillés de leurs flammes végétales, évoquaient des mains calcinées qu'un fou aurait plantées là dans une sinistre farce, et les dizaines de fenêtres de l'édifice, privées d'éclat, ressemblaient à des taies chagrines, aveugles aux passants qui marchaient d'un pas pressé en tenant fermement leurs parapluies. Les premières gouttes tombaient, dans une régularité glacée et lassante qui amenait chacun à souhaiter qu'il neige et que les lumières de Noël égaient les rues. Marie-Ève et Charlotte se forçaient à garder un rythme décontracté pour se prouver qu'elles étaient indifférentes à tout, y compris au mauvais temps. Elles gagnaient de précieuses minutes en sautant leur repas. Elles gardaient l'argent des sandwichs pour acheter de la mescaline ; elles auraient bien plus de plaisir à consommer celle-ci qu'à manger un croque-monsieur, fût-il le meilleur du monde ! En arrivant au carré d'Youville, elles consentirent à s'abriter sous la porte Saint-Jean pour évaluer la situation. Le vendeur auprès duquel Charlotte s'était procuré du haschich récemment était absent. Les deux garçons qui se tenaient près des remparts avaient-ils quelque chose à vendre ?

— On ne les connaît pas.

— Qu'est-ce que tu veux qu'on fasse ? la rabroua Charlotte. On n'a pas le choix. On ne peut pas courir dans toute la ville !

Marie-Ève l'approuva ; elles ne pouvaient pas traîner indéfiniment ni revenir plusieurs fois sans se faire remarquer. Elles s'approchèrent des garçons, discutèrent quelques minutes avant d'acheter du PCP. Au moment où Charlotte glissait la capsule dans la poche de son blouson, Grégoire descendait la rue d'Auteuil en pestant contre la pluie. Il se réfugiait sous l'auvent d'un restaurant lorsqu'il distingua la mèche verte de Marie-Ève. Que venait-elle de se procurer avec sa copine ?

Il observa les adolescentes tandis qu'elles remontaient la rue Saint-Jean ; devait-il parler de leurs achats à Léa Boyer ?

Non, il n'était pas un délateur. Le rituel du cimetière avait une bizarrerie apeurante, mais fumer de la drogue ? N'importe qui pouvait allumer un joint pour s'amuser.

Il se désintéressa des adolescentes quand un homme ralentit à sa hauteur avant de bifurquer vers la rue MacMahon.

Allait-il à L'Hippocampe ? Il pourrait peut-être l'intercepter avant qu'il pousse la porte du sauna ? Il s'arrêta, guetta le bruit d'une portière que l'on ferme et attendit le client potentiel. Quand l'homme s'avança vers lui, Grégoire sut qu'il n'aurait même pas besoin de sourire pour lui plaire. Le type l'examinait sans vergogne comme s'il se préparait à acheter du bétail. Il n'était ni beau, ni laid, ni vieux, ni jeune, il faisait partie de la clientèle habituelle des hommes qui rêvent de voir un bel adolescent bander spontanément pour eux, qui se rappellent leurs vingt ans avec une nostalgie teintée d'amertume. Ils n'avaient plus la peau lisse, le cheveu épais, les fesses bien fermes, ils ne suscitaient plus le désir comme autrefois, on ne chuchotait pas sur leur passage quand ils entraient dans un bar et se dirigeaient vers la piste de danse, il n'y avait plus ces regards concupiscents qui chatouillent le cœur. Grégoire savait que plusieurs de ses clients payaient autant pour l'illusion d'une jeunesse retrouvée que pour ses faveurs sexuelles. Il ne l'aurait jamais avoué à personne, pas même à Graham, mais il profitait parfois du fait qu'un client s'endormait pour se coller contre lui, contre son gros ventre chaud et rassurant. Quinze minutes, pas plus. Pas question de s'attendrir.

Certains clients discutaient avec lui, d'autres non, certains étaient gentils, d'autres non ; celui qui se tenait devant Grégoire était pressé. La bise soufflait dans un regain sadique, mordait les joues, gelait le bout des doigts, et Grégoire annonça rapidement son prix.

C'était plus cher que le PCP que Charlotte et Marie-Ève s'apprêtaient à consommer et différemment grisant. Les adolescentes étaient rentrées au Petit Séminaire avec une sensation de pouvoir enivrante ; elles n'étaient plus des bébés qui obéissaient à tout un chacun, elles avaient pris le contrôle de leur vie. Marie-Ève avait jeté plusieurs coups d'œil complices sur Charlotte durant le cours d'anglais. Elle s'inquiétait un peu de ses réactions à la drogue. Si elle vomissait ? Personne ne lui avait raconté d'histoires de vomi à propos du PCP, mais cela pouvait peut-être arriver.

Toutefois, ce n'était pas parce que Suzanne avait été malade en avalant des somnifères qu'elle le serait aussi. Et puis sa mère faisait des mélanges. Elle avait des pilules de toutes les couleurs.

En sortant du cours, Marie-Ève appela Joël pour bavarder ; elle lui décrivit Charlotte. Il regrettait de ne pouvoir la rencontrer, mais il ne fallait pas ébruiter le secret de ses visites aux jardins Mérici. Marie-Ève mentit à Joël, l'assura qu'elle n'avait jamais parlé de lui à sa meilleure amie. Pourquoi l'énerver ? Il ne pouvait savoir que Charlotte était digne de confiance puisqu'il ne la connaissait pas. Tout s'arrangerait bientôt. Elle finirait par faire entendre raison à sa mère et par voir Joël librement. Denis l'aiderait dans son entreprise. Il s'alliait souvent à elle pour faire comprendre quelque chose à Suzanne. Elle était injuste face à Joël.

— Marie-Ève ?

Au bout du corridor, Léa lui faisait signe de s'approcher en enfilant les manches de son manteau. Ce manteau ressemblait beaucoup à celui que Suzanne venait d'acheter ; Marie-Ève crut un instant que sa mère avait fait exprès de copier Léa, puis changea d'idée : pourquoi aurait-elle voulu imiter la prof d'histoire ? Elles avaient choisi le même manteau, comme des dizaines de femmes qui étaient allées chez Simons cet automne. Québec était une si petite ville. Un village. Un village étouffant : il était impossible de lever le petit doigt sans que tout le monde soit aussitôt au courant. Ainsi, chaque fois qu'elle rejoignait Joël, elle redoutait de croiser une connaissance de ses parents. Ou pire, Suzanne ou Denis. Un village, oui, dont elle s'échapperait. L'apparition de son frère l'avait réconfortée ; elle avait raison d'essayer de communiquer avec les esprits.

— Ah ! Léa. Je suis un peu pressée…

— Et moi, je suis un peu intriguée. Est-ce que je t'ai fait quelque chose ?

— Non, pourquoi ?

— J'ai l'impression que…

— ... que quoi ? Je n'ai pas le goût de placoter, c'est tout.
J'ai le droit.

Léa acquiesça, se retint d'en dire plus. Si Marie-Ève se braquait, elle n'en tirerait rien de plus.

— Ma porte est toujours ouverte.

L'adolescente hocha la tête, soulagée. Elle avait craint l'insistance de Léa.

Léa regarda Marie-Ève s'éloigner en se demandant ce qui trottait dans la tête de la jeune fille. Elle revint vers son bureau, grimaça devant la pile de travaux à corriger. Cependant, elle préférait terminer son travail avant de rentrer chez Maud. Même si Maud s'affolait inutilement à son sujet, elle était contente d'avoir accepté son invitation à rester chez elle pour quelques jours. Les enfants étaient ravis ! Ce déménagement compliquait leur existence, mais Félix était taciturne ces derniers temps et la perspective de dormir avec Léo l'avait déridé. Il s'amuserait avec le chat tandis qu'elle papoterait avec Maud.

Elles parleraient sûrement d'Alain Gagnon... Si Maud pouvait accepter de se laisser aimer ! Elle devait oser la joie au lieu de s'en protéger. Alain était épris d'elle. Il était drôle, intelligent, cultivé et bien dans sa peau. Préférait-elle rester chez elle, toute seule, à épingler ses insectes les dimanches après-midi plutôt que de partager l'intimité d'Alain Gagnon ?

Léa se moqua de sa propension à se mêler des histoires d'amour de ses amies. Elle élaborait avec enthousiasme des scénarios compliqués et passionnés tout en se traitant d'incurable romantique. Si Laurent pouvait imaginer tout ce qu'elle avait pensé de lui lors de leur première rencontre ! Il ne connaîtrait jamais les multiples plans qu'elle avait échafaudés pour le croiser — par hasard — dans les couloirs de l'université, pour lui donner l'impression que c'était lui qui l'avait remarquée en premier, qui avait décidé du tour que prendrait leur relation. Elle avait souvent failli lui avouer qu'elle l'avait désiré bien avant qu'il soit conscient de son existence, puis elle y avait renoncé. Ce qui avait fait l'objet d'interminables conversations avec Maud n'aurait peut-être pas amusé Laurent. Qui sait s'il n'aurait pas eu le sentiment d'avoir été mené par le bout du nez?

Elle s'étira, appela à la centrale de police pour informer Maud qu'elle s'occupait de tout acheter pour la fondue, mais son amie était en réunion.

Graham faisait le point avec Rouaix, Moreau, Berthier et Despaties sur l'insaisissable Violeur à la croix et tentait de camoufler son découragement. Quand ce criminel surgirait-il de sa boîte à mauvaises surprises?

$$* * *$$

Le jour même.

Steeve Tremblay avait repéré Ghislaine Toupin depuis plusieurs jours. Plusieurs semaines, plusieurs mois. Elle assistait à la soirée-bénéfice. Elle avait déménagé au mois de juillet, mais il n'avait pas perdu sa trace. L'ancienne voisine de Graham avait simplement changé de quartier, quittant son appartement de la rue Holland pour un bungalow aux Saules. Il avait obtenu cette information en discutant avec un autre voisin, à qui il avait appris que Mme Toupin avait gagné un voyage aux Bahamas et qu'il devait lui remettre son prix. Les gens s'empressent de vous renseigner quand il y a quelque chose à gagner, même s'ils n'en sont pas les bénéficiaires.

Boulevard Hamel, boulevard Père-Lelièvre, rue Létourneau, rue Maurice. Ghislaine Toupin allait-elle souvent magasiner aux Galeries de la Capitale? Leur proximité devait être tentante. Les femmes aimaient dépenser dans les boutiques; Ghislaine Toupin ne devait pas échapper à la règle. Seule Graham n'éprouvait pas le besoin de gaspiller son argent. Il la suivait depuis des mois maintenant sans l'avoir jamais vue se diriger vers un centre commercial. Elle faisait ses courses rue Cartier, allait fréquemment à L'Épicerie européenne dans Saint-Jean-Baptiste, s'arrêtait dans la côte de la Fabrique chez Simons, mais montrait peu d'attirance pour la Place Sainte-Foy ou la Place Laurier. Était-elle agoraphobe ? Sans doute pas, sinon elle n'aurait pu garder son travail. Il l'avait d'ailleurs aperçue à Expo-Québec avec un collègue. Elle lui souriait en achetant du pop-corn. Elle sourirait moins quand Ghislaine Toupin lui raconterait qu'il avait tracé un P sous son sein gauche. Il tâta le couteau au fond de sa poche. La lame était bien aiguisée ; il prenait grand soin de ses outils. Il bricolait un peu dans le sous-sol de Paul lorsqu'il habitait chez lui ; il replaçait alors les marteaux, les scies, les clés anglaises avec une méticulosité qui agaçait son frère même si ce dernier devait admettre qu'il aimait que son établi soit bien entretenu. Les clous avec les clous, les vis avec les vis, les boulons dans le bon tiroir, et le tour était joué.

Les salopes avec les salopes. N'était-ce pas ce que souhaitaient Graham et toutes ces femmes de tous ces regroupements qui avaient détourné Ginette de Paul ? Elles l'avaient attirée vers elles. Il devait y avoir un bon nombre de lesbiennes dans le lot. Ginette était une imbécile, mais elle était décorative ; Paul aimait les belles voitures et les belles femmes. C'est ce qui l'avait perdu.

Lui, il n'aurait pas ce problème avec Loulou. Elle lui était si reconnaissante de sortir avec elle. Elle vivait seule depuis un an quand il l'avait rencontrée. Elle n'avait pas encore commis d'erreur depuis qu'il la fréquentait ; avait-elle compris sa chance et aurait-elle la sagesse de ne pas le décevoir ? Elle paraissait plus avisée que Josiane. Celle-ci avait prétendu l'aimer et une semaine plus tard elle était prête à l'abandonner. Une pute, cette Josiane.

Elle ne gâcherait plus la vie d'autres hommes. Il fallait bien se serrer les coudes. Il avait pris la bonne décision. Un *hit and run*. Il avait maquillé sa voiture. On ne l'avait pas soupçonné, ni même questionné : Josiane et lui n'étaient sortis ensemble que vingt-quatre jours avant sa mort. Comme elle venait d'être mutée à Québec, elle n'avait personne à qui faire des confidences sur un nouvel amoureux. Si tout s'était déroulé parfaitement ce soir-là, c'est que tout devait arriver ainsi.

Il n'avait pas non plus d'ennuis depuis qu'il avait entrepris de se venger de Maud Graham : son plan fonctionnait à merveille. La détective devait se creuser la tête pour comprendre ce que signifiaient les lettres M, J et L tandis qu'il s'apprêtait à lui compliquer davantage la tâche. Il lui déplaisait de pénétrer chez Ghislaine Toupin, mais elle ne sortait que pour aller au dépanneur ou au club vidéo depuis qu'elle était rentrée de l'hôpital.

Il gara la voiture de Louise rue Létourneau, mit une casquette noire et des verres fumés, endossa un manteau beaucoup trop grand pour lui afin d'y dissimuler un bouquet de fleurs et de paraître plus gros si quelqu'un devait le décrire. La rue était déserte, il n'y avait pas une automobile, pas un chat à l'horizon, que le sifflement du vent qui cinglait ses oreilles. Il ne sentait pas le froid mordre sa chair, car il pensait à celle de Ghislaine Toupin qu'il allait entailler dans quelques minutes, il pensait à celle de Léa Boyer, à tout ce sang qui salirait le plancher de son salon ou de sa cuisine, la moquette, le tapis. Il avait apporté un imperméable en plastique pour se protéger des éclaboussures.

Graham, elle, se tacherait sûrement en se penchant pour secourir Léa, en collant son oreille contre son cœur pour percevoir ses battements affolés, en l'entourant de ses bras pour la préserver des flashs des photographes.

Ghislaine Toupin vit le bouquet de pâquerettes derrière la vitre de sa porte d'entrée. Qui lui envoyait des fleurs ? Elle en avait déjà beaucoup reçu à l'hôpital. Elle sourit ; si les pâquerettes ne sentaient rien, elles vivaient longtemps. Elles étaient très résistantes. Comme elle ? Ghislaine dit « oui » à haute voix pour ancrer en elle l'idée du combat : oui, elle survivrait ; oui, elle vaincrait le cancer. Et elle garderait son autre sein.

Le livreur demanda : « Ghislaine Toupin ? » et elle fut aussitôt refoulée à l'intérieur de la maison. L'homme claqua la porte et projeta Ghislaine au sol avec une telle force qu'elle en eut le souffle coupé. Qu'est-ce qui se passait ? Pourquoi les pâquerettes volaient-elles au-dessus de sa tête ? Pourquoi l'homme la frappait-il au visage ? Elle faillit le supplier, mais elle avait lu dans un article sur les violences sexuelles que les larmes et les gémissements n'attendrissent pas l'agresseur. Au contraire, ils augmentent son sentiment de puissance et sa jouissance. Elle se débattit tout en le questionnant : voulait-il la violer ? Pourquoi ne lui demandait-il pas plutôt gentiment de faire l'amour ? Il n'avait pas besoin de la battre.

— Tais-toi !

— Jamais personne n'a réussi à m'empêcher de parler, répondit Ghislaine dans un sursaut de colère.

Il la frappa derrière la tête, elle tenta de se retourner pour voir son agresseur, il lui tordit le bras gauche dans le dos. Elle hurla en sentant s'étirer la plaie laissée par la récente ablation, elle hurla de douleur et de rage, épouvantée et désespérée, ne pouvant croire que le sort s'acharnait ainsi sur elle. Un viol après un cancer du sein ? Et quoi d'autre ? Le toit de sa demeure ne s'écroulerait-il pas sur elle ensuite ? Ce serait une bonne chose au fond, elle en avait marre. Elle entendit le déclic d'un couteau à cran d'arrêt et s'immobilisa. Non, elle n'allait pas mourir maintenant après s'être tant battue contre la maladie ! Deux minutes avant qu'on sonne à sa porte, elle s'examinait dans la glace de la salle de bains, s'habituant à placer sa prothèse dans son nouveau soutien-gorge, et voilà qu'une bête en coupait les bretelles et essayait de baisser sa culotte.

Tout en hurlant, elle tenta de donner des coups de pied à l'homme, réussit à le frapper à l'oreille. Il cessa de tirer sur son slip pendant une fraction de seconde, elle se retourna, le soutien-gorge rabattu sur son ventre, et il vit alors la cicatrice sur le côté gauche du torse.

Il déglutit. Qu'est-ce que... Les chairs étaient d'une couleur bizarre. Il lâcha son couteau, Ghislaine s'en empara, lui piqua la main pour qu'il desserre son étreinte. Il tenta de le rattraper, mais la blessure qui béait devant lui l'effarait. Il lui semblait qu'elle suintait un peu, et il ne voulait pas de pus sur lui, de sanie, il ne voulait rien qui vienne de cette plaie, de cette femme. L'air se raréfiait dans la pièce, il avait de la difficulté à respirer. Il se releva et se précipita vers la porte, piétina le bouquet de pâquerettes, songea à le récupérer et sortit. Il courut jusqu'à sa voiture et dut s'y reprendre à trois fois pour insérer la clé et mettre le contact. Il démarra sans se rendre compte qu'il avait perdu sa casquette dans la fuite.

Ghislaine Toupin garda le couteau serré dans sa main droite durant de longues minutes avant d'esquisser le moindre geste. Les éléments semblaient vouloir se déchaîner de nouveau, elle allait déclencher une catastrophe si elle bougeait.

Le froid finit par la tirer de cet état torpide ; le couteau à la main, elle referma la porte et la verrouilla. Elle se mit ensuite à pleurer, laissa tomber le couteau par terre et tint devant elle les bretelles sectionnées de son soutien-gorge. Elle frissonna des pieds à la tête et enfila sa robe de chambre avant de mettre de l'eau dans la cafetière.

Un café. Elle boirait un café. Et mettrait du cognac dans sa tasse. Voilà ce qu'on doit faire lorsqu'on échappe par deux fois à la mort en moins d'un mois.

Le liquide lui brûlait délicieusement la gorge, faisait fondre le nœud qui l'obstruait, lui rendait la parole ; elle téléphonerait tantôt à Maud Graham. Elle souhaitait être plus calme pour lui parler ; elle avait trop envie de rire et de pleurer pour l'instant. Une terreur rétrospective lui glaçait le sang et la poussait à poser sa main sur la bouilloire chaude, mais en même temps l'euphorie lui donnait envie de chanter, de danser, de crier sur tous les toits qu'elle était vivante.

Ghislaine s'assit sur le canapé du salon et fixa le tapis sur lequel s'était jouée son existence. Elle n'avait pas vu, alors qu'elle croyait mourir, défiler tous les moments de sa vie ; elle était trop en colère. Cette fureur l'avait sauvée. Ghislaine remercia intérieurement sa mère de lui avoir permis d'être une fille *et* de pouvoir s'emporter. Elle faillit aller se doucher, mais se rassit en examinant ses mains ; avait-elle griffé l'homme ? Y avait-il d'infimes parcelles de sa peau sous ses ongles ?

Non, elle se rongeait les ongles depuis qu'elle avait appris qu'elle perdrait un sein. Elle se mit à pleurer sur ses pauvres ongles dévorés jour après jour, pitoyables symptômes de son angoisse.

Elle pleura longtemps, puis se décida à appeler Maud Graham. Elle aurait préféré oublier ce qui venait de lui arriver, mais elle devait témoigner. Un témoignage, même flou, est toujours utile, prétendait Maud. Elles s'étaient revues deux fois depuis que Ghislaine avait déménagé. À l'hôpital.

Steeve Tremblay avait roulé une bonne heure avant de rentrer chez lui. La blessure que lui avait infligée la salope était bénigne, l'auriculaire avait été à peine écorché ; il avait enroulé un mouchoir autour avant de filer sur le boulevard Champlain. Il s'était rendu jusqu'à l'île d'Orléans, pour en revenir légèrement rasséréné. Chez lui, il avait bu du thé même s'il avait le goût de prendre un scotch. Il était trop tôt ; il n'avait jamais bu une goutte d'alcool avant 17 heures. Il ne commencerait pas à picoler avant la fin de l'après-midi, même ce jour-là. Surtout ce jour-là. S'il fallait abandonner ses principes dès qu'un pépin surgissait... Comment aurait-il pu deviner que Ghislaine Toupin lui montrerait une plaie béante ? N'importe qui aurait eu un choc ! En se remémorant la scène, il était quasiment persuadé qu'elle souriait de son étonnement. Comme si elle lui avait joué un bon tour... Il détestait les surprises ! Il n'aurait pu graver l'initiale de Paul dans la chair sans être obligé d'y toucher. Et si sa main avait glissé sur la plaie, *dans* la plaie, si les lèvres s'étaient décollées, s'étaient ouvertes pour avaler ses doigts, puis son bras ?

Il asséna un coup de poing si violent sur la table que la tasse de thé se renversa.

Paul, il avait trahi Paul. Et encore une fois, une femme était responsable de cet écart.

Il respira très lentement en décidant que Graham paierait cher cet affront. L'idée d'une conspiration dont Graham serait l'instigatrice, et dont Ghislaine ferait partie, lui effleura l'esprit. Il se reprit, repoussa ce délire paranoïaque. Tout rentrerait dans l'ordre. Il allait se calmer ; n'avait-il pas mené à bien ses premières opérations ? Il avait été malchanceux. Il marquerait Léa et sa mission serait remplie.

Il se servit une autre tasse de thé avant d'ouvrir le tiroir de la commode de sa chambre pour y prendre un couteau. Il effleura sa joue de la pointe, sourit en entendant le frémissement de l'acier contre sa barbe naissante. Quel bel et bon instrument...

Il essuierait ses empreintes sur le couteau, puis mettrait des gants pour aller chez la copine de Graham. S'il était très ennuyé d'avoir oublié son autre couteau chez Ghislaine Toupin, il se félicitait d'avoir toujours utilisé des gants de chirurgien ; ils étaient assez souples pour lui permettre de travailler sans être gêné. Ils étaient cependant trop minces pour le protéger des égratignures. Il examina son auriculaire, alla dans la salle de bains désinfecter la plaie. Demain, il n'y paraîtrait plus. Il avait cru que la lésion était plus grave, car il avait perdu une grande quantité de sang, mais on prétendait que les blessures aux mains saignent beaucoup.

* * *

Charlotte aurait pu le confirmer : les blessures aux mains saignent abondamment. Avec horreur, elle avait vu Marie-Ève attraper une paire de ciseaux et s'entailler le poignet droit après qu'elles se furent coupé des mèches de cheveux pour les faire brûler sur l'autel qui devait attirer les esprits. Charlotte avait décidé qu'elles s'inciseraient le bout de l'index pour jeter quelques gouttes de sang dans le feu, mais Marie-Ève lui avait dit que les esprits étaient plus exigeants et qu'ils réclamaient plus de sang. Ils murmuraient à son oreille qu'elle devait payer plus cher pour rejoindre son jumeau. Charlotte n'entendait rien, personne ne lui parlait, personne ne lui apparaissait dans le sous-sol de la maison de ses parents. Un disque des Colocs tournait sur la platine laser et il était question de potion magique ; pourquoi Marie-Ève riait-elle tant en l'écoutant ? Elle avait ri aussi, car le PCP lui donnait l'impression d'être au spectacle. Elle se voyait agir à distance, dans un vidéoclip où Marie-Ève chantait à côté d'elle, où les verres de bière se vidaient trop rapidement, où les murs de la pièce penchaient un peu vers l'arrière, puis vers l'avant. Elle avait vu son amie reprendre la paire de ciseaux, la flairer, la lécher avant d'abaisser le métal sur son avant-bras et de donner un coup sec.

Marie-Ève regardait avec un sourire étrange le sang couler et Charlotte réussissait à s'extraire du futon pour presser la plaie de Marie-Ève. Il y avait du sang par terre, sa mère s'en rendrait compte. Il faudrait tout nettoyer avant que son frère arrive, sinon il la dénoncerait. Et Marie-Ève continuait à lui sourire sans se soucier des taches sur le tapis.

Marie-Ève s'évanouit. Oh non ! Charlotte connaissait des tas de garçons qui avaient pris du PCP sans éprouver de problèmes, pourquoi est-ce que cela tombait sur elles ?

Il fallait demander de l'aide. Et si Marie-Ève mourait ? Et si la qualité de la drogue était mauvaise ? Marie-Ève en avait pris plus qu'elle. Voilà ce qui l'avait poussée à jouer avec les ciseaux.

Léa Boyer. Marie-Ève disait qu'elle ne répétait rien aux parents. Elle était fiable.

Charlotte perdit beaucoup de temps à chercher le bottin des élèves, mais finit par y trouver le numéro de téléphone de Léa. Celle-ci était en train de ramasser les vêtements des enfants, qui jouaient chez Danielle, la voisine. Elle comprit aussitôt qu'une élève avait des ennuis. Elle promit à Charlotte de la rejoindre. En l'attendant, elle devait faire venir une ambulance.

— Non, tout le monde va savoir ce qui s'est passé ici ! Mes parents vont me tuer. Ce n'est pas pour ça que je t'ai appelée. On trippait, puis les esprits sont venus, puis...

— Ça va, Charlotte. Tiens en l'air le bras de Marie-Ève et serre la plaie pour empêcher le sang de couler. O. K. ? J'arrive.

Tout en attrapant son manteau, Léa se demandait si elle devait envoyer une ambulance. Charlotte vivait tout à côté, rue Bourlamaque ; si elle s'était affolée pour rien, l'ambulance créerait plus de problèmes qu'elle n'en résoudrait. L'élève n'était pas dans son état normal ; l'imagination née des paradis artificiels générait souvent beaucoup d'angoisse. Un *bad trip,* voilà tout. Qu'est-ce qu'elles avaient avalé ? L'air épouvanté de Charlotte et son chandail ensanglanté balayèrent ses réflexions. Tout se passa très vite. Elle banda le poignet de Marie-Ève du mieux qu'elle put, l'enveloppa dans une couverture et la traîna jusqu'à la voiture avec l'aide de Charlotte. Deux minutes plus tard, le trio se présentait aux urgences de l'Hôtel-Dieu.

Même si Charlotte s'y opposait, Léa Boyer téléphona aux parents de Marie-Ève. Ils étaient absents. Dans son message, elle précisa qu'elle resterait à l'hôpital jusqu'à ce qu'ils viennent la retrouver au chevet de leur fille.

Charlotte avait un regard fiévreux en répondant aux questions du médecin. Est-ce que la drogue agissait sur elle avec du retard ? Ou redescendait-elle de son nuage ?

En se dirigeant de nouveau vers un téléphone public, Léa pria le ciel que ses enfants n'éprouvent jamais le besoin de se droguer pour avoir l'illusion d'être heureux. Laurent et elle les élevaient avec amour, du mieux qu'ils pouvaient, en faisant des erreurs et de bons coups, en essayant de les deviner, en ne comprenant pas tout. Comme la plupart des parents qui souhaitaient sincèrement le bien de leurs enfants.

Elle tenta de joindre Maud, qui s'inquiéterait si elle ne la trouvait pas chez elle en rentrant. Elle raccrocha après avoir laissé un message à la répartitrice qui l'avait informée que Graham venait de sortir.

En courant, avait-elle ajouté.

Chapitre 9

Maud Graham avait raccroché le téléphone en jurant. Rouaix, qui n'était pas habitué à ses écarts de langage, l'avait interrogée.

— Qui c'était?

— Mon ex-voisine, Ghislaine, celle qui a déménagé cet été. Je suis allée la voir le mois dernier à l'hôpital. Il l'a attaquée, Rouaix! Je vais le tuer!

— Attends, je ne te…

— Je suis sûre que c'est le Violeur à la croix!

— Pourquoi?

— Parce que je connais Ghislaine.

— Mais tu ne connaissais pas les autres. Quel est le rapport?

Graham enfila son imperméable tandis que Rouaix lui ouvrait la porte, la devançait. Elle démarra avant même qu'il ait refermé la portière de la voiture.

— Il a voulu la violer.

— Il ne l'a pas fait?

— Non, il est parti en oubliant son couteau.

— Miracle! J'espère que Ghislaine n'y a pas touché.

Graham le détrompa, lui rapporta le récit de son ancienne voisine.

— Elle était très calme au téléphone.

— Trop?

Graham parla du courage que Ghislaine avait montré face à la maladie. Elle devait être épuisée de s'être tant battue contre le cancer. Cette agression risquerait de l'achever, de détruire ses dernières forces, celles qu'elle avait préservées pour remonter la pente et affronter la mutilation.

— Je vais le tuer, je te le jure !

— Il faudrait d'abord qu'on l'attrape, fit André Rouaix. On n'a rien sur lui. On dirait un fantôme... qui s'intéresserait à toi.

— Oui. Je sens qu'il a choisi Ghislaine. Il ne peut être tombé par hasard sur une femme qui me connaît bien. Et Léa a reçu des lettres de menace. Je n'aime pas ça. Pas du tout. Je veux qu'on protège Léa.

— Le patron...

— Je m'en fiche. Je vais lui dire que j'ai un suspect qui va sûrement vouloir suivre Léa. Et au fond, c'est vrai, Léa servira de chèvre... Elle va attirer le loup-garou. Ce soir, elle est chez moi, mais dès demain, j'exige qu'elle soit protégée.

Rouaix gardait le silence. Il savait pertinemment que Graham n'obtiendrait pas une protection rapprochée avec des arguments si ténus. Son intuition ne suffirait pas à persuader le patron d'attacher un homme aux pas de Léa.

— On pourrait s'en charger, toi et moi. Je ne serais pas fâché de mettre moi-même la main sur l'agresseur. Je paierai le champagne le jour de son arrestation.

Rouaix comptait les terrains vagues le long du boulevard en se rappelant les paroles de son père ; rien de tout cela n'existait lorsqu'il avait émigré à Québec. Il n'y avait que des champs où l'on ne pouvait cultiver la vigne comme il le faisait à Épernay. Il avait renoncé aux cépages de pinot noir, de pinot meunier et de pinot chardonnay pour tenter sa chance dans la belle province. Si Georges Rouaix ne s'était jamais plaint, était-il pour autant satisfait de son sort ? La France lui manquait-elle beaucoup ?

— Il faut qu'on sorte la liste de tous les hommes que j'ai envoyés en dedans.

— Qu'*on* a envoyés, Graham. Je suis de tous les coups...

— Tu as raison. Pourquoi est-ce que je crois que c'est à moi qu'il en veut ?

— Ce n'est pas de la paranoïa. Il y a quelque chose de trop tordu dans cette affaire pour que tu n'y sois pas mêlée.

— Merci.

Rouaix précisa son idée. Graham avait fait le bonheur des médias durant l'été. Il y avait eu la soirée-bénéfice, puis cette touriste qui était morte dans le bassin Louise, assassinée par un mari jaloux. Graham avait arrêté le coupable moins de dix heures après le crime malgré son alibi.

— On a beaucoup parlé de toi. Le Violeur à la croix doit fantasmer sur toi. Je croyais qu'il nous narguait tous, mais tu dois avoir raison. On sait que tu t'occupes des histoires qui concernent les femmes. Peut-être veut-il te faire plonger, te forcer à commettre une erreur qui te mettrait hors circuit ?

— Je le dérangerais ? Dans ce cas, Moreau ferait un bon suspect. Non, sérieusement, je crois que Ghislaine a été attaquée pour une raison précise. Ça nous permet d'éliminer un paquet d'hommes qu'on a arrêtés.

— Oui, la plupart s'en prendraient directement à toi ou à moi, s'ils obéissaient à leur envie. Mais ils se contrôlent, ils ne veulent pas revoir la prison... Le violeur a mûri son plan.

Cela signifiait-il qu'il était resté longtemps dans l'ombre pour avoir tout le loisir de réfléchir ?

— Il faut vérifier le nombre d'incarcérations, la gravité des crimes, les condamnations. Voir si les dates où les victimes ont été agressées correspondent à un élément dans la vie des hommes.

— Comme une arrestation ?

— Va plus loin : le décès d'un père, d'une mère pendant que le type est en taule. Ou la date de son divorce, du début de son procès, ou de la fin, de la condamnation. La date où l'appel a été rejeté. La première fois qu'on a vu le gars. Sa première comparution.

— Sa deuxième, sa troisième, sa quatrième... comme le nombre de victimes? Il faut découvrir aussi si les initiales font référence à un jour.

Il venait de s'apercevoir que les lettres pouvaient indiquer Lundi, Mardi, Mercredi ou Jeudi.

Graham s'exclama : pourquoi n'y avait-elle pas songé plus tôt! Elle accéléra, rageuse, et Rouaix lui rappela que les jours figuraient dans la première liste. Mais le mardi ou le mercredi ne correspondaient à rien qui touchât à Lucie Boutet. Elle avait été agressée un vendredi, avait fait sa déposition un samedi.

— Mais on est jeudi aujourd'hui, répliqua Graham.

— Il a déjà gravé cette lettre...

— Et s'il avait un calendrier maudit dans le crâne? S'il voulait marquer tous les jours de la semaine? Même s'il ne commet pas ses crimes le même jour.

— Pourquoi pas les mois?

— Aucun ne commence par L.

En rejoignant le boulevard Père-Lelièvre, Graham coupa la sirène; elle souhaitait faire l'entrée la plus discrète possible chez Ghislaine Toupin.

— Je vais entrer seule, non? Ce sera mieux. Tu me rejoindras dans cinq minutes. Il faut convaincre Ghislaine d'aller à l'hôpital. Elle refuse de revoir des médecins. Ta belle-sœur a eu le cancer. Qu'est-ce que tu lui disais?

— N'importe quoi. Je ne savais jamais quoi dire. J'improvisais et je me sentais maladroit et impuissant. C'est Nicole qui aurait dû t'accompagner; elle a été merveilleuse avec Manon.

Rouaix se remémorait ces mois éprouvants qu'il avait partagés avec sa femme alors que Manon s'éteignait lentement. Il comprenait que Nicole lui en veuille de continuer à fumer après qu'un cancer du poumon eut emporté sa sœur. Il avait cessé de fumer lors du décès, puis il avait rallumé une cigarette après l'affaire du pédophile. Il ne supportait pas la souffrance des enfants. Au moins, il n'avait pas avalé de somnifères trop longtemps ; les vacances, qui étaient tombées à point nommé, l'avaient délivré en partie de ses angoisses.

Il vit un rideau frémir à une fenêtre de la maison, puis la porte s'ouvrir sur Graham et se refermer aussitôt.

* * *

À l'Hôtel-Dieu, le médecin expliquait à Léa que Marie-Ève s'en tirerait à bon compte ; un peu plus et une transfusion aurait été nécessaire.

— Je peux lui donner mon sang, déclara Charlotte. On est du même groupe. Le groupe O. Je vous jure ! On a fait des tests de sang avec mon oncle qui travaille dans un laboratoire. On est toutes les deux du groupe O.

Le médecin remercia Charlotte de son offre avant de lui dire qu'elle avait effectivement un sang semblable à celui de Marie-Ève, un sang affolé par la drogue.

— Ta copine a assez de sa dose sans recevoir la tienne par transfusion.

— J'en ai pris moins qu'elle. Je ne sais pas pourquoi elle a capoté comme ça.

Le médecin soupira.

— Attendez encore un peu avant d'aller voir Marie-Ève. Elle a besoin de repos.

Léa retourna s'asseoir dans la salle d'attente. Charlotte s'accroupit près d'elle.

— Est-ce qu'on va rester ici longtemps ?

Charlotte retrouvait sa superbe. Elle reprochait à Léa d'avoir appelé les parents de Marie-Ève.

— Et qu'aurais-je dû faire, selon toi ?

— Rien. On aurait dû attendre qu'elle soit correcte et rentrer chez moi.

— Ses parents verront les bandages.

— Pas nécessairement.

— Les tiens n'auraient pas remarqué tes poignets si tu t'étais blessée ?

Charlotte fit une moue dédaigneuse; ses parents ne s'occupaient que de son frère. Il leur ressemblait tellement qu'elle ne s'étonnait pas qu'ils le préfèrent à elle.

— Monsieur Parfait. Il va tout raconter, c'est sûr, quand il apercevra le sang! Qu'est-ce que je vais faire?

— On ira nettoyer les lieux en sortant de l'hôpital. Ça paraît pire que ce ne l'est.

Charlotte eut un rire pitoyable; elle nageait en pleine catastrophe.

— Tu ne diras pas à mes parents qu'on a pris de la dope, hein, Léa?

— Qu'est-ce que je devrais faire, d'après toi? Attendre votre prochain *bad trip*? Que tu manques des cours, que tu nous envoies promener, c'est une chose. Mais que tu prennes des drogues aussi fortes, c'est autre chose. Veux-tu savoir, Charlotte? Tu m'écœures.

Charlotte agrandit des yeux stupéfaits. Était-ce bien une enseignante qui s'adressait à elle sur ce ton?

— Tu m'écœures, poursuivait Léa, parce que tu es parmi les élèves les plus intelligentes que j'ai eues et que tu gaspilles ce talent.

— Ah oui? Qu'est-ce que tu veux que je fasse? Passer mes soirées à la bibliothèque, apprendre vingt-cinq langues, monter des programmes d'informatique le soir? Étudier encore plus pour avoir une de vos jobs? Je n'ai pas envie de m'emmerder comme vous autres.

— Je ne m'emmerde pas, protesta Léa.

— Ah non? Tu trouves ça trippant de passer la soirée ici?

— Bien sûr que non. Je déteste les hôpitaux. Comme tout le monde.

— Les médecins aiment ça.

— Il faut toujours que tu aies le dernier mot.

— Je t'écœure tant que ça?

Contrairement à ce qu'elle avait cru, Charlotte était embêtée de déplaire à Léa Boyer.

— C'est une façon de m'exprimer. J'aimerais mieux que tu fasses du cinéma au lieu de te voir traîner au carré d'Youville.

— Du cinéma? Je ne suis pas assez belle pour être actrice!

— Tu es belle, mais je pensais à la réalisation. Faire des films... Tu aimes ça imposer tes idées. Il faut avoir du caractère pour diriger une équipe de tournage. Et de l'imagination. En plein dans tes cordes.

— Qui t'a appris que j'aimais le cinéma? Mes parents? Tu essaies de m'orienter vers...

— Arrête, Charlotte! Je ne suis pas obsédée par toi, ni par tes parents. Je m'occupe de dizaines d'élèves, pas seulement de ta petite personne.

Charlotte se renfrogna, mais sa bouderie fut de courte durée; elle était trop contente que Léa voie en elle la prochaine Jane Campion.

— As-tu vu *La leçon de piano*? C'est le genre de film que je serais capable de faire et...

Elle se tut, car elle venait d'apercevoir les parents de Marie-Ève.

— Je vais les informer de ce qui est arrivé, dit Léa.

Charlotte hésita, puis la suivit. Elle jurerait aux parents de Marie-Ève que celle-ci n'avait pas voulu se suicider.

Suzanne était blême, le visage durci par l'angoisse. De son côté, Denis avait une expression étonnée. Il tentait de comprendre le mauvais film dont il avait manqué le début. Il écoutait Léa Boyer relater l'accident de sa fille. Suzanne gardait les mains dans les poches de son manteau en se demandant si Léa avait remarqué qu'elles portaient le même. Elle entendait sans surprise ses propos. Ils faisaient écho à cette peur qui l'entraînait vers l'enfer depuis si longtemps; sa fille était maudite. Comme elle. Marie-Ève s'était ouvert le poignet alors qu'elle-même avait tant souhaité le faire à cet âge. Elle dévisagea Denis; elle était pourtant certaine qu'il n'avait pas touché à leur fille.

— C'est un accident, bredouilla Charlotte. On échangeait notre sang pour attirer les esprits. On l'avait déjà fait avant.

— Les esprits ?

Charlotte était-elle en train d'expliquer que Marie-Ève n'avait pas tenté de se tuer parce qu'on avait abusé d'elle ? Voilà qu'elle relevait les manches de son chandail, montrait les cicatrices.

— Ça a l'air bizarre, mais c'était juste pour s'amuser. Une sorte de communion.

— Vous avez pris de la drogue ? questionna Denis qui sortait de sa léthargie.

Charlotte baissa la tête. Puis elle la releva pour offrir son sang si Marie-Ève son amie en avait besoin.

— On est toutes les deux du groupe O.

Denis entendait « OOOOOOO » et le son ne ressemblait en rien au rire du père Noël. Il faisait partie du groupe B et Suzanne, du groupe A. Il en était convaincu. En tant que professeur de biologie, il avait souvent enseigné la composition des groupes sanguins. O. Marie-Ève ne pouvait être sa fille.

— C'est un accident, répétait Charlotte. Marie-Ève voulait parler à l'esprit de son jumeau. On avait lu un livre sur les phénomènes paranormaux.

Jumeau, O, paranormaux, O. Idiot, O. Le sang d'un étranger coulait dans les veines de Marie-Ève. Suzanne lui mentait depuis des années. Elle était tombée enceinte d'un autre homme et l'avait approché, lui, pour lui faire croire qu'il était le père.

— Tu m'as menti ! hurla-t-il à Suzanne.

Léa et Charlotte sursautèrent alors que Suzanne semblait désemparée. Denis tendit les mains vers elle comme pour l'étrangler, puis il recula, pivota sur ses talons et s'enfuit dans le corridor.

Léa posa une main sur l'épaule de Suzanne. Celle-ci la repoussa avec violence.

— Vous êtes contente ? Vous avez tout gâché !

Léa tenta de raisonner Suzanne. Elle lui expliqua doucement qu'une travailleuse sociale chercherait sûrement à la rencontrer, ainsi que Marie-Ève. C'était peut-être un accident, comme le prétendait Charlotte, mais une travailleuse sociale ou un psychologue verrait l'adolescente.

Suzanne cracha au visage de Léa Boyer avant de courir vers la chambre de sa fille. Charlotte, interloquée, tendit un mouchoir en papier à Léa.

— Je te jure que c'est un accident, Léa. Si Marie-Ève avait vraiment voulu se tuer, je l'aurais su. Parler avec les morts, c'est une affaire. Les rejoindre, c'en est une autre!

Charlotte cherchait-elle à se persuader de l'innocence de leurs jeux morbides?

— Marie-Ève ne s'entend pas avec Suzanne, un peu à cause de toi d'ailleurs...

— De moi?

— Suzanne est jalouse parce que Marie-Ève discute avec toi.

— Je discute avec tous les élèves qui viennent dans mon bureau...

— Suzanne est bizarre. Parfois, elle est très souple avec Marie-Ève et d'autres fois elle lui interdit tout. Savais-tu qu'elle ne veut pas que Marie-Ève voie son grand-père?

— Oui.

— Marie-Ève le voit quand même, poursuivit Charlotte. Elle lui téléphone souvent. Ils s'entendent très bien. Joël est très correct. Il a donné une ceinture noire à Marie-Ève, en plein celle qu'elle voulait!

Charlotte essayait de décrire Joël Labonté, sa gentillesse à l'égard de Marie-Ève, mais son débit ralentissait. Elle s'arrêtait, cherchait ses mots, s'excusait, reprenait son récit. Léa finit par l'interrompre:

— Tu vas rentrer chez toi et te coucher. Je vais tenter de nettoyer votre gâchis. Allez, viens.

Léa aurait aimé saluer Marie-Ève avant de quitter l'hôpital, mais Suzanne aurait probablement refusé de la laisser voir sa fille. Dieu que tout cela était compliqué ! Il faudrait qu'elles aient une bonne conversation. Si elle appréciait la confiance que lui manifestait Marie-Ève, elle ne voulait pas usurper le rôle de mère de Suzanne.

— Maud ? Qu'est-ce que tu fais ici ? Ghislaine ?

Léa Boyer s'avança vers l'ancienne voisine de Graham, mais la sentit se raidir à son approche. Elle se contenta de lui sourire tout en notant l'extrême fatigue qui marquait ses traits.

— On a eu des ennuis avec une élève, expliqua-t-elle.

— Ce n'est pas moi, précisa immédiatement Charlotte.

— Écoute, Maud, je vais être en retard à la maison. Je dois aller chez Charlotte, mais je n'en ai pas pour long-temps.

— Je vais demander à quelqu'un de t'accompagner.

Charlotte protesta : Léa n'avait pas le droit de mêler tout le monde à son histoire. Léa allait répliquer qu'elle lui rendait service, mais l'adolescente lui fit un bras d'honneur avant de s'esquiver. Léa soupira, échangea un regard complice avec Graham.

— Je vais appeler Rouaix pour qu'il envoie un homme te prendre ici, dit Graham.

— Je rentre chez toi avec les enfants. Ils sont chez Danielle. Une chance que j'ai une voisine comme elle. Allez, cesse de t'en faire.

— J'ai de bonnes raisons, Léa.

Le ton de Graham était glacé. Léa, qui n'était pas habituée à cette inflexion, sentit son cœur battre un peu plus vite. Elle devinait la raison de la présence de Ghislaine à l'hôpital.

— Retourne directement chez moi, ordonna Graham. Vérifie si tu as ma clé.

Léa fouilla dans une pochette de son sac, montra une clé argentée à son amie.

— Je voulais acheter…

— Tu n'achètes rien, tu rentres. Tu devais d'ailleurs être chez moi.

— Tu n'as pas eu mon message ? Il fallait que je passe chercher les affaires des enfants à la maison.

— Les affaires ! Tu n'es pas raisonnable ! Rentre tout de suite chez moi, O. K. ?

Le ressentiment de Graham inquiéta Léa ; Maud tentait de masquer ses craintes par les reproches sans y parvenir. Léa lui promit de se rendre aussitôt rue Holland et de ne plus en bouger avant son retour.

Maud Graham questionnait Ghislaine, lui demandait de décrire son agresseur.

— Je veux arrêter ce salaud ! conclut-elle. Il t'a attaquée !

— Il s'est enfui.

Graham dévisagea Ghislaine ; elle ne semblait même pas furieuse.

— Je suis contente d'être en vie. J'ai eu tellement peur qu'il me tue. Je me répétais que c'était trop bête d'être assassinée au moment où je venais d'échapper à l'hôpital. Il ne m'a pas violée, alors…

Ghislaine se tut avant de répéter qu'elle était heureuse d'être vivante, mais qu'elle était attristée de devoir son salut au dégoût d'un homme.

Elle pencha la tête vers l'arrière pour refouler ses larmes. Graham la serra contre elle en protestant d'une voix rauque.

— Le Violeur à la croix a été surpris. Il est habitué de mutiler les femmes au côté gauche. Tu l'as déstabilisé. Ce n'est pas du dégoût, c'est du dépit. Crois-moi. Ce qui t'est arrivé fera progresser l'enquête.

Graham avait décidé de raconter à Ghislaine l'histoire du Violeur à la croix.

— Il va faire quelque chose, c'est sûr. Tu l'as affolé. Et il est sûrement frustré de ne pas avoir gravé une autre lettre. Il va commettre une erreur.

— J'ai bien peur d'avoir effacé toutes ses empreintes en saisissant le couteau.

— Ce n'est pas grave, mentit Graham. Tu nous as déjà beaucoup aidés.

— Je n'avais malheureusement pas mis mes lunettes. Je le voyais un peu flou. Il n'a rien d'extraordinaire, ce gars-là.

C'était bien là le problème. Ghislaine avait décrit un homme si banal qu'il devait ressembler à un million d'autres individus. De taille moyenne, les cheveux châtains, les yeux bruns, un nez ni long, ni court, ni large, ni rien. Les oreilles ni grandes ni décollées, le menton et le front sans particularité. Il avait des traits ordinaires, une voix ordinaire, une odeur ordinaire. Aucun signe qui aurait pu mettre Graham sur une piste. Ghislaine avait accepté de rencontrer Berthier, qui ferait le portrait-robot de son agresseur même si elle l'avait mal vu.

— Rouaix a trouvé une casquette dans la rue, en face de chez toi.

— L'agresseur en portait une. Bon, je vais voir un médecin, puis je rentre chez moi, déclara Ghislaine. Je ne veux pas m'éterniser ici.

Graham l'invita à souper chez elle avec Léa. Ghislaine refusa. Elle appellerait sa sœur et irait dormir chez elle.

— Et demain, je vais récupérer Nestor.

Ghislaine avait confié son labrador à sa cadette durant son hospitalisation, mais elle avait maintenant besoin de la présence rassurante du chien. Il y aurait bien un voisin qui accepterait de le promener.

Graham l'attendit tandis qu'un médecin l'examinait, puis elle la reconduisit chez sa sœur. Repassant ensuite par la rue Saint-Jean, Graham chercha Grégoire des yeux : peut-être traînait-il près du Ballon rouge ? Il ventait beaucoup, mais Grégoire sortait par tous les temps. Les dernières feuilles étaient tombées dans l'après-midi et les premières vitrines qu'on avait décorées pour les fêtes, au lendemain de l'Halloween, n'étaient guère joyeuses malgré leurs lumières clignotantes et leurs dorures. Pourquoi n'attendait-on pas la mi-décembre pour parer les commerces de guirlandes de Noël ? Les clients, après avoir entendu des cantiques durant deux mois, n'auraient plus le goût de célébrer le 24 décembre.

Une feuille d'érable se colla à l'essuie-glace de sa voiture et Graham ralentit en baissant sa vitre pour tenter de l'attraper. Elle frissonna, rêva d'un chocolat chaud onctueux. Elle se contenterait d'une tisane en rentrant chez elle. Elle achèterait auparavant une bouteille de vin pour le souper. La présence de Léa à l'Hôtel-Dieu l'avait intriguée autant qu'inquiétée. Lui avait-elle au moins obéi ?

Se sentant coupable de s'être adressée à Léa d'un ton aussi sec, Graham s'arrêta en face de L'Épicerie européenne pour acheter du saucisson de Gênes et du *prosciutto* ainsi que cette fameuse huile de truffe dont Léa lui rebattait les oreilles depuis un mois, des olives noires, de la purée d'artichauts, des *farfalle* et des *biscotti*.

Les odeurs qui embaumaient la boutique rassérénèrent Graham, lui firent penser à Alain Gagnon et à la France qu'ils s'étaient promis de visiter ensemble. Ils retrouveraient sur les marchés publics ces arômes suaves de café, ces chauds parfums de romarin qui imprégnaient les boiseries des étagères, ces pointes d'épices, ces effluves souples et verts des grandes huiles d'olive et le caractère corsé du parmesan. Elle achèterait, rue de Buci, du saucisson aux herbes de Provence et des rillons pour les faire découvrir à Alain. Il aimerait cela. Il aimait tout. Elle fréquentait L'Épicerie européenne avec beaucoup plus d'assiduité maintenant qu'elle savait que le légiste y faisait ses courses depuis des années. Mais elle ne le croisait jamais. Elle aurait aimé qu'Alain lui apparaisse, là, entre deux allées.

— Eh ! Biscuit ? Tu triches.

Grégoire, qui se tenait à deux pieds d'elle, désignait ses achats.

— C'est pour ce soir. Léa vient coucher chez moi avec les enfants.

— Tu as mis ton beau docteur à la porte ?

— Arrête !

Elle rougissait, laissait tomber le sachet de pâtes alimentaires, le ramassait, le perdait de nouveau.

— Léa dort chez vous ? Vous allez parler de cul toute la soirée ?

Il éclata de rire avant de lui rappeler qu'ils devaient aller choisir une nouvelle monture de lunettes.

— Tu verras ton chum encore mieux. Penses-y !

C'est hélas ce qu'elle faisait : elle avait l'impression de ne penser qu'à lui. Devait-elle interrompre leur relation avant que cela devienne trop sérieux ? Avait-elle le droit d'être heureuse ? de croire en lui ? de changer d'idée toutes les cinq minutes en fixant le téléphone et en souhaitant qu'il sonne ? Peut-être négligeait-elle son enquête pour cause de transports amoureux. Et peut-être n'avait-on encore rien découvert sur le Violeur à la croix à cause de son incurie.

— On pourrait y aller demain soir, fit Grégoire en déballant d'une main le sandwich qu'il venait de choisir tout en tirant de l'autre un billet de sa poche.

— Je te l'offre, dit Graham.

Il s'opposa pour la forme, la remercia en lui baisant la main.

— Je t'appelle demain, promit-il avant de pousser la porte du commerce.

Tout en payant ses provisions, Graham se réjouissait de voir Grégoire croquer dans son sandwich avec appétit. Elle voulait croire qu'il avait faim parce qu'il se droguait beaucoup moins. Il lui fit un clin d'œil avant de traverser la rue et elle fut émue par sa démarche trop décontractée, innocente et aguichante à la fois. Jeune, infiniment jeune. Elle essayait parfois d'imaginer Grégoire à quarante ans, mais n'y parvenait pas et s'en effrayait. Avec ses dix-huit ans, il était aussi beau que dans la chanson de Dalida, mais si on l'arrêtait pour prostitution, les peines seraient plus lourdes qu'avant. Il lui avait juré qu'il ne vendait pas de drogue, mais s'il en gardait une grande quantité sur lui ? Que pourrait-elle faire pour l'aider ? Léa affirmait que Grégoire changeait, qu'il avait le désir de voir des gens, que c'était bon signe qu'il soit venu chez elle, mais Graham savait que Léa cherchait à la rassurer sur son protégé. Grégoire n'avait pas de bagage scolaire, pas de métier et l'habitude de faire de l'argent rapidement. Il ne fallait pas s'illusionner : il lui serait difficile de trouver un travail lucratif qui l'intéresserait. Il pourrait tenter sa chance comme mannequin — il était si beau avec ses cheveux noirs bouclés et ses yeux clairs, son menton qui gardait les rondeurs de l'enfance, son front large, bien dégagé, son nez très droit et sa bouche qui rappelait les fruits de l'été —, il ferait fureur. « Je me ferais chier, oui », avait-il rétorqué quand elle lui avait posé la question. Léa croyait qu'il n'avait pas assez confiance en lui pour oser rêver d'une carrière de mannequin.

— Il n'arrête pas de répéter qu'il plaît et qu'il est beau, avait protesté Graham.

— Pour s'en convaincre. Il sait qu'il plaît, mais il plaît à des hommes qu'il réduit à l'état de clients ; de cette façon, il se réduit lui-même à un objet sexuel. Il pense qu'on s'intéresse uniquement à son cul. C'est vrai pour plusieurs de ses clients, mais certains aiment sûrement ses fossettes, son front un peu hautain, l'attache de son épaule, son regard vif. S'il était mannequin, il devrait affronter un jury de professionnels de la beauté, qui pourraient le rejeter. Il y a moins de risques que ça lui arrive dans la rue. Il ne veut pas être repoussé, revivre un échec affectif.

— Tu fais allusion à sa mère ?

— Entre autres.

Comment avait-elle pu préférer l'homme qui abusait de son fils à son propre enfant ? se demandait Graham en suivant la silhouette de Grégoire qui disparaissait au loin. La détective avait eu beau lire des tas d'études sur l'inceste, déduire que les femmes qui vivaient dans ce climat étaient aussi des victimes, et cela depuis leur enfance pour la plupart, discuter avec des professionnels de la santé et sa copine du regroupement des femmes, elle perdait toute logique en voyant Grégoire se débattre pour survivre, se malmener pour être certain de savoir d'où venaient les coups. Son cœur se serrait même si elle commençait à penser qu'elle avait une bonne influence sur Grégoire. Il lui avait confié récemment qu'il prendrait probablement de l'héroïne s'il ne l'avait pas rencontrée. Alain, à qui elle répétait ces paroles, lui avait dit qu'il ne pourrait jamais, même s'il était follement amoureux d'elle, lui adresser un aussi beau compliment.

Graham s'arrêta à la chocolaterie pour acheter deux violons pour Sandrine et Félix. Elle anticipa le plaisir qu'ils éprouveraient quand elle sortirait ces trésors des sacs d'épicerie.

* * *

— On va faire un risotto aux champignons, déclara Léa. Avec l'huile de truffe, ce sera divin.

Elles discutaient de tout et de rien, car Félix et Sandrine s'étaient installés sur la table de la cuisine pour faire leurs devoirs. Elles relateraient les circonstances de leurs visites respectives à l'Hôtel-Dieu lorsque les enfants camperaient devant le téléviseur et se chamailleraient pour savoir qui prendrait Léo en premier sur ses genoux. Félix céderait, évidemment. Mais Graham lui avait fait remarquer que si son chat allait sur Sandrine au tout début, il restait cependant plus longtemps sur lui.

Dès que les nouvelles aventures de Zorro captivèrent les enfants, Graham offrit un café à Léa.

— Qu'est-il arrivé à Ghislaine ?

— Elle a été agressée, mais on ne l'a pas violée. Elle est habituée à se battre… Elle a gagné. Il est parti. Je suis certaine que c'est le Violeur à la croix. Il s'en est pris à elle parce que je la connais. Tu vois où je veux en venir ? À partir de demain, tu vas être protégée. Ainsi que tes enfants.

— Qu'est-ce qui te fait croire que c'est le même homme ?

— Mon intuition. Les analyses du labo le prouveront : on verra que c'est la même lame qui a fait les incisions sur les autres victimes même si on n'a pas d'empreintes. On ne sera pas sûr à cent pour cent, un avocat pourrait toujours dire que c'est la lame d'un autre couteau d'une série identique qui a été utilisée, mais je saurai, moi, que c'est le Violeur à la croix. Les lettres que tu as reçues viennent de lui.

— Tu me fais peur.

— J'espère. Je ne veux plus que tu te balades n'importe où...

— Combien de temps vais-je être...

Maud Graham aurait voulu promettre à son amie qu'elle arrêterait le Violeur à la croix rapidement. Tout de suite après son café. Mais elle n'en savait rien. Elle ne mentit pas, cependant, en disant à Léa qu'elle était convaincue que le suspect réagirait bientôt.

— Avec Ghislaine, il a vécu un échec. Il n'a pas livré son message. Il n'a rien écrit sur elle. Pas la moindre petite lettre. Notre scribe doit être enragé, frustré, et il sera moins prudent... Du moins, c'est ce que je nous souhaite. Qu'il perde les pédales.

— Je sers d'appât ? Et ton scribe va venir écrire sur moi ?

Il n'y avait pas d'autre solution, à moins de forcer Léa et toute sa famille à déménager à l'étranger pour un temps indéfini.

— Il faut régler cette affaire, une fois pour toutes. Sinon, la menace sera toujours présente.

— Qu'est-ce que c'est que ce type ?

— Il y a peut-être un lien avec les jours de la semaine. Peut-être pas. On est perdus, Léa. On a trop de pistes et pas assez d'indices. Il est opiniâtre. Il a suivi Ghislaine durant des semaines, puisqu'il sait qu'elle a déménagé aux Saules.

— Et si c'était un autre violeur ? s'entêta Léa.

Les propos de Graham la choquaient ; ils étaient absurdes, démesurés. Un violeur poursuivrait des femmes à Québec dans le seul but de punir Maud Graham ? Et elle ferait partie de ces proies ? Elle, Léa Boyer, quarante et un ans, mariée, mère de deux enfants de sept et neuf ans, prof et psychologue ? Allons ! C'était incroyable. Un mauvais scénario.

— Comme il y a eu plusieurs viols, c'est possible, admit Graham. Berthier va essayer d'établir un portrait-robot de l'agresseur d'après la description de Ghislaine. Mais elle n'avait pas ses verres de contact et… On va examiner la casquette et tâcher aussi de trouver un vendeur qui se souviendrait d'un client qui a acheté des pâquerettes.

— On en vend dans bien des dépanneurs.

— Je le sais. C'est odieux de pénétrer chez sa victime en prétextant lui offrir des fleurs.

— Et Ghislaine ? Comment va-t-elle ?

Ghislaine était très calme quand la détective l'avait déposée chez sa sœur, mais Graham savait bien que l'agression et la réaction du Violeur à la croix en voyant sa poitrine la marqueraient.

— J'ai pourtant dit la vérité en lui affirmant que cet homme a éprouvé du dépit et de la colère plutôt que du dégoût. Ghislaine a modifié son plan et il n'a pu le supporter ; il n'a pas su réagir à cet impondérable. Rouaix et moi sommes persuadés que ce type est très organisé. Son attitude aujourd'hui apporte enfin de l'eau à notre moulin. Et toi, que faisais-tu à l'Hôtel-Dieu ?

Léa raconta son après-midi à Graham : l'appel de Charlotte, Marie-Ève perdant son sang, la visite à l'hôpital et la réaction des parents.

— Le père est parti après avoir hurlé à sa femme qu'elle lui avait toujours menti. Suzanne m'a craché au visage en affirmant que tout était de ma faute. J'aurais dû abandonner Marie-Ève dans le sous-sol de Charlotte ? Je ne souhaitais pas qu'ils me sautent au cou pour me remercier, mais de là à me faire engueuler…

— Menti à propos de quoi ?

— M. Geremelek a réagi quand Charlotte a dit que Marie-Ève et elle étaient du même groupe sanguin. Que nous révèlent les groupes sanguins ? De quels parents nous sommes issus, n'est-ce pas ?

— Et qui sont nos enfants…

Léa Boyer hocha la tête. Denis Geremelek venait d'apprendre accidentellement que Marie-Ève n'était pas sa fille.

— Méchante surprise ! Et Suzanne ? Comment s'est-elle comportée ?

— Comme si elle s'y attendait. Ensuite, elle s'en est prise à moi avant de se rendre au chevet de Marie-Ève. Quelle belle dynamique familiale ! Une fille qui a de petits jeux morbides et qui se drogue, une mère kleptomane qui ment à son mari depuis des années, un père qui disparaît. Sans omettre un grand-père mystérieux auquel on refuse le droit de visiter sa petite-fille.

— Il y a quelque chose de pourri au royaume des Geremelek.

— Les secrets gangrènent tout. Denis Geremelek doit être désespéré. Il doit avoir l'impression que Suzanne s'est moquée de lui durant tout ce temps et qu'elle le prend pour un crétin qui gobe n'importe quoi. Et pourtant, au début de l'année, il m'a dit que Marie-Ève ressemblait beaucoup plus à lui qu'à Suzanne. Il adore sa fille. Il est son père puisqu'il l'a éduquée depuis sa naissance. Je suis certaine que Denis Geremelek aurait éprouvé les mêmes sentiments paternels pour Marie-Ève s'il avait su qu'elle n'était pas de lui. Mais Suzanne doit avoir eu peur qu'il les rejette, elle et le bébé. Elle était enceinte quand elle s'est mariée avec lui. Marie-Ève me l'a rapporté.

— Suzanne a piégé Denis.

— Elle s'est piégée par la même occasion. Imagine son enfer : redouter constamment que ton mari apprenne la vérité. C'est peut-être pour ça qu'elle refuse de voir son propre père. Il doit se douter de quelque chose.

— Elle aurait peur qu'il révèle le nom du père biologique ? Il serait donc complice de son silence ?

— Quand Marie-Ève a évoqué son jumeau mort, ça m'a fait froid dans le dos. J'ai pensé à cette femme qui avait perdu un bébé ; il n'y a rien de plus terrible, d'aussi atroce que la mort d'un enfant. Lorsque Marie-Ève me parlait des lubies de sa mère, j'essayais de lui faire comprendre que Suzanne avait beaucoup souffert. Mais si des secrets se greffaient en plus sur le deuil, il n'y a rien d'étonnant à ce que Suzanne présente des signes de déséquilibre.

— Elle aime sa fille ?

Oui, Léa pouvait le jurer. Elle avait lu l'épouvante et la désolation sur le visage de Suzanne à l'hôpital. Elle aimait sa fille même si celle-ci était la clé d'une énigme qui pouvait entraîner sa perte. Leur perte.

— Tu es triste.

Léa soupira en buvant son café froid. La misère des êtres la bouleversait intimement, l'amenait à comparer le sort des malheureux au sien et à constater l'injustice du monde. Elle n'avait pas l'impression d'avoir mérité plus qu'une autre d'avoir un époux aimant, des enfants en bonne santé, un travail qu'elle adorait et une amie fidèle. Pourquoi avait-elle tout cela tandis que d'autres n'avaient rien ?

Maud Graham rappela à Léa que, vu son métier, c'était elle qui devait prononcer les discours pessimistes et chagrins.

— N'inversons surtout pas les rôles. Sais-tu que Grégoire veut que je change de lunettes ?

— Ça m'insulte ! Je te l'ai proposé vingt fois ! Il suffit qu'un beau garçon t'en parle pour que tu l'écoutes.

— Quel beau garçon ? demanda Sandrine avant de réclamer un biscuit et un verre de lait. Alain ?

— Comment le trouves-tu ? ne put s'empêcher de demander Graham.

— Il est moins beau qu'Antoine, mais je l'aime quand même.

Graham sourit à l'évocation de l'amoureux de Sandrine. Alain ne pouvait évidemment pas rivaliser avec un garçon qui flattait le bout des cheveux de Sandrine lorsqu'ils étaient en rang dans la cour de récréation.

Chapitre 10

La pluie verglaçante agaçait Steeve Tremblay. Quand elle tombait, les élèves de son auto-école étaient plus nerveux et l'écoutaient distraitement, obnubilés par la route ; ils s'avançaient sur leur siège, se rapprochaient du volant pour mieux voir la chaussée. Il y avait bien quelques petits malins qui conduisaient aussi vite que si les rues étaient sèches afin de prouver leur assurance, mais Tremblay savait les remettre à leur place ; il en avait tant vu, de ces jeunes freluquets que des parents irresponsables jetaient sur les routes. Une voiture à seize ans. Qu'offriraient-ils à leur progéniture pour son vingtième anniversaire ? Une maison ? Une croisière autour du monde ? Il n'éprouvait que du mépris pour les fils à papa, et s'il devait reconnaître une seule qualité à Louise, c'est qu'elle avait, comme lui, trimé dur pour obtenir un bon emploi, pour mériter son salaire. Personne ne lui avait présenté son travail sur un plateau d'argent. Et elle savait, justement, le prix de l'argent. Elle ne gaspillait pas ses économies pour des broutilles comme le faisait l'ex-femme de Paul.

Steeve n'avait pu graver l'initiale de Paul. Cette idée le hantait. Il avait failli à sa promesse. Il avait trahi la mémoire de son frère. Il ne trouverait le repos qu'en corrigeant la situation, en effaçant l'incident. Le martèlement des gouttes de pluie contre le pare-brise correspondait à son décompte personnel ; lorsque le ciel se serait vidé de sa colère, il passerait à l'action. La veille, en fin d'après-midi, il avait vu Laurent Boyer quitter sa maison avec une valise, prendre un taxi. Il avait suivi le mari de Léa jusqu'à l'aéroport. Son départ pour Toronto l'avait réjoui; il y allait tous les quinze jours. Tremblay profiterait de son absence pour rencontrer Léa.

Paul serait content.

Loulou l'attendait chez elle. Elle avait tenu à lui préparer un repas pour son anniversaire. C'était gentil. Loulou était une bonne fille. Pour le moment. Il n'oubliait pas que Paul avait été amoureux de Ginette et que lui-même avait cru en Josiane. Elles n'étaient pas à la hauteur. Il augmenta le volume de la radio; pas un mot de l'agression de Ghislaine Toupin au bulletin de nouvelles. Il n'était pas surpris; s'il fallait qu'on mentionne la moindre tentative de viol aux informations... Il fallait cependant que Graham soit avertie. Et si son ancienne voisine ne lui avait rien dit? L'idée le contrariait. Il la rejeta. Il était impossible que Ghislaine n'ait pas appelé Graham. Elle devait être en train de brailler contre son épaule. Les femmes aimaient tellement pleurer! Loulou verserait sûrement quelques larmes quand il lui donnerait le bracelet.

Elle sourit, s'extasia, le remercia et attacha le bracelet à son poignet, mais elle ne pleura pas. Elle servit une entrée de saumon fumé et des steaks au poivre, et il profita de l'instant où elle les faisait flamber pour mettre un somnifère dans son verre de vin rouge. Au dessert, il l'embrassa et l'entraîna vers la chambre; elle s'endormit pendant qu'il la déshabillait et la mettait au lit. Il se glissa aussi sous les draps et alluma la télévision, regarda Simon Durivage annoncer une baisse du taux de chômage et attendit encore un moment avant de quitter la pièce. Louise ronflait avec une régularité rassurante. Elle ne s'éveillerait pas avant son retour.

Il sortit en éteignant les lumières derrière lui. Il emprunta l'escalier de secours. Il respira à pleins poumons dans la rue; la pluie avait cessé, l'air était pur et le vent qui balayait les feuilles des trottoirs nettoyait la ville. Il participerait à ce grand ménage en débarrassant Québec de Maud Graham. Elle démissionnerait quand elle apprendrait ce qu'avait subi sa meilleure amie. Elle quitterait probablement Québec, épouvantée par ses souvenirs. Mais elle reverrait les inscriptions sur le corps de Léa dans tous ses cauchemars. Il n'était pas stupide ; il écrirait le nom de Paul et de ses enfants en mêlant toutes les lettres. Un vrai jeu de scrabble ! L'important était qu'elles y soient toutes. PAUL, MATHIEU, LUC, JEAN. Personne ne décrypterait les dix-huit lettres, c'était justement la beauté de la chose : Graham serait hantée jusqu'à la fin de ses jours par l'indice qui lui avait échappé. Elle en deviendrait folle.

22 h 35. Il patienterait encore un peu avant d'aller chez Léa. Elle éteignait rarement les lumières avant 23 heures. Il se garerait et attendrait. Pourvu que son mari n'ait pas dû revenir plus tôt que prévu. Il se secoua ; il ne devait pas faire preuve de pessimisme. Pourquoi Laurent Boyer changerait-il ses habitudes ? Dès qu'il aurait mis les pieds dans la maison, Steeve assommerait Léa afin que ses enfants ne soient pas ameutés par des cris. Il s'enfermerait dans une pièce avec elle, la marquerait et repartirait en coinçant la porte de manière que les enfants ne voient pas leur mère dans cet état. C'était à Graham qu'il réservait cette surprise. Un appel anonyme la préviendrait d'un petit accident rue Murray…

* * *

Léa Boyer occupait aussi les pensées de Suzanne Geremelek. Pourquoi Charlotte l'avait-elle appelée à son secours plutôt qu'elle ? N'était-elle pas la mère de Marie-Ève ? Suzanne n'avait pas cru Charlotte, elle réfutait la thèse de l'accident. On ne s'ouvre pas le poignet par hasard, elle était bien placée pour le savoir. Charlotte avait dit qu'elle avait téléphoné à Léa parce que Marie-Ève l'aimait et que…

— Arrête avec cette Léa! avait crié Denis à Suzanne. Cette femme n'a rien à voir dans cette histoire.

— Elle nous enlève notre fille. Elle veut attirer Marie-Ève et...

— Ta fille! avait hurlé Denis Geremelek. Je ne veux plus entendre parler d'elle, ni de toi.

Après avoir quitté l'Hôtel-Dieu, il était rentré à la maison et s'était servi un triple scotch en espérant retrouver son calme, mais il se sentait si oppressé qu'il avait craint de faire une crise cardiaque. À peine avait-il bu quelques gorgées qu'il avait couru aux toilettes pour vomir. En se passant le visage sous l'eau froide, il avait eu envie de laisser couler l'eau, de remplir le lavabo, de s'y plonger la tête, de s'y noyer pour tout oublier. Comment avait-il pu être aussi naïf?

Il avait jeté des vêtements dans une valise sans savoir où il irait. Il ne voulait plus voir ni sa femme ni sa fille. Son ex-fille. En sortant un veston du placard, il avait tiré sur le mouchoir de soie qui dépassait de la pochette; un cadeau de Marie-Ève. Suzanne avait dit qu'elle avait mis une heure à se décider entre un mouchoir bleu à pois verts et un mouchoir rayé. Il avait froissé le bout de tissu d'un geste rageur. Puis il s'était effondré sur le lit en hurlant sa peine. Il n'avait pas remarqué que la rumeur de la vie quotidienne décroissait lentement, se muant en chuchotement avec la soirée. Durant trois heures, il n'avait entendu rien d'autre que ses sanglots.

Il avait sursauté lorsque Suzanne s'était avancée vers lui.

— Marie-Ève s'est endormie, avait-elle murmuré. Ils la gardent pour la nuit à l'hôpital.

— Que veux-tu que ça me fasse?

Il s'était redressé et avait continué à remplir sa valise.

— Tu pars?

Suzanne regardait le va-et-vient de Denis sans bouger. L'heure du châtiment avait sonné et cet homme qui l'avait mieux aimée que quiconque allait la quitter.

— Je ne voulais pas te faire de peine, était-elle parvenue à articuler.

— Ah non ? Tu t'es foutue de moi pendant seize ans ! Ce n'est pas assez pour blesser quelqu'un ? Qu'est-ce que tu pourrais rajouter d'autre ? Tu m'as pris pour un imbécile !

— Ce n'est pas vrai !

— Il n'y a que ça de vrai dans toute cette histoire : je suis un vrai con. Marie-Ève est du groupe O. Pas toi, ni moi. Ce n'est pas moi le père des jumeaux.

— Oui, avait dit Suzanne.

— Non ! Arrête de me mentir.

— Oui.

Suzanne s'était assise sur le bord du lit et avait raconté à Denis qu'il était le père d'Éric, mais pas celui de Marie-Ève. Il avait continué à vider des tiroirs et à remplir sa valise. Deux pères pour des jumeaux ? Et il allait croire ça ? Elle poursuivait son récit. Après avoir fait l'amour avec deux hommes dans la même journée, elle avait accouché de deux enfants de pères différents. La chose était extrêmement rare, mais possible. Pour elle, tout était possible quand il s'agissait de malédiction.

— Malédiction ?

— Je n'ai pas couché avec mon père parce que je le voulais !

— Ton père ?

Denis avait senti ses jambes se dérober sous lui. Que racontait Suzanne ? Mon Dieu, non. Pas ça.

Elle avait adopté un ton égal pour décrire sa prison, les murs de silence, les barreaux de culpabilité, le lit grouillant d'attouchements, le plafond qui s'ouvrait et laissait voir des monstres gluants quand *il* la rejoignait, la sensation de froid qui ne l'avait jamais quittée depuis la fête des Rois, comme s'*il* gelait son ventre en la pénétrant. Il y avait eu la brûlure, d'abord, mais même cette brûlure était glacée. Il y avait eu le vide, qu'*il* creusait un peu plus chaque fois, tel un charpentier qui aurait eu un tronc d'arbre à évider pour en faire un cercueil, un beau cercueil avec un couvercle bien étanche pour empêcher le secret de s'échapper, un couvercle sans clé, comme la porte de sa chambre afin qu'*il* puisse y entrer à tout moment, la surprendre dans son sommeil même si elle s'était juré de ne pas s'endormir, de veiller et de lui crier « Non, non, papa, je ne veux pas ». Mais elle se taisait parce qu'il répétait qu'il l'aimait et qu'elle devait aimer ce qu'il lui faisait, que c'était leur secret à eux, et que personne ne le partagerait jamais, car il mourrait si elle parlait et elle ne voulait pas qu'il meure, n'est-ce pas? Non, elle ne voulait pas. Et oui, elle voulait que le premier père revienne et chasse celui qui ouvrait ses cuisses et poussait son serpent si loin qu'elle avait l'impression qu'il remontait dans sa gorge et sortirait par sa bouche comme elle avait vu sur des dessins anciens qui illustraient l'Enfer de Dante. Et elle s'était demandé qui allait dans cet enfer, elle avait beaucoup prié pour ne pas y aller, elle avait bien examiné les images et n'avait pas repéré de filles qui lui ressemblaient. Mais il fallait peut-être qu'elle croie encore plus en Dieu même si elle y croyait déjà et espérait qu'Il interviendrait pour la sauver, car les sœurs affirmaient au couvent qu'Il était partout, mais Il ne venait pas souvent dans les chambres à coucher. Peut-être était-Il aussi gêné qu'elle?

Elle avait attendu le miracle un bon bout de temps. Puis elle avait rencontré Denis. Il était gentil. Ses mains étaient poilues contrairement à celles de son père; elle lui avait trouvé l'air d'un ourson, d'un aimable ourson. Elle préférait les animaux aux hommes et serait devenue vétérinaire si elle avait eu de bonnes notes à l'école, mais elle avait tant de difficulté à se concentrer. Denis le savait bien. Il avait été si patient avec elle durant ses cours de biologie. Et elle avait voulu qu'il la sauve et l'emmène loin de *lui*.

Elle avait découvert au deuxième mois qu'elle était enceinte. Elle avait su. Et pensé aussitôt que son père lui arracherait son bébé; il le lui volerait comme il avait fait avec tout le reste. Elle désirait cet enfant qui remplissait le vide de son ventre, elle voulait l'aimer et le protéger. Denis l'aiderait.

— C'est ce que tu as fait.

— Arrête !

Suzanne continuait, elle ne pouvait plus retenir ses paroles, elle rompait l'*omertà,* le flot trop longtemps contenu, muselé, emplissait la chambre d'une infinie tristesse, résonnait de désolation, et le nom d'Éric, oh ! Éric, sonnait, pareil à un glas, aux oreilles de Denis.

Quand Suzanne avait accouché, elle s'était réjouie d'avoir des jumeaux, s'imaginant qu'ils veilleraient l'un sur l'autre quand elle ou Denis auraient disparu. Elle s'était dit qu'Éric protégerait sa sœur mieux que son frère à elle ne l'avait fait ; elle ne les séparerait jamais. À la naissance, elle les avait trouvés semblables, puis leurs différences s'étaient précisées. L'avaient obsédée. Elle avait voulu savoir. Elle avait fait faire un test de sang à Marie-Ève. Elle avait appris que sa fille était aussi sa sœur. C'était trop horrible. Elle avait voulu nier la vérité. Et elle avait fait refaire un test. Mais cette fois-ci, elle avait emmené Éric à la clinique. Et elle avait appris qu'il était l'enfant de Denis.

Elle n'avait plus rien compris. Ni rien voulu savoir d'autre. Un des médecins se trompait. Il y avait cinquante pour cent de chances que ce soit le premier. Il fallait que ce soit lui.

Elle avait guetté le moindre changement chez les jumeaux, avait pleuré de dépit en constatant que les yeux de Marie-Ève viraient au brun noisette.

Comme ceux de Joël Labonté. Mais c'était son grand-père après tout. Il fallait que ce soit son grand-père. Seulement. Puis il y avait eu son nez qui retroussait, ses taches de rousseur qui apparaissaient tandis qu'Éric était toujours plus rose, plus blond, avec de petites oreilles pareilles à celles de Denis. Suzanne avait cherché, lu des ouvrages sur la gémellité, appris qu'elle ne vivait pas un roman de science-fiction ; il y avait bien deux pères.

Le Dr Labonté avait fait remarquer à Suzanne combien Marie-Ève tenait des Labonté. Suzanne avait soutenu que

Marie-Ève lui ressemblait, à elle. Joël Labonté avait reparlé de sa grossesse, prétendu qu'il avait fait des calculs qui l'incitaient à croire que Marie-Ève était sa fille. Il avait vu là une manière de garder son emprise sur elle, de la maintenir dans son vieux sarcophage de silence. Il révélerait tout à Denis si elle ne lui obéissait pas.

— J'ai fait ce qu'il voulait. Ma chance a été de vieillir, de devenir plus femme, et qu'il se désintéresse de moi. Il m'aimait gracile, impubère.

— Pourquoi ne m'as-tu rien dit?

— Pour te faire de la peine? Pour que tu apprennes que l'enfant qu'on avait perdu était le tien? Pour que tu n'aimes plus Marie-Ève? Je voulais qu'elle ait un père. Un bon père. Je t'ai surveillé et tu n'as jamais eu de gestes...

Denis s'était relevé lentement, s'était passé la main dans les cheveux, harassé d'affliction, avait repoussé sa valise à moitié pleine et quitté la chambre en silence. Il ne savait plus où il en était, qui il était, avec qui il avait vécu. Il avait l'impression de sortir d'un combat de boxe. Il était K.-O. Comment se relever sous les ruines d'un tremblement de terre, s'extirper des décombres? Dehors, il avait été surpris de reconnaître sa rue. Tout n'avait pas changé?

Suzanne l'avait vu ouvrir la portière de la voiture, s'asseoir, refermer la portière et hésiter à démarrer. Il était parti.

Après avoir pris des comprimés pour museler son angoisse, Suzanne était allée chercher ses trousseaux de clés pour se rassurer. Elle se demandait si elle devait retourner à l'hôpital même si on lui avait dit que Marie-Ève se reposait jusqu'au lendemain. Si elle devait prendre un somnifère et essayer de dormir. En prendre davantage. Imiter Marie-Ève, mais réussir son coup. Les clés tintaient les unes contre les autres, frénétiques, racontant chacune leur histoire : la clé du coffret à la banque, la clé de sa première voiture, la clé pour remonter une boîte à musique qui jouait *Edelweiss* — la mélodie du bonheur d'avoir sept enfants qui sont tous nés du même père —, la clé de la porte de leur chambre qu'elle glissait sous son oreiller sans vouloir expliquer pourquoi à Denis qui la taquinait, la clé de la valise où elle rangeait les vêtements d'Éric, des clés anonymes qu'elle avait volées chez des gens, des clés d'hôtels, les clés de Léa, les dernières à se joindre au troupeau-trousseau.

Léa Boyer! Elle lui redirait de laisser sa fille tranquille. Lui interdirait d'aller la voir à l'hôpital. Elle la remercierait de s'être occupée de Marie-Ève, mais lui ferait comprendre qu'on n'avait plus besoin de ses services, qu'il y avait des choses qui se réglaient en famille. Léa ne devait pas rapporter à Marie-Ève la réaction de Denis. Charlotte était trop égarée pour avoir deviné le drame, mais Léa avait sûrement tout saisi. Elle devait se taire.

Suzanne ne sentit pas les gouttes de pluie sur son visage quand elle se dirigea vers sa voiture garée plus haut dans la rue. Elle remonta son écharpe et referma le col de son manteau. Elle se répétait le discours qu'elle tiendrait à Léa Boyer. Elle devait être rassurante, complice afin que Léa réponde à ses désirs. Elle s'excuserait de son comportement à l'Hôtel-Dieu, mettrait sa colère sur le compte de l'angoisse. Elles discuteraient un peu de l'accident de Marie-Ève, et Suzanne rentrerait ensuite à la maison, plus calme. Elle pourrait peut-être même trouver enfin le sommeil.

* * *

Steeve Tremblay avait garé sa voiture tout près de la maison de Léa. À moitié dissimulé, il s'interrogeait : comme les lumières étaient éteintes chez Léa, cela signifiait-il qu'elle était déjà couchée ou absente? Devait-il entrer immédiatement dans la maison? Pourquoi tout ne se déroulait-il pas ainsi qu'il l'avait imaginé?

Quand elle arriva rue Murray, Suzanne ne vit pas le sourire de Tremblay qui reconnaissait le manteau de Léa, ce manteau avec une ceinture qui pendait dans le dos. Tandis qu'il se penchait sur le côté pour attraper des gants dans le coffre, elle sonnait à la porte. Il se relevait comme elle attendait qu'on lui ouvre. Cette hésitation le contraria : Léa avait-elle perdu ses clés ? Ce serait trop bête ! Non, voilà que la femme fouillait dans les poches de son manteau bleu marine et enfonçait la clé dans la serrure, poussait la porte, la refermait derrière elle.

Elle n'alluma aucune lumière, ses yeux s'habitueraient à l'obscurité. Ainsi, c'était là que demeurait Léa Boyer dont Marie-Ève chantait les louanges depuis septembre. Elle distingua deux canapés dans le grand salon double, songea que la cuisine devait être au fond, sous l'escalier qui menait à l'étage. Elle s'avança, buta sur un objet qui roula devant elle. Ce devait être un ballon. Elle contourna la table du salon, vit sur le manteau de la cheminée des photos encadrées, en prit une, l'approcha. Félix portait un chandail et une casquette des Expos. Suzanne se mit à pleurer en distinguant le sourire de l'enfant, un sourire auquel il manquait deux dents.

Qu'est-ce qu'elle faisait là ? Ce qu'elle avait redouté durant des années se produisait : sa raison l'abandonnait dans cette maison où elle venait de pénétrer illégalement.

Elle devait sortir au plus vite avant qu'on découvre qu'elle était folle. On l'empêcherait de voir Marie-Ève. Qui s'en occuperait ? Et si on la confiait à Joël Labonté ? Il serait capable d'emberlificoter un juge pour obtenir la garde de sa petite fille. Oh non !

Elle se précipita vers la porte, qui s'ouvrit sans qu'elle l'ait touchée. Elle tomba dans les bras d'un homme qui les referma aussitôt sur elle. Elle se débattit. Il la frappa violemment au visage en répétant qu'elle allait payer pour Paul. Elle s'écroula au sol, il tenta de claquer la porte, mais elle gardait un pied dans l'embrasure. Qui devait de l'argent à Paul ? Elle vivait un cauchemar de plus en plus dément, s'enfonçait dans les sables mouvants du délire, la journée finissait comme elle avait commencé, elle pourrait cesser de se débattre et laisser cet homme l'étrangler. Elle allait capituler quand le déclic de son couteau lui rappela Joël qui se curait les ongles. Si c'était lui qui l'avait suivie ? Elle n'avait pas bien vu le visage de son agresseur. Oui, Joël voulait la reprendre. Elle sentit ses mains qui ouvraient son manteau tandis qu'il tentait de fermer la porte d'un coup de pied, ses mains qui déchiraient son chemisier. Elle hurla, toutes griffes dehors. Elle échapperait à Joël, sauverait son enfant, sauverait *sa* famille parce qu'elle était une bonne mère qui n'abandonnait pas ses petits.

La force de son cri l'étonna elle-même.

Il attira l'attention d'un chien qui se mit à japper. Son maître accourut, vit l'écharpe coincée dans la porte, entendit d'autres cris, et laissa son chien se jeter sur Steeve Tremblay. Celui-ci repoussa brusquement Suzanne, fuit vers la porte. Le chien le poursuivit jusqu'à sa voiture, sauta sur lui, le mordit avant qu'il réussisse à ouvrir la portière. Son maître ne songea pas à noter le numéro de la plaque d'immatriculation, mais Jacky avait un morceau de parka dans la gueule et l'homme le félicita. Les enquêteurs seraient contents d'avoir une pièce à conviction. M. Lemieux adorait les films et les romans policiers. Depuis qu'il était à la retraite, il avait relu Simenon. Il revint sur ses pas pour aider Suzanne, prostrée contre la porte. Il la força à se relever et l'emmena jusqu'au canapé. Il chercha un interrupteur, alluma toutes les lumières et téléphona à la centrale du parc Victoria.

Berthier répondit. Il se souvint qu'il était déjà allé reconduire Maud Graham à l'adresse qu'on lui indiquait. Il ne croyait pas au hasard. Il composa le numéro de Graham aussitôt.

Graham ne fut pas surprise par cet appel. Elle frémit en pensant que Léa aurait pu être agressée si elle ne l'avait pas convaincue de venir dormir chez elle. Elle informa son amie qu'une femme avait été attaquée dans sa maison.

— Une femme ? Dans ma maison ? Ça n'a pas de sens.

— On y va !

— Et les enfants ?

Graham regarda autour d'elle, guettant une hypothétique Mary Poppins.

— Tu t'entends bien avec tes voisins ? Danielle pourrait peut-être les prendre pour cette nuit ?

Graham et Léa habillèrent les enfants à moitié endormis et les portèrent jusqu'à la voiture en silence, redoutant de laisser libre cours à leur colère, à leur angoisse si elles commençaient à parler. Sandrine rompit le silence quand ils arrivèrent rue Murray.

— On rentre à la maison ?

— Pas encore, ma chérie.

— Bientôt, jura Graham.

Le Violeur à la croix s'affolait : deux agressions dans la même journée.

Devait-il terminer une tâche pour une date précise ? Il faudrait vérifier ce qui avait pu se produire durant les mois de novembre des années précédentes : quel anniversaire fêtait le criminel ? Il n'avait rien écrit cette fois-là non plus. Où chercherait-il son prochain parchemin ?

Les Falardeau recueillirent Sandrine et Félix en insistant pour que Léa vienne les rejoindre quand Graham n'aurait plus besoin d'elle.

— Une chance que tu étais partie souper chez elle.

Une chance, oui. Léa observait Berthier et un policier qui inspectaient les environs, l'intérieur, l'extérieur de sa maison, et elle avait peine à croire que c'était dans son salon qu'ils cherchaient des indices. Ils interrogeaient le vieux voisin, expliquaient à Graham que la victime voulait rentrer tout de suite chez elle.

— Est-ce une amie de Léa ? s'informa Berthier.

— Je la connais. Je vais m'entretenir avec elle.

— Elle avait un tout petit peu de sang sur les mains, j'ai fait des prélèvements sous ses ongles.

Graham remercia Berthier avant de s'asseoir auprès de Suzanne Geremelek.

— Je vais faire du café, proposa Léa.

Léa Boyer disparut dans sa cuisine. Elle fit couler l'eau, installa le filtre dans la cafetière, y mit du café moulu, alluma le rond de la cuisinière. Les gestes du rituel la réconfortèrent. Elle revint avec un plateau chargé de tasses, de sucre et de lait. Elle était déterminée à aider Graham. Et à savoir pourquoi la mère de Marie-Ève était chez elle.

— Je voulais vous parler, répondit Suzanne Geremelek. J'étais venue pour m'excuser.

— À cette heure ?

— Je n'arrivais pas à dormir.

— Comment êtes-vous entrée ? demanda Graham.

Sans aucune hésitation, Suzanne inventa une autre version de l'agression. La porte était entrouverte, un oubli du criminel probablement. Elle n'avait pas fait deux pas dans la maison qu'il s'était jeté sur elle.

— Il vous a agressée dans l'entrée, c'est bien ça ?

— Mon écharpe est restée coincée dans la porte.

— Je trouve que ma fille ressemble un peu à la vôtre, dit Léa.

— Votre fille ?

Léa désigna la photo encadrée de Sandrine et Félix. Sur la table du salon. Elle avait remarqué tout de suite qu'on l'avait déplacée.

— Habituellement, je la mets sur le manteau de la cheminée. Vous ne trouvez pas que Marie-Ève a quelque chose de Sandrine ? Ou l'inverse ?

Quand avait-elle touché à la photo ?

— Vous avez eu envie de regarder les photos après l'agression ?

Suzanne hésita.

— Peut-être, je ne me souviens pas très bien…

Elle voulait maintenant se reposer.

— Bien sûr, murmura Graham. J'ai une amie qui travaille au regroupement des femmes, auprès des victimes d'agression sexuelle, et…

Suzanne secoua la tête avec une vivacité qui étonna Graham et Léa. Il n'y avait pas eu de *réelle* agression, l'homme l'avait juste bousculée un peu.

— Ah, il vous a seulement bousculée, fit Graham. M. Lemieux s'est énervé pour rien ?

— C'était un voleur et il a été surpris de me... que je... que j'arrive et...

— Est-ce qu'il vous a agressée par-derrière ?

— Oui. Non. Je ne sais pas. Quelle importance ? Je veux rentrer.

— Dès que vous nous aurez tout raconté.

Tout s'était passé si vite. Suzanne n'avait qu'aperçu le visage de son agresseur. Elle avait fermé les yeux parce qu'elle avait trop peur.

Il avait arraché les boutons de son chemisier. Et elle prétendait qu'il l'avait à peine brusquée ?

Graham notait les incohérences dans le récit de Suzanne sans les lui faire remarquer. Léa observait un silence tacite.

— Vous aviez trop peur ?

— C'était la surprise de voir qu'on me tombait dessus.

— J'aurais eu peur, moi aussi. Vous vous êtes débattue ?

— Le chien a jappé et l'homme est parti.

— Et vous vous êtes relevée et vous avez regardé les photos des enfants. Je sais que vous aimez beaucoup les enfants. Vous vous souvenez, on en a déjà parlé dans mon bureau.

— Et ils m'aiment, affirma Suzanne. Marie-Ève m'aime, je le sais.

Suzanne ne quittait pas Léa des yeux. Celle-ci lui sourit. Suzanne s'emporta :

— Vous riez ? Je suis comique sans m'en rendre compte ? Marie-Ève dit que je suis folle. Vous le savez, je suppose. On rit des folles.

Le regard de Suzanne évoquait celui d'une bête prise au piège qui voit les chasseurs qui l'ont pistée, qui hésite entre une dernière charge et la résignation.

— Vous n'êtes pas folle, assura Graham. Seulement épuisée.

— C'est vrai, je suis fatiguée. Si fatiguée.

Fatiguée de cette existence où tout se compliquait chaque jour davantage malgré les nombreuses précautions qu'elle s'était efforcée d'adopter pour régler précisément cette vie. Des efforts inutiles, car Denis savait tout. Et s'il retournait à l'hôpital pour tout révéler à Marie-Ève ? Elle devait l'en empêcher ! À moins que Léa ne le lui apprenne ? Ne le lui ait appris ? Peut-être Marie-Ève l'avait-elle rappelée.

— Je ne veux plus que vous parliez à Marie-Ève, fit Suzanne en s'adressant à Léa.

— Ce n'est pas moi qui la sollicite, expliqua Léa, mais…

— À propos de son père. Elle ne vous a pas téléphoné de l'hôpital ?

— Non, répondit Léa.

Ainsi, elle avait vu juste en ce qui concernait les groupes sanguins ? Quel gâchis… Léa promit à Suzanne qu'elle se tairait.

Suzanne eut un petit rire qui peina Léa.

— Une dernière question, dit Graham. Est-ce que l'homme était brun ou blond ?

— Brun. Comme mon… comme moi.

— On va appeler votre mari, dit Graham. Pour qu'il vienne vous chercher.

— Il est allé à un congrès à Boston, répliqua Suzanne.

À un congrès ? Alors que sa fille était à l'hôpital ? Même s'il avait appris que Marie-Ève n'était pas de lui, Graham doutait qu'il ait quitté la ville. Il devait se terrer dans un lieu familier et essayer de digérer l'information, ramasser les morceaux de son existence fracassée.

— Vous ne pouvez pas rester seule chez vous, se contenta de dire Graham.

— Ça ne me dérange pas. Tout ce que je veux, c'est dormir.

Graham suggéra à Suzanne d'inviter une amie à la rejoindre. Suzanne promit de le faire en rentrant chez elle, mais son ton ne convainquait personne.

Graham songea que Suzanne n'avait peut-être pas d'amie. Pas de Léa dans sa vie. Graham aurait pu perdre Léa. Elle ne pouvait imaginer son existence sans cette amitié qui ressemblait à un nid d'oiseau, bâti par les mille événements du quotidien, les mille détails rapportés au fil des ans, patinés, embellis, évoqués avec le sourire après un certain temps. Un nid d'oiseau chaud et doux où elle aimait se blottir pour chuchoter ses secrets d'amour, entendre ceux de Léa, s'imaginer des baisers à quarante comme à vingt-sept ans, se consoler de la défection des princes charmants, écouter les angoisses et les fiertés de mère de sa meilleure amie, lui raconter qu'elle voulait la tête de Roger Moreau, qu'elle était mesquine avec lui, hésitante avec Grégoire.

Elle mesurait chaque jour combien Léa comptait pour elle ; elle lui avait manqué lors de son séjour à Paris. Elle aurait voulu se promener avec elle rue Saint-Louis-en-l'Île, la voir s'extasier en découvrant les soixante sortes de moutarde de L'Épicerie, faire la queue avec elle chez Berthillon, hésiter entre les parfums de mangue et de pistache, parler d'Alain en remontant les quais de la Seine, avouer qu'il lui plaisait encore plus qu'elle ne l'avait cru. Léa l'aurait rassurée, comme toujours.

On pouvait vivre sans passion amoureuse. Pendant un certain temps du moins. Il s'était écoulé quatre ans entre Yves et Alain. Et cinq entre Pierre et Yves. Mais pouvait-on vivre durant des années sans amitié ?

Berthier avait terminé son travail. La déposition de M. Lemieux, contrairement à celle de Suzanne Geremelek, était très claire. Il n'avait pas bien vu le suspect, mais il confirmait que l'homme avait une chevelure foncée. Et il lui avait remis le bout de tissu que son chien avait arraché au suspect. M. Lemieux fut ravi que Berthier propose de le raccompagner chez lui. Il se réjouissait d'être insomniaque ; il aurait des tas de choses à raconter le lendemain.

Graham autorisa Suzanne à rentrer chez elle et l'accompagna jusqu'à sa voiture. Suzanne s'efforçait de sourire. Qui croyait-elle abuser ?

Maud Graham retourna auprès de Léa. Elle avait eu de la chance que ce soit Berthier qui ait pris l'appel de M. Lemieux. Le vent commençait-il à tourner ? Le Violeur à la croix avait subi deux revers en vingt-quatre heures. Il n'avait marqué aucun point. Elle non plus, d'ailleurs. Match nul.

Où était-il ? Graham imaginait la consternation de Léa en entrant chez elle, en apercevant le vase brisé, le tapis tiré, en comprenant que son amie avait raison de s'inquiéter pour elle. Elle avait fait preuve d'une grande maîtrise d'elle-même en découvrant son salon envahi par des étrangers, mais Maud Graham savait que Léa avait été choquée d'assister à l'interrogatoire de Suzanne. Elle avait basculé de l'autre côté du miroir, sur ces territoires que les flics ne montrent pas au public, ces mondes qu'ils patrouillent en silence en espérant y mettre un peu d'ordre, même s'ils doivent patauger quotidiennement dans des mares de lassitude, d'erreurs, de mensonges, de rivalités, de tracasseries administratives et de misère.

Léa avait entendu nombre d'histoires glauques dans sa vie, mais elle n'avait jamais été mêlée à aucune. Voilà que la réalité la rattrapait, la secouait et l'abîmait. Graham se sentait coupable ; son attachement pour Léa mettait celle-ci en péril.

Elle protégerait Léa. Capturerait le Violeur à la croix. Et la vie reprendrait son cours.

Léa Boyer se souvint qu'elle avait perdu son trousseau de clés la semaine précédente. Et que Suzanne l'avait rencontrée à son bureau.

— Ça expliquerait comment elle est entrée ici, avança Berthier.

— Elle a menti à propos de la photo des enfants, ajouta Graham. M. Lemieux l'a trouvée prostrée. Il l'a fait asseoir sur le canapé et elle n'en a pas bougé jusqu'à notre arrivée. Elle a déplacé la photo encadrée des enfants avant qu'on l'agresse. Elle a vraiment la clé, Léa. Tu vas faire changer les serrures demain matin.

— J'ai des cours. Et les enfants sont...

Léa prit conscience des conséquences de l'incident. De quel droit le Violeur à la croix s'immisçait-il dans son existence, y mêlant même ses enfants ? Elle n'irait pas les chercher à cette heure chez les Falardeau pour les ramener chez Graham, car tous ces changements les surexciteraient. Ils poseraient des tas de questions auxquelles elle n'avait pas envie de répondre.

Et la maison ? Devait-elle la quitter au risque qu'on y revienne ?

— Je ne sais pas quoi faire, Maud. Je suis découragée.

Graham la rassura. Berthier avait téléphoné au poste : des policiers surveilleraient la maison pendant qu'elles-mêmes y dormiraient.

— On sera en sécurité. Et les enfants n'auront qu'à traverser la rue demain matin pour déjeuner avec nous.

— Tu es sûre ?

— On n'a rien à craindre. N'est-ce pas, Berthier ?

Berthier acquiesça, ajouta que le Violeur à la croix ne reviendrait sûrement pas durant la nuit.

Léa finit par aller dormir, mais Graham continua à discuter avec son collègue : s'ils croyaient que le criminel ne bougerait pas dans les prochaines heures, ils redoutaient sa prochaine agression.

— Il ne restera pas dans son coin durant des jours. Il est à bout.

— Qu'est-ce que je lui ai fait, bon sang ?

Elle tentait de deviner de quelle manière elle avait atteint un homme pour qu'il éprouve un tel besoin de se venger.

— Qu'est-ce qui te pousserait à vouloir détruire quelqu'un, Berthier ?

— Moi ? Si on touchait à mes enfants. Je tuerais. J'ai assez de mal à me contrôler quand je me retrouve avec un pédophile. Ou avec des parents brutaux. Ils ne sont pas obligés d'avoir des enfants. S'ils n'en veulent pas, ils n'ont qu'à ne pas en faire. Et s'ils en font et n'en veulent plus, qu'ils les donnent au lieu de les battre, baptême !

— On a fait le tour de tous les criminels que j'ai envoyés en dedans : pas un n'a perdu un enfant ou sa femme pendant qu'il était incarcéré.

— Et si les enfants de l'agresseur refusent de voir leur père parce qu'ils ont honte de lui ? Le Violeur à la croix doit être persuadé que tu as détruit sa famille.

— Il ne s'en prend qu'à moi alors que Rouaix était presque toujours de la partie. Il n'a pas agressé la voisine de Rouaix, mais la mienne. Il a voulu agresser mon amie, pas la femme de Rouaix.

— Ça viendra peut-être.

— Des enfants qui auraient honte de leur père ? marmonna Graham. C'est une bonne raison. Il faut qu'on regarde la liste de tous les condamnés qui ont des enfants.

— Tantôt. S'il faut que tous ceux qu'on arrête s'en prennent à nos amis, à notre famille…

— Essaie de dormir un peu, dit Graham.

— Ghislaine Toupin doit venir demain pour nous aider à établir le portrait-robot. Peut-être qu'on va en tirer quelque chose. On a aussi la casquette et des gouttes de sang sur le couteau. Et ce soir, des dépôts sous les ongles de Suzanne Geremelek. Je n'ai pas bien compris son lien avec ta copine.

— Elle non plus. Fais de beaux rêves, Berthier.

— J'aime autant avoir des nuits tranquilles ; les journées sont assez chargées à mon goût.

Graham arpenta le salon durant quelques minutes avant de se décider à monter se coucher dans la chambre de Sandrine. Du premier étage, elle jeta un coup d'œil sur la rue ; le patrouilleur était à son poste. Elle passa devant la chambre de Léa et Laurent. Son amie dormait d'un sommeil agité et Graham maudit le Violeur à la croix.

Elle s'allongea sans se dévêtir, car elle devait se relever dans moins de quatre heures.

Chapitre II

Marie-Ève s'était réveillée plusieurs fois depuis l'aube, et chaque fois elle avait vu le visage rassurant de Suzanne penché sur le sien. Elle avait l'impression d'être un bébé qu'on berçait en lui chantant des comptines. Quand l'infirmière tira les rideaux de la chambre, l'adolescente dut affronter la réalité. Suzanne voulait savoir ce qui l'avait poussée à tenter de se suicider. Marie-Ève ne se souvenait pas très bien. Se suicider ? Non. Toutes les cinq minutes, elle regardait ses bandages d'un air dubitatif. Elle n'aurait pas dû prendre autant de drogue. Mais elle voulait montrer à Charlotte qu'elle était la plus forte. Où était Charlotte ?

— Chez elle, ma chérie. Elle va bien.

— Et papa ?

— Ton père est en voyage d'affaires.

— Ah ? Il ne sait pas ce qui s'est passé ? Tant mieux. Il n'a pas besoin de le savoir.

Le cœur de Suzanne se serra. Si elle était heureuse que sa fille veuille partager un secret avec elle et lui fasse ainsi confiance, elle ne pouvait cautionner son choix.

— Raconte-moi, maman.

Suzanne lui relata les événements en omettant le dévoilement des groupes sanguins et la réaction de rejet de Denis.

— C'est Léa Boyer qui m'a emmenée ici ?

— Charlotte l'a appelée. Ça t'ennuie ?

Non. Léa était la personne à qui il fallait téléphoner. Ne pourrait-elle pas aller la remercier en sortant de l'hôpital ? Suzanne s'impatienta. Elle s'était présentée à l'hôpital au lever du jour pour veiller sa fille et celle-ci lui parlait encore de Léa Boyer.

— On ira un peu plus tard.

— Non, je veux aller la voir chez elle aujourd'hui.

— Tu ferais mieux de rester tranquillement à la maison, à te reposer.

L'infirmière avait discuté avec Suzanne des effets de la drogue : insomnie, agitation, comportements imprévisibles. Suzanne avait songé qu'elle vivait avec ces symptômes depuis des années sans prendre de PCP, mais elle avait tout noté scrupuleusement dans un carnet. Denis aimait que les choses importantes soient écrites.

— Je ne suis pas morte, maman. J'ai trop pris de drogue, c'est tout.

Suzanne attrapa sa fille par le bras, le secoua :

— Et ça ? Ce sont les nouveaux bracelets à la mode ?

Marie-Ève se défit de l'étreinte de sa mère et réclama d'un ton maussade son manteau. Suzanne se radoucit.

— Je t'ai apporté ta vieille veste, car ton manteau est taché. On ira en acheter un autre. En cuir, ça te plairait ?

Marie-Ève s'exclama : une veste de cuir ? Suzanne ne lui en voulait plus ? Sa mère était décidément difficile à suivre.

— On va rentrer chez nous, tu vas faire une sieste, puis on ira au centre commercial.

— Quand je vais raconter ça à Charlotte !

— Je ne sais pas si elle a une bonne influence sur toi…

Et voilà, elle recommençait à la critiquer.

— J'ai les amies que je veux, rétorqua Marie-Ève. C'est mieux que toi qui n'en as pas du tout.

Suzanne dévisagea l'adolescente, qui blêmit ; elle n'avait pas voulu blesser sa mère.

— Ce n'est pas ce que...

Suzanne tendit sa veste à Marie-Ève. Comment devait-elle s'adresser à sa fille pour éviter la guerre ?

Elles roulèrent en silence jusqu'à la maison. Marie-Ève ouvrit le réfrigérateur dès son arrivée. En voyant son appétit, Suzanne commença à douter de la tentative de suicide de sa fille. Lorsqu'on avait abusé d'elle, elle avait voulu se tuer. De toutes les manières. En cessant de s'alimenter, entre autres. Elle avait beaucoup maigri dans les premiers mois suivant les agressions. Marie-Ève dévorait des œufs au plat et du jambon avec un bel enthousiasme. Et si c'était vraiment un accident ? Marie-Ève s'aperçut que sa mère la fixait.

— Qu'est-ce qu'il y a encore ?

— Rien. Je suis contente de te voir manger...

Suzanne paraissait subitement distraite. Elle avait entendu du bruit à la porte d'entrée. Denis ?

Elle se leva brusquement, quitta la cuisine en courant, s'arrêta à un mètre de la porte.

Personne n'entra. Elle avait rêvé.

Quand elle revint à la cuisine, Marie-Ève était au téléphone. Elle lui tournait le dos. Suzanne l'entendit demander Léa Boyer, mais raccrocher sans lui avoir parlé.

— Tu pourrais lui envoyer des fleurs pour la remercier, proposa Suzanne d'une voix unie.

Elle se sentait coupable d'être jalouse de Léa, qu'elle avait mal jugée. La veille, Léa avait montré de la compassion à son égard au lieu de lui faire des reproches, mais la comparaison que Marie-Ève faisait entre elle et Léa l'inquiétait. L'exaspérait, la minait. Elle ne savait pas parler à sa fille, non, elle ne savait pas. Elle n'avait aucun modèle auquel se fier. Et si Léa racontait tout à Marie-Ève malgré sa promesse, si elle mentionnait l'agression de la veille ? Suzanne devrait lui apprendre qu'elle s'était disputée avec Denis. Assez pour qu'ils se séparent. Pour qu'ils divorcent ? Marie-Ève poserait des questions embarrassantes. Alors, devrait-elle lui dire que Denis n'était pas son père, qu'elle leur avait menti à tous les deux pendant près de seize ans ?

Elle ne pourrait jamais avouer le motif qui l'avait poussée à travestir la vérité. Elle devrait inventer à Marie-Ève un autre père biologique que le sien. Mon Dieu ! Elle entendait encore la clé, *sa* clé tourner dans la porte quand il rentrait à la maison. Elle écoutait le bruit du métal qui grinçait un peu en s'enfonçant dans la serrure, le déclic quand les dents de la clé épousaient les parois, se convenaient, comme les deux parties d'un tout, faites l'une pour l'autre. *Il* disait qu'ils étaient faits l'un pour l'autre : n'était-elle pas sa fille, la chair de sa chair ?

Il ne comprenait pas les hommes qui trompaient leur femme avec des inconnues : comment pouvaient-ils être attirés par des étrangères ?

— Des fleurs pour Léa ? fit Marie-Ève. Bonne idée ! Je vais aller en acheter maintenant.

Marie-Ève repoussa son assiette et monta dans sa chambre pour se changer. Suzanne la suivit pour tenter de la raisonner, mais l'adolescente verrouilla sa porte. La paix ! Ne pouvait-elle pas avoir un peu la paix ? Elle n'était pas si pressée de voir Léa Boyer, mais elle irait tout de même l'attendre en face de chez elle.

* * *

Le soleil projetait des rayons souffreteux sur Québec, mais M. Lemieux s'en contentait. Tant qu'il ne pleuvait pas... Il resterait plus longtemps dehors. Il était allé deux fois rue Murray pour discuter avec les policiers qui surveillaient la demeure des Boyer. Ceux-ci n'étaient pas très bavards, mais ils avaient apprécié le café qu'il leur avait apporté. Il s'était à son tour réchauffé chez Mme Duguay, une voisine, à qui il avait raconté sa soirée dans les moindres détails. Elle partageait son opinion : Laurent Boyer ferait mieux de s'absenter moins souvent. Puis M. Lemieux était allé déjeuner dans un café ; peut-être y verrait-il des gens à qui il pourrait narrer son aventure. Il était déçu que les journalistes ne soient pas venus le photographier chez lui avec son chien. Il avait pourtant prouvé son courage en sauvant cette femme. Celle-ci, d'ailleurs, ne l'avait même pas remercié. Elle avait beau être sous le choc, quelle ingratitude ! Seul l'enquêteur Berthier avait évalué son geste à sa juste valeur : il avait tenu à ce qu'un policier le raccompagne après avoir pris sa déposition.

Il le rappellerait pour savoir si l'enquête avançait. Qui était cet homme que son chien avait fait fuir ? Et cette femme qu'on avait attaquée ? Ce n'était peut-être qu'une vulgaire scène de ménage. Pourtant, les policiers avaient montré beaucoup d'intérêt pour son récit. Il avait remarqué l'air tendu de Maud Graham lorsqu'elle avait abordé la victime. Dommage qu'il ait fait si noir. Il avait beau fouiller dans sa mémoire pour extirper des détails susceptibles de plaire au sergent Berthier, il ne parvenait pas à décrire le visage de l'agresseur. Un grand brun, très fort, c'est tout ce dont il se souvenait.

Steeve Tremblay aurait été heureux d'apprendre que M. Lemieux voyait en lui un colosse, mais ce jugement n'aurait pas été suffisant pour calmer sa rage. Il n'avait pas fermé l'œil de la nuit. Qu'avait-il fait pour que tout se détraque ? Qui avait pris la place de Léa Boyer ? Était-ce un piège ? Non. La femme avait eu l'air surprise. Paniquée. Il avait aimé son expression de terreur.

Il roula lentement rue Murray. Il aurait voulu s'arrêter pour réfléchir, mais il vit une voiture de police banalisée garée non loin du domicile des Boyer. Tremblay appuya sur l'accélérateur pour fuir les lieux. Il manqua d'accrocher une voiture en face du musée. Il montra le poing à l'automobiliste, qu'il aurait voulu tuer. Puis il continua à rouler vers le Vieux-Québec. Que ferait-il maintenant pour punir Maud Graham ?

L'anniversaire de la mort de Paul et de ses enfants approchait trop vite. Où pourrait-il voir Léa sans qu'elle soit entourée ?

Non loin du complexe G, il crut reconnaître Louise qui traversait la rue en tenant un homme par le bras. Sa Louise ? Il freina, et la voiture qui le suivait l'emboutit. Il sortit de sa voiture, guettant Loulou. Elle avait disparu. Était-elle entrée dans l'édifice, montée à son bureau, un samedi, après être allée dîner avec un étranger ? Qui était ce type ?

— Eh, Monsieur ! Vous n'aviez pas le droit de freiner. C'est de votre faute. Si j'ai des problèmes de vertèbres après, je…

L'automobiliste qui venait de heurter le pare-chocs de la voiture de Steeve Tremblay recula d'un pas quand il vit son expression, battit en retraite. Son auto n'avait rien, lui non plus, on en resterait là. L'homme avait décidément un air halluciné.

Tremblay se rua vers une cabine téléphonique : Loulou ne répondit pas à son appel. Elle n'était pas à son bureau. Peut-être était-elle allée aux toilettes. Il compta jusqu'à cent vingt, puis recomposa le numéro. Elle lui répondit. Sa voix était joyeuse. Affichait-elle une gaieté factice destinée à le berner ? Ou était-elle de bonne humeur parce qu'elle venait de s'envoyer en l'air avec son amant ? Elle lui disait la veille qu'elle l'aimait et elle le trompait le lendemain midi ? Il y avait eu Ghislaine avec qui il n'avait pu agir comme prévu, Léa qui n'était pas Léa et Louise, maintenant, qui ne lui obéissait plus. Il allait mettre de l'ordre dans ce bordel, montrer qui était le maître. Appliquer son plan dès qu'il quitterait Loulou. Toutes des salopes.

— Steeve ? Tu es là ?

— Tu as dîné au bureau ?

— Mais non, c'est samedi. Tu as été chanceux que je réponde.

— Ah. Je pensais qu'on était vendredi. Tu as mangé toute seule, sans sortir ? Pauvre chouette.

— Ne t'inquiète pas pour moi. J'ai quand même pris un café avec une amie qui vit tout près d'ici.

Ah ? *Une* amie. Un petit article de rien du tout et leur relation était condamnée. Morte et enterrée. Elle n'avait aucun respect pour lui ?

— Avec une amie ? Vous avez bien mangé ?

Il gardait un ton aimable tout en serrant l'écouteur à le broyer. Elle ne devait pas se douter qu'il savait tout de ses cachotteries.

— On se voit ce soir, mon chéri ? Je vais finir un peu plus tôt. Est-ce que tu viendras me chercher ?

— Bien sûr. Tu sais que je peux organiser mes horaires.

Et beaucoup d'autres choses. Les nuages masquèrent le soleil, assombrissant subitement les rues pour s'accorder avec l'humeur de Tremblay. Il raccrocha l'appareil d'un geste si brusque qu'il rebondit. Le combiné heurta le mur et pendit dans le vide tandis que Steeve Tremblay regagnait sa voiture.

Tout en roulant, il planifia la suite de sa journée. Il irait au Petit Séminaire et guetterait la sortie de Léa Boyer ; il saurait aussitôt si quelqu'un l'accompagnait. En téléphonant chez elle plus tôt, il avait entendu le message du répondeur. Il en avait conclu qu'elle était partie à l'école. C'était peut-être bon signe ; elle n'avait pas mesuré le danger auquel elle avait échappé. Elle pensait — et les policiers aussi — que c'était un voleur qui s'était introduit chez elle. Car il ne doutait pas que les enquêteurs aient interrogé, après sa fuite, la femme qu'il avait agressée et l'homme au chien. Léa devait croire que la femme s'était trouvée au mauvais moment au mauvais endroit.

Mais Graham, elle, devait avoir peur si elle n'était pas idiote. Idiote ? Il se posait la question pour la première fois. Était-elle intelligente ou l'avait-on prise à la centrale de police pour atteindre le quota d'effectifs féminins ? Si elle était brillante, elle aurait résolu depuis longtemps l'énigme qu'il lui posait. Il était ennuyé d'avoir affaire à une imbécile, même si cela constituait une garantie de sécurité. Il aurait préféré que Graham soit à sa hauteur.

* * *

Les bourrasques qui entraînaient les feuilles mortes dans une sarabande firent cligner des yeux Marie-Ève. Elle s'avança sur le bord du trottoir, guettant l'autobus. Elle avait froid. Elle aurait dû mettre deux chandails sous sa veste, mais elle avait quitté la maison trop rapidement, profitant du moment où Suzanne était sous la douche. Bah, elle avait laissé un mot : « Je suis allée voir Léa. » Sa mère s'inquiéterait moins.

Marie-Ève avait mis des verres fumés en songeant qu'elle aurait aimé les porter à longueur de journée. En plus d'être reposants, ils créaient une certaine distance avec les gens. On voulait toujours connaître ses pensées, ses désirs, ses craintes. Elle monta dans l'autobus et présenta son laissez-passer sans entendre le hoquet du chauffeur, qui avait remarqué son poignet bandé. Elle vit néanmoins les regards intrigués de certains passagers, mais elle s'en moquait. Elle était même prête à frapper le premier qui se permettrait une réflexion. Elle descendit au carré d'Youville. Elle se rendait au cimetière St. Matthews, quand elle vit une silhouette se retourner sur ses pas. Quelqu'un la suivait ? Sa mère ? Elle s'immobilisa. Le type s'arrêta. C'était un jeune, avec une veste de cuir. Elle fit quelques pas ; il repartit aussitôt. Elle allait traverser la rue et lui parler quand un revendeur s'approcha d'elle. Il avait reconnu sa cliente de la veille.

— Tu es déjà venue, hein ? C'est ta mèche... Veux-tu quelque chose ?

Elle se dit qu'un joint la détendrait quand elle s'accroupirait près de la tombe.

— J'ai juste du crack. Profites-en, je n'en ai pas souvent.

Du crack ? Oh !

— Tu n'es pas avec ton amie ? C'est vrai qu'elle est peut-être trop jeune pour tripper avec des vraies affaires.

En effet, Charlotte n'avait pas pris autant de PCP qu'elle la veille. Trop peureuse.

198

— Décide-toi…

Marie-Ève chercha son portefeuille dans la poche de sa veste. Elle l'avait en sortant de chez elle. Le vendeur s'impatientait. Il lui tourna le dos et s'éloigna vers la rue Mac-Mahon. Il avait repéré un policier qui sortait d'un café. Marie-Ève ne fit aucun geste pour retenir le vendeur, étant trop occupée à chercher son argent. Elle finit par se souvenir qu'elle l'avait rangé dans la poche intérieure de sa veste. Le type qui la suivait lui souriait.

— Eh, toi. Pourquoi tu me suis ?

— Pour faire changement. D'habitude, c'est moi qu'on suit. T'en allais-tu au cimetière ?

Marie-Ève cessa de sourire. Comment connaissait-il sa destination ? Il l'espionnait.

— C'est ma mère qui t'a engagé pour me suivre ?

— Quoi ?

— Pour me suivre ? Arrête !

Grégoire protesta ; il n'était pas un *stool*. Simplement, il l'avait vue au cimetière. Lui aussi y allait à l'occasion.

— C'est en face du Ballon rouge. Je surveille les gars.

Ah. Il était gai. Marie-Ève éprouva un pincement au cœur ; Grégoire ressemblait à une vedette de cinéma. Un peu à John Cusack, en plus jeune. Tout le monde s'extasiait devant Brad Pitt, mais elle préférait les bruns aux blonds.

— Tu as le droit, se contenta-t-elle de répliquer.

Il lui emboîta le pas et ils marchèrent en silence jusqu'au cimetière. En s'agenouillant près de la tombe, Marie-Ève expliqua à Grégoire que son frère était mort treize ans plus tôt.

— Ils l'ont enterré au cimetière Saint-Charles. C'est trop loin pour que j'y aille aussi souvent que je le voudrais. De toute façon, les esprits voyagent, hein ?

— Rien ne prouve que les âmes ne se visitent pas d'un cimetière à l'autre, comme les vivants le font en se recevant les uns les autres. Comme Léa et Graham qui s'invitent à souper.

— Tu connais une Léa ?

— La même que toi, précisa Grégoire. Léa Boyer.

Marie-Ève se releva brusquement, donna un coup de pied à Grégoire, qui sacra.

— Arrête !

— Tu as dit que tu n'étais pas un *stool,* mais tu me suis partout. Qu'est-ce que tu me veux ?

— Rien. Je t'ai vue avec le gars au carré et... Son stock, ça ne vaut pas cher.

— Ah non ? Qu'est-ce que tu en sais ? Tu vas me faire une petite leçon sur les dangers de la drogue. Répète tout à Léa si ça te tente, mais lâche-moi.

Grégoire était moins habitué à tenir ce discours qu'à l'entendre. Il allait répliquer quand Marie-Ève se mit à pleurer. Sans qu'il ait le temps de réagir, elle se colla contre sa veste de cuir en disant qu'elle ne comprenait plus rien.

Il lui envia la générosité de ses larmes ; il n'avait pas versé, en cinq ans, le dixième des siennes. Elle finit par se calmer. Elle se moucha en s'excusant, tremblante.

— Tu peux t'en aller, ça va.

— Tu devrais rentrer chez vous.

— Non, c'est trop *heavy.*

— Chez Léa ? Je ne la connais pas beaucoup, mais elle a l'air *cool.*

— Oui, mais elle appellerait ma mère. Je veux une pause pour une couple de jours.

Le visage de Marie-Ève s'illumina alors que le vent faisait frémir les branches dénudées des arbres, mêlait les parfums d'humus de la terre à l'odeur de beurre fondu qui s'échappait de la pâtisserie Simon.

— Je sais où aller, s'écria-t-elle. J'ai un ami qui va être content de me voir.

Marie-Ève se relevait en toute hâte, surexcitée à l'idée d'aller se réfugier chez Joël. Il serait si heureux de sa visite ! Et il ne dirait pas un mot à Suzanne.

— C'est qui ? demanda Grégoire.

— Ce n'est pas de tes affaires.

— T'es baveuse, toi.

Il suivit Marie-Ève des yeux jusqu'à ce qu'il ne puisse plus distinguer sa mèche verte. Il fit le tour des tombes du cimetière en se demandant où il serait enterré. Où était sa place sous terre ? En avait-il seulement une six pieds au-dessus ? Il avait eu envie d'acheter de la cocaïne en voyant le revendeur au carré d'Youville. Mais s'il rencontrait Maud Graham dans quelques heures comme ils avaient projeté de le faire, elle s'apercevrait qu'il avait consommé quelque chose. Il avait de plus en plus de mal à travailler sans prendre de drogue. Il avait l'impression de revoir toujours les mêmes clients, de répéter les mêmes banalités, de refaire les mêmes gestes, de respirer les mêmes odeurs.

Paradoxalement, il goûtait ce rituel rassurant. Il avait une sensation de pouvoir quand il arpentait les rues de Québec, quand il vérifiait que son circuit était encore efficace, quand il devinait les endroits où l'attendraient les clients. Il avait du flair, et maintenant qu'il connaissait la ville mieux que quiconque, il la possédait autant qu'il lui appartenait. Revoir les mêmes visages l'agaçait, mais il ne lui déplaisait pas d'être reconnu par des clients, qu'on se souvienne de lui. C'était fréquent dans son quartier. Il refusait cependant d'être trop intime avec ces clients habituels. Et il n'y avait qu'avec Pierre-Yves qu'il acceptait de traîner après le déjeuner. Parce que tout était différent avec cet homme qui ne voulait pas coucher avec lui. Son refus le tracassait ; il devrait payer un jour ou l'autre. Le chef cuisinier ne pouvait pas être aussi généreux avec lui sans réclamer finalement son dû. Qu'exige-rait-il alors ?

Graham ne lui demandait rien non plus. Faux. Elle voulait qu'il renonce à la drogue. Mais qu'elle essaie donc de faire une pipe à jeun ! De rester des heures dans les centres commerciaux pour masturber des hommes qui ne le regardaient même pas, qui ne s'intéressaient qu'à ses mains sur leur queue ? Une machine aurait pu le remplacer.

Il examina la tombe qu'avait élue Marie-Ève pour parler à Éric. Elle avait de la chance; il n'avait même pas de morts à qui adresser une prière.

Il quitta le cimetière déprimé. Il traversa la rue pour aller prendre une bière au Drague et pour téléphoner à Graham. Confirmerait-elle leur rendez-vous pour l'achat de ses lunettes? Elle n'avait pas le temps de magasiner.

— Câlice, t'as jamais le temps! protesta-t-il. Si tu veux pas changer de look, je vais arrêter de t'appeler. Certain! Si je te dérange, dis-moi-le, *fuck*!

— Grégoire! Je travaille comme une folle, et je n'avance pas dans mes dossiers. Il y a un maniaque en ville qui veut la peau de Léa! J'ai des choses plus importantes à penser que mon look!

— Tant pis pour toi!

Il raccrocha en regrettant déjà ses propos, mais c'était la faute de Biscuit. Elle l'avait énervé en repoussant son offre. Elle manquait toujours de temps pour le voir depuis qu'elle était amoureuse d'Alain Gagnon.

Il vida sa bière, en commanda une autre, disposé à la boire aussi vite que la première, quand le barman l'avertit qu'on le demandait au téléphone.

— Moi?

— Un jeune, très beau, avec une veste de cuir grande ouverte, des cheveux noirs bouclés, des yeux gris-vert, cinq pieds onze, cent trente-cinq livres. C'est toi?

Grégoire saisit le combiné en s'efforçant de masquer sa joie: Biscuit le rappelait. Elle avait voulu le retrouver.

— C'est moi, dit-elle. Simplement, j'ai peur pour Léa. Et pour toi. Je veux pouvoir cesser de m'inquiéter pour vous deux, tu comprends? Il m'écœure. Il n'a pas le droit de faire ça. S'il me déteste, qu'il s'en prenne à moi. C'est un maudit lâche.

— Voyons, Biscuit, je sais me défendre, depuis le temps que je suis dans la rue. Certain. Stresse-toi pas pour moi. Occupe-toi de Léa.

— C'est ce que j'ai fait. Une chance qu'elle était chez nous.

— Comment ça ?

Graham lui fit le récit de la soirée. Grégoire l'écouta en sentant sourdre une certaine appréhension. La mère de Marie-Ève était allée chez Léa ? Tard le soir ? Elle avait été attaquée ?

— C'est flyé en ciboire ton histoire, Biscuit. Je viens juste de voir la fille au cimetière. Elle était pas mal fuckée.

Il n'allait pas la trahir et ajouter qu'elle avait failli acheter de la drogue. Elle n'en avait pas pris, non ? Il voulut rassurer Graham.

— Écoute, elle est partie se reposer chez un ami. Une personne qui sera très contente de la voir. Je comprends qu'elle panique un peu si sa mère va jaser avec son prof à minuit ! La mienne était chienne, mais pas aussi bizarre.

— Suzanne refuse de me décrire son agresseur. Elle soutient qu'il l'a seulement bousculée. Comme si une tentative de viol n'était pas plus grave que de manquer un autobus ! Je ne peux pas progresser si on ne m'aide pas.

— Elle est peut-être habituée.

Graham garda le silence tandis que Grégoire allait au bout de son intuition, puisant dans sa propre expérience.

— Si on l'a violée souvent, ça a failli être une fois de plus, c'est tout. Elle a assez de problèmes, elle n'a pas envie de se ramasser en cour pour témoigner contre un gars qui va ressortir un mois plus tard.

— On aurait abusé d'elle ?

— Je le sais-tu, Biscuit ? C'est pas écrit dans notre face !

Graham retint son souffle, redoutant que Grégoire coupe la communication après avoir remué ainsi ses souvenirs.

— Toi, tu n'as jamais porté plainte contre ton oncle…

Il persifla, soulagé de montrer son insolence.

— Mon beau mononcle Bob ? Es-tu folle ? Il m'a appris ma job.

— Grégoire… fit Graham, désolée. Ne parle pas comme ça.

— Biscuit, ne *me* parle pas comme ça. On va se mettre à ressembler aux gens qui racontent leur crisse de vie plate dans les émissions de télé débiles.

Elle s'efforça d'adopter un ton plus sec, plus professionnel.

— Récapitulons. Suzanne a pu être victime de son oncle, de quelqu'un de proche ?

— Son père, son grand-père, son voisin... Ça arrive dans les meilleures familles. Elle voulait peut-être en parler avec ta Léa. C'est une psy, hein ? Même si elle enseigne aussi ?

— Tu es donc intelligent, Grégoire.

— C'est pour ça que tu m'aimes. En plus, tu me trouves beau, d'après le barman.

Il se tut, cherchant à clore la conversation sur une boutade.

— Pour ce qui est des lunettes, je suis un peu coincée parce que...

— O. K., tu vas voir ton beau docteur, c'est ça ? Dans le fond, ça tombe bien parce que j'ai un gars à voir.

Graham crut déceler une pointe de jalousie dans la remarque de Grégoire, malgré le ton taquin. Inutile de lui préciser qu'Alain était à Montréal.

— Non, je pourrai même dîner ou souper avec toi si le mari de Léa est rentré. C'est compliqué... Il y a des policiers qui surveillent, mais j'ai l'impression que je dois rester sur place avec Léa. Il ne s'attaquera pas à elle sans me passer sur le corps. Viens nous rejoindre. Pour ce qui est des lunettes...

— On verra au printemps.

— Viens souper, ou rappelle-moi demain midi.

— Si je peux.

— Sois prudent.

Maud Graham raccrocha en espérant que Grégoire était aussi vigilant qu'il l'affirmait. Elle alla chercher un café, croisa Rouaix, qui lui apportait le portrait-robot réalisé par Berthier d'après les indications de Ghislaine Toupin.

Elle l'examina longuement, quêtant une réponse à ses mille questions, le posa sur son bureau, but une gorgée de café, revint au portrait.

— Il ressemble à ce que tu avais imaginé, fit Rouaix. Ordinaire, banal, Monsieur Tout-le-monde.

— Oui, il ressemble à n'importe qui.

Le portrait paraissait vouloir la narguer, lui faisait des clins d'œil obscènes dès qu'elle levait les yeux sur lui. La bouche affichait un rictus moqueur. Cette bouche très fine qu'elle avait déjà vue.

— Les lèvres. Je me souviens de ces lèvres-là !

— Et pas du reste ?

— Il devait porter des lunettes quand je l'ai arrêté et des verres de contact lors de l'agression. Mais sa bouche... Je veux qu'on revoie les photos de tous ceux qu'on a envoyés en dedans.

Rouaix et Graham s'installèrent devant les écrans et firent défiler les photos des hommes qu'ils avaient arrêtés au cours des dernières années. Au bout d'une heure, Graham, découragée, s'étira et secoua la tête. Ils faisaient fausse route.

— Tu as vu cette bouche ailleurs, conclut Rouaix. En personne. C'est quelqu'un que tu connais.

— Que je connais ?

— Pas intimement, mais tu as déjà échangé quelques mots avec cet homme. Tu as vu ces lèvres minces d'assez près pour les remarquer. Essaie de t'en souvenir.

Elle ferma les yeux, tentant de se remémorer cette bouche scellée sur un secret. Souriait-elle quand elle l'avait aperçue ? Faisait-elle la moue ? Vociférait-elle des injures ? La menaçait-elle ?

— Ça peut être n'importe qui ! murmura Graham. Un livreur de journaux, un commerçant.

— Tu fais tes courses aux mêmes endroits. Est-ce le boucher, le pharmacien, le disquaire, l'épicier ?

Graham savait bien qu'on reconnaît difficilement hors de leur milieu les gens qu'on côtoie dans le cadre de leurs fonctions. On sourit machinalement à un visage croisé dans la rue, puis on rentre chez soi en fouillant dans sa mémoire : qui est cette personne qu'on a saluée sans l'identifier ? Ah, c'est l'employé de la teinturerie, ou la vendeuse de crème glacée.

À qui Graham avait-elle parlé sans savoir que son interlocuteur était un criminel ?

— Oublie le portrait, lui conseilla Rouaix. C'est comme un mot qui nous échappe : plus on le cherche, moins on le trouve. Attends.

— On n'a pas le temps d'attendre, Rouaix ! Le Violeur à la croix va faire d'autres conneries.

Graham essaya de visualiser les listes de mots qu'ils avaient isolés en cherchant dans les dictionnaires. Jeu ? Mère, Lucifer, Mage, Justice, Locataire ? Lien, Martien ?

— L, J, M. Quel est le rapport ? Il a voulu s'en prendre à Léa, c'est son initiale, mais le M, le J ? Les prénoms de ses enfants ne commencent pas par une de ces consonnes.

Elle reprit le portrait, le fixa une minute, hypnotisée, puis le glissa dans une chemise. Elle attrapa son manteau.

— Je vais jaser avec les voisins de Léa. Peut-être qu'ils seront meilleurs que moi pour reconnaître ce type.

Chapitre 12

Denis Geremelek regardait les grosses gouttes de pluie glisser sur la fenêtre du bureau. Il se servait du scotch tout en sachant qu'il devait arrêter de boire, car il n'avait pas l'habitude de consommer autant d'alcool. Il n'était pas accoutumé non plus à recevoir une bombe sur la tête et à ramasser les morceaux de son cœur pulvérisé. Sa relation avec Suzanne était inconfortable, bancale, et sa kleptomanie l'avait toujours inquiété, mais il avait cru la mort d'Éric responsable de tout. Il s'était persuadé que le temps arrangerait les choses alors qu'il leur permettait plutôt de pourrir à leur aise. Il avait essayé sincèrement de deviner Suzanne sans oser poser trop de questions. Il avait grandi dans une famille où l'on n'étalait pas les choses intimes, et ses parents, ses frères et ses sœurs ne s'en portaient pas plus mal. Avait-il eu tort d'être discret? De s'en tenir à ce que Suzanne lui avait raconté pour expliquer le manque de contact avec son père?

Joël Labonté, agresseur?

Suzanne, victime? Durant des années?

Pourquoi ne lui avait-elle pas tout révélé plus tôt? Ce manque de confiance le blessait profondément. Autant que d'avoir appris que Marie-Ève n'était pas sa fille biologique. Pour Suzanne, la vie de couple, c'était peut-être chacun de son côté, avec ses secrets, et on se croise au déjeuner, passe-moi le beurre, merci, as-tu eu une bonne journée à l'université? Qu'allaient-ils devenir? Qu'étaient-ils devenus?

Éric, son fils, était mort. Denis se souvenait mal des jours qui avaient entouré son décès. Suzanne était en état de choc quand il était rentré à la maison. Il l'avait découverte couchée sur le corps d'Éric près de Marie-Ève qui réclamait son repas, une couche propre, son doudou, des câlins. Il n'avait pas compris pourquoi le père de Suzanne n'avait pas assisté à la messe funéraire de son petit-fils, mais il avait d'autres chats à fouetter. Empêcher Suzanne de prendre trop de médicaments. Lui répéter qu'ils devaient vivre pour leur fille.

Leur fille?

Il ne réussissait pas à admettre sa non-paternité. Il aurait voulu refaire les tests sanguins. Tous ses collègues affirmaient que Marie-Ève lui ressemblait quand ils voyaient sa photo, à côté de la bibliothèque.

Denis finit son verre de scotch, alla décrocher cette photo, la lança sur un mur. La vitre explosa en mille éclats. Il s'effondra, suffoquant de douleur, et prit la photo de Marie-Ève sans se rendre compte qu'il se coupait avec les poussières de verre. Il serra la photo contre lui et pleura, pleura.

On frappa à sa porte. Il répondit qu'il était occupé. Quand la nuit tomba sur le campus universitaire, il se releva pour voir les étudiants courir pour attraper leur autobus. Devait-il rentrer chez lui?

Il n'avait pas la force d'affronter la douleur et l'angoisse de Suzanne. Il ne savait pas ce qu'il voulait. Il ne savait plus rien. Il téléphona au Germain des Prés et réserva une chambre d'hôtel pour la nuit. Il verrait plus clair au matin s'il parvenait à dormir. Il faillit appeler Suzanne afin de la prévenir qu'il ne rentrerait pas pour souper et constata une fois de plus que l'homme est un être d'habitudes. Il avait réussi à vivre avec un secret qui empoisonnait sa famille parce qu'il avait créé, avec la complicité de Suzanne, un bon nombre de rituels et de manies qui leur donnaient l'illusion de la normalité. Ils s'étaient enfoncés dans le train-train quotidien pour se rassurer. Le train-train avait déraillé. Que deviendraient-ils ? Il n'imaginait pas sa vie sans Suzanne et Marie-Ève.

* * *

Suzanne avait jugé que son avenir n'était guère meilleur que son passé ; ils s'étaient même épousés, unis contre elle. Il valait mieux en finir une fois pour toutes avec ces jours qui s'écoulaient sans lui apporter davantage de réconfort. Le temps arrange les choses ? Et si on annihilait le temps ? Si on le niait ?

Denis avait acheté un pistolet, dix ans auparavant, à la suite du cambriolage de leur maison. Il était tout neuf. Suzanne l'étrennerait. Denis et Marie-Ève seraient débarrassés d'elle à jamais.

Marie-Ève n'était pas rentrée. Elle ne voulait plus voir sa mère. Elle préférait Charlotte ou Léa, c'était clair.

Suzanne avait raté son mariage, sa fille, tout.

Devait-elle écrire une lettre pour expliquer son geste ?

Suzanne avait évalué le poids de l'arme. Sa vie s'écoulerait par le petit trou qui percerait sa tête, dans un flot discret et continu. Elle se tuerait dans la cuisine pour ne pas abîmer la moquette.

Elle descendait l'escalier et s'apprêtait à pousser la porte battante de la cuisine quand on avait sonné. Elle s'était arrêtée, avait glissé l'arme dans son sac à main posé sur le comptoir de la cuisine. Puis elle s'était approchée de la porte sans l'ouvrir. Avait hésité en reconnaissant Graham à travers l'œil magique. Marie-Ève avait peut-être encore des ennuis.

— Je vous dérange sûrement. Excusez-moi. Je devais vous montrer ce portrait-robot.

Maud Graham souriait en ouvrant la porte, en passant devant Suzanne qui ne savait pas comment la retenir.

— Est-ce que l'agresseur ressemblait à ce portrait ?

Suzanne avait jeté un coup d'œil, haussé les épaules. Possible, oui, non, il faisait sombre, elle avait fermé les yeux. Mais l'homme était brun comme celui qu'on avait dessiné. Graham paraissait déçue qu'elle ne l'identifie pas formellement.

— J'espérais que le portrait-robot vous rafraîchirait la mémoire. Parfois, des détails remontent du passé.

— Je sais.

Qui mieux que Suzanne Labonté-Geremelek pouvait témoigner de l'effet des souvenirs ?

— Marie-Ève va mieux ?

— Elle se repose en haut.

— Ah ? Elle n'est pas allée chez son copain ? C'est mieux.

— Son copain ?

Maud Graham était venue chez Suzanne autant pour lui rapporter sa conversation avec Grégoire que pour lui montrer le portrait-robot.

— Marie-Ève a confié à quelqu'un que je connais qu'elle se rendait chez un ami qui serait très content de la voir. J'ai eu peur que cet ami l'incite à prendre encore de la drogue. Je suis contente de savoir qu'elle est rentrée chez vous.

Suzanne remerciait Graham d'un air égaré, et celle-ci aurait parié cent dollars que l'adolescente n'était pas couchée dans sa chambre. Où était-elle ? Pourquoi Suzanne lui mentait-elle ?

— Si jamais un détail vous revenait en mémoire… Je vous redonne ma carte.

Suzanne la raccompagnait à la porte, l'ouvrait tout grand, pressée de se retrouver seule pour reprendre ses esprits.

Marie-Ève avait un copain ?

Elle avait téléphoné chez Charlotte. Marie-Ève n'y était pas. Elle avait appelé chez Léa sous prétexte de la remercier. Celle-ci s'était enquise de Marie-Ève avec sollicitude. Suzanne avait raccroché, puis rappelé Léa. Lui avait avoué que sa fille n'était pas rentrée à la maison.

Léa avait juré que l'adolescente n'était pas chez elle. Elle ne l'avait pas vue de la journée. Elle avait proposé à Suzanne de téléphoner aux élèves que Marie-Ève fréquentait, lui avait promis de la rappeler dès qu'elle aurait du nouveau. Et d'en parler à Maud Graham.

— Elle devrait arriver bientôt pour passer la soirée avec moi.

— Elle vient de partir d'ici. C'est elle qui a mentionné un ami de Marie-Ève... Je ne les connais pas, moi, ses amis, à part Charlotte. Et ma fille n'est pas chez Charlotte.

— On va la retrouver, madame Geremelek. Si elle m'appelle, je vous préviens tout de suite.

Suzanne avait remercié Léa, s'était avancée vers la baie vitrée du salon, guettant Marie-Ève. Anne, ma sœur Anne, ne vois-tu rien venir? Non, je ne vois que la route qui poudroie et l'herbe qui verdoie. Elle savait le conte *Barbe-Bleue* par cœur; il l'avait tant effrayée durant son enfance. Lors du décès de sa mère, elle s'était interrogée sur sa maladie; et si son mari l'avait empoisonnée? Barbe-Bleue avait bien égorgé ses femmes? Son père était si imprévisible, une journée joyeux et doux et le lendemain tempêtant, grondant, menaçant. Elle s'était sentie coupable de comparer son père à Barbe-Bleue, qui était si méchant. Mais après qu'il eut abusé d'elle, elle avait eu l'impression d'avoir été passée au fil de l'épée comme les épouses infortunées du richissime châtelain.

La route qui poudroie était déserte et Suzanne tournait en rond dans son salon, terriblement anxieuse malgré les comprimés qu'elle avait avalés. Elle ne pourrait pas se tuer si Marie-Ève était à la maison. Devait-elle profiter de son absence? Pourquoi ne s'était-elle pas suicidée plus tôt? Elle avait continué à vivre. Ou à mourir. Pouvait-elle vraiment se donner la mort, puisqu'on lui en avait déjà fait cadeau?

Et la route poudroie sans que sa fille apparaisse à l'horizon. Sa fille qui n'avait pas connu de Barbe-Bleue. Et si ce copain... ?

Oh non !

* * *

Malgré ses eaux aux doux tons d'albâtre et de cendre, malgré son pouls lent et régulier qui charriait les navires vers la mer, malgré la pérennité du vol de ses mouettes en amont de Lévis, le fleuve Saint-Laurent n'avait eu aucun effet apaisant sur Steeve Tremblay. Il ne l'avait même pas vu alors qu'il roulait sur le boulevard Champlain avant d'aller chercher Louise au complexe G. Il avait décommandé ses cours de conduite pour la journée bien que ce qu'il eût à dire à Loulou tînt en quelques mots. Il ne s'éterniserait pas chez elle. Il exigerait qu'elle lui avoue, ne serait-ce qu'une fois, la vérité, et il partirait. Elle ne lui mentirait plus jamais.

Tremblay avait remonté la côte de l'Église, ralenti dans la rue Maguire, regardé l'enseigne du restaurant Paparazzi. Louise soutenait qu'on y mangeait très bien et que le service était fait avec beaucoup de gentillesse. Mais peut-être songeait-elle à un serveur en particulier ? Allez savoir avec une salope ! Il s'était rappelé leur premier petit-déjeuner au Cochon dingue alors que Loulou le dévisageait avec de grands yeux éblouis, s'était souvenu qu'ils étaient ensuite allés à l'épicerie pour acheter du lait et des œufs avant de rentrer chez elle. Ce matin-là, il avait baissé la garde sans s'en rendre compte. Sa vigilance s'était relâchée. Et Louise l'avait trahi.

Elle était sortie du complexe G lorsqu'il s'était arrêté rue de la Chevrotière, avait ouvert la portière avec un grand sourire. Hypocrite. Il ne serait pas en reste.

— Tu as l'air joyeux, avait noté Louise en attachant sa ceinture de sécurité.

— J'ai gagné à la loto. Mille dollars. Ce n'est pas une fortune, mais ça fait plaisir. On va fêter ça.

— Ah oui?

— On va chez toi. Tu mets ta plus belle robe et on soupe dans le meilleur restaurant de la ville.

Elle avait applaudi.

Il avait garé la voiture devant sa porte. Ils étaient entrés. Et il l'avait frappée au visage si fort qu'elle avait valsé contre un mur. Il l'avait rattrapée tandis qu'elle criait, il lui avait mis la main sur la bouche sans qu'elle réussisse à le mordre et l'avait bourrée de coups, dans les reins, dans le dos, dans le ventre. Elle était tombée au sol, à demi inconsciente. Il l'avait relâchée, s'était frotté les mains, satisfait de cette première correction.

— Steeve…

— Dis-moi son nom. Juste son nom.

— Steeve, tu es fou…

Elle saignait du nez, s'essuyait avec ses mains en pleurnichant. Il était trop tard pour les larmes et les regrets.

— Je t'ai vue avec un homme à midi. Tu m'as juré que tu étais sortie avec une amie. Je n'aime pas les menteuses.

— Je peux tout t'expliquer.

— Il n'y a rien à expliquer.

Il l'avait de nouveau battue, elle avait crié, il l'avait à moitié étouffée tout en continuant à distribuer des coups.

— Ronald…

Ah! Il avait raison. Elle avouait. Il s'appelait Ronald.

— Ronald est gai… C'est comme si je sortais avec une copine, Steeve.

— Tu penses que je vais avaler ça?

Un autre coup, le nez qui craque, une dent qui tombe.

— Il a un chum, Julien. Arrête…

Il avait arrêté quand elle s'était évanouie. Il avait lavé les écorchures de ses mains. Il n'avait pas encore décidé du sort de Louise. Il avait besoin de réfléchir. Il avait traîné sa victime jusqu'à la cuisine, l'avait attachée sur une chaise, bâillonnée, puis avait fermé la porte derrière lui avant de sortir. Il irait manger avant de s'occuper d'elle.

* * *

Alors que Steeve Tremblay commandait un Mac Poulet et des frites rue Saint-Jean, Maud Graham finissait de lire la liste des mots débutant par J et attaquait la lettre M en revenant au portrait-robot toutes les deux minutes. Elle se remémorait sa conversation avec Grégoire quand le mot « mouette » avait retenu son attention. Tel un stroboscope, ce mot jetait des ombres et des lumières à toute vitesse, déformant sa vision, brisant le rythme de sa recherche, déstructurant son idée. Elle avait secoué la tête. Elle était trop fatiguée, elle avait faim. Elle rejoindrait Léa pour souper et lui rapporterait sa discussion avec Grégoire à propos de Suzanne.

Mais une mouette continuait à pousser des cris de plus en plus stridents dans sa tête.

Mouette ? Quel rapport avec les agressions ?

Les mouettes n'avaient pas les lèvres fines comme des lames de couteau.

Qui avait parlé d'une mouette ?

— Rouaix ! avait-elle crié.

Les hommes avaient tous interrompu leur travail pour dévisager Graham.

— C'est le type de la mouette ! Avec la fille ! Il est venu ici ! Moreau ? Où est Moreau ?

Roger Moreau s'était avancé vers Graham. Qu'est-ce qu'elle lui voulait encore ?

— La fille chez qui on avait jeté une mouette morte, elle était accompagnée. Tu te souviens de son ami ? Le portrait-robot ! C'est lui ! Dépêche !

Moreau observait l'image, tentait de se souvenir de cet homme.

— Ça se pourrait, avait-il admis.

— Je l'ai vu ailleurs, avait ajouté Graham. Je ne sais pas où…

Elle fouillait déjà dans ses dossiers pour retrouver la trace de la visite de cet homme à la centrale de police.

— Louise Verrette, rue Arthur-Buies. Je l'appelle.

Louise Verrette ne pouvait pas répondre. Elle n'entendait même pas la sonnerie du téléphone.

— On va essayer plus tard. Où est-elle ? Et si elle avait quitté la ville pour la fin de semaine ? Avec lui ? On va le manquer ! Mon Dieu, qu'est-ce qu'elle m'a raconté ? Et lui ?

Graham tentait de se rappeler le détail qui lui permettrait d'identifier le compagnon de Louise Verrette. Qui était-il ? Elle avait pourtant la mémoire des visages.

— Rendons-nous sur place pour l'attendre, proposa Rouaix.

— On ne peut rien faire de mieux, c'est vrai… Elle travaille au complexe G. Les bureaux sont fermés à cette heure-ci. Elle doit être allée souper.

— Oui, on devrait en faire autant, tout en continuant à téléphoner chez elle. Je te rejoins aussi vite qu'il y a du nouveau. Tu ne devais pas souper avec Léa ? Son mari est-il rentré ?

— Je vais faire ça vite. Je veux seulement vérifier que les policiers sont toujours près de sa maison…

Graham avait saisi son imperméable, l'avait enfilé sans l'attacher et avait foncé jusqu'à la rue Murray. Elle revoyait sans cesse le visage dégoûté de Louise Verrette qui racontait sa découverte d'une mouette morte sur son lit. Qui se tenait derrière, à côté d'elle ?

Léa avait préparé le souper.

— Tu aurais dû manger, se désola Graham. J'ai essayé de t'appeler. Sandrine bavardait avec ses copines ?

— Ce n'est pas une ado, Maud. C'était moi. Marie-Ève n'est pas rentrée chez elle. Sa mère m'a téléphoné. Je sais qu'elle t'a menti. Elle est complètement perdue. Son mari n'est pas rentré non plus. Tu as fait allusion à un copain, mais j'ai appelé la moitié des élèves sans succès. Personne ne l'a vue.

Léa s'était versé une tasse de café.

Elle en tendit une à son amie.

— Tu as l'air excitée…

— Le Violeur à la croix. Je pense qu'on avance enfin… Je vais rappeler.

Aucune réponse chez Louise Verrette.

Graham revint à Léa. Suzanne lui avait-elle reparlé de la tentative de viol, de l'agresseur ?

— Non. Elle s'inquiétait de Marie-Ève. C'est terrible d'aimer autant son enfant et de ne pas pouvoir communiquer avec elle. Elle veut franchir une barrière sans y parvenir. Elle ne réussit pas à être simple avec Marie-Ève. Elle reste de l'autre côté du miroir.

— Et si on l'y avait envoyée ? De ce côté-là.

Graham rapporta l'hypothèse de Grégoire concernant les abus dont Suzanne avait pu être victime.

— S'il a raison, elle part de loin. Elle a beau avoir la meilleure volonté, elle a besoin d'aide. C'est une femme courageuse, mais elle a l'air à bout…

Elles terminèrent leur café en silence. Graham fixait le téléphone en espérant que Rouaix la rappellerait pour lui dire qu'il s'était entretenu avec Louise Verrette et que celle-ci leur avait livré le coupable.

Léa émit une sorte de hoquet, serra trop fort le poignet de Graham.

— Le grand-père ! Marie-Ève est allée chez son grand-père !

— Le père de Suzanne ?

Léa se rua sur le téléphone pour appeler Suzanne Geremelek, mais il n'y avait pas non plus de réponse chez elle.

— Il faut qu'on aille chez le grand-père. S'il a abusé de Suzanne, il peut recommencer avec Marie-Ève ! Je n'ai pas l'adresse, je sais seulement qu'il s'appelle Joël. Joël ! Il y en a des centaines dans Québec ! J'espère me tromper !

Mais j'ai téléphoné à tout le monde : Marie-Ève n'est nulle part...

Maud Graham lui fit signe de se calmer. Le nom de jeune fille de Suzanne était inscrit dans les fichiers de la centrale du parc Victoria. Elle téléphona à Rouaix pour lui demander de consulter les dossiers.

— On l'a arrêtée pour vol à l'étalage, dit-elle à Rouaix, qui tentait toujours de joindre Louise Verrette.

Rouaix lui donna l'information qu'elle désirait avant de l'informer que Berthier était parti avec Moreau rue Arthur-Buies.

— Je vous retrouverai là dès qu'on aura retracé la gamine. Elle va nous faire virer folles, cette enfant-là. Tu es chanceux que Martin soit plus tranquille. Labonté, c'est ça ?

Léa était allée chercher le bottin. Joël Labonté, aux jardins Mérici. Elle allait appeler Danielle pour lui confier les enfants quand Laurent poussa la porte, l'air étonné.

— Qu'est-ce qui...

— Je t'expliquerai en rentrant. Les enfants ont mangé et ton souper est prêt.

— Léa !

Elle courait derrière Maud Graham en souhaitant voir Marie-Ève leur sourire quand elles sonneraient à la porte de Joël Labonté. Mais elle imaginait Sandrine avec un pédophile et elle sentait son estomac se nouer.

Elles entendirent des cris suivis d'un coup de feu alors qu'elles empruntaient le corridor menant à l'appartement de Joël Labonté. Graham s'élança tout en faisant signe à Léa de rester en retrait.

Graham frappa à la porte. On cria de nouveau. Elle fit jouer la poignée. La porte s'ouvrit.

Suzanne étreignait sa fille d'une main tandis qu'elle continuait à viser Joël Labonté de l'autre, même si c'était inutile. L'homme avait reçu une balle en plein cœur.

Graham alla doucement vers Suzanne et lui retira l'arme des mains. Léa referma la porte pour éviter que les voisins ne se précipitent dans l'appartement. Marie-Ève tremblait de tous ses membres, se collant à Suzanne. Cette dernière lui caressait les cheveux en lui répétant que tout était fini.

Léa avait la sensation d'assister à un film au ralenti. Alors qu'elle s'avançait vers Suzanne et Marie-Ève pour les réconforter, Graham appelait au poste du parc Victoria afin qu'un collègue la rejoigne avec des techniciens. Elle exigeait une ambulance. Léa l'écoutait donner des ordres avec un sentiment d'irréalité. Elle voyait Graham ramasser une bouteille de gin qui avait roulé au sol, interroger Marie-Ève du regard.

— Il m'en a fait boire, bredouilla l'adolescente. Puis après, il m'a dit qu'il m'aimait et que j'étais à lui... Il m'a embrassée. Il a voulu se coucher sur moi, il m'a jetée sur le canapé. Il me touchait les seins... Je lui ai échappé, il m'a rattrapée par les cheveux. Il criait que je devais être plus gentille avec lui. Il m'a forcée à l'embrasser. Je pensais que j'allais étouffer. Il me tenait par la gorge... Puis il... il était fou...

Elle frémit en jetant un coup d'œil sur le cadavre. Graham et Léa l'entraînèrent avec sa mère vers le canapé.

— Je me débattais quand maman est arrivée. Il avait déchiré ma chemise ! Elle lui a dit de me lâcher. Il voulait m'étrangler. Il...

Marie-Ève éclata en sanglots hystériques et Suzanne la reprit dans ses bras pour la bercer. Une certaine sérénité flottait dans son regard : la fierté d'une lionne qui a su protéger son petit et qui ne se souvient même pas du goût du sang de son ennemi dès que la vie revient à la normale.

Graham répéta que l'ambulance arriverait rapidement. Elle s'apprêtait à recueillir les dépositions de Suzanne et de Léa quand la sonnerie de son nouveau téléphone cellulaire les fit toutes sursauter.

— Rouaix ?

Elle sut immédiatement qu'il était arrivé quelque chose de grave ; la voix de son partenaire était trop basse pour annoncer une bonne nouvelle. La piste était mauvaise ? Elle s'était trompée ? Le Violeur à la croix continuerait à mener ses fiancées en enfer ?

— On l'a arrêté, Graham.

Qu'y avait-il derrière le soulagement qu'elle entendait dans la voix de Rouaix ? Qu'y avait-il de poisseux ou de fou, d'horrible et de prévisible ? Avait-il fait une autre victime ?

— Il a attaqué Louise Verrette ?

— Les ambulanciers ont eu peur en la voyant, Graham.

Rouaix apprit à Graham que Berthier et Moreau avaient vu le suspect se garer devant l'appartement de Louise Verrette et entrer chez elle. Ils avaient appelé des renforts. Berthier était allé frapper à la porte. Ghislaine Toupin était plus physionomiste qu'elle ne le pensait ; l'homme correspondait à sa description. Berthier présentait sa carte d'identité au suspect lorsqu'il avait entendu un bruit sourd venant de la cuisine, puis une plainte étouffée. Le suspect s'était élancé vers la porte, avait vu Moreau qui venait rejoindre Berthier et avait couru dans la direction inverse. Moreau l'avait poursuivi tandis que Berthier ouvrait la porte de la cuisine et découvrait le martyre de Louise Verrette.

— Moreau a tiré sur le suspect. Ne t'inquiète pas, il vise bien. Il ne l'a pas tué. Il s'appelle Steeve Tremblay. Je te téléphone de chez lui. On est rendus là. Graham, il faut que tu viennes ici. Ça te concerne.

Elle avait noté l'adresse sans poser de questions. Elle connaissait assez Rouaix pour deviner qu'il lui laissait le temps d'appréhender une certaine horreur. Quelle monstrueuse surprise lui réservait le Violeur à la croix ?

Qui était Steeve Tremblay ? Elle n'avait jamais arrêté de Steeve Tremblay, ni même de Steeve tout court. Elle avait arrêté trois fois un Georges Tremblay, un Jacques, mais pas un Steeve.

Elle s'excusa auprès de Suzanne et de Marie-Ève Geremelek. Le collègue qui venait de les retrouver aux jardins Mérici prendrait leur déposition. L'affaire était très claire, précisa-t-elle à ce dernier : légitime défense. Suzanne avait tiré sur son père parce qu'il menaçait de tuer sa fille. Elle ajouta que l'agresseur de la rue Murray avait été arrêté.

— Tu y vas ? demanda Léa. Je vais rester ici avec Suzanne et sa fille. J'essaierai de joindre Denis Geremelek. Il faut qu'il participe à cette histoire ; il va sentir combien elles ont besoin de lui. Il aime trop Marie-Ève, et Suzanne aussi, certainement, pour ne pas revenir. Fais attention à toi.

Léa faisait des vœux sincères, mais vains.

Comment Graham aurait-elle pu se protéger du sentiment d'abomination qui l'avait saisie quand Rouaix avait ouvert la porte du placard du Violeur à la croix en posant une main sur son épaule ?

La porte était tapissée de photos d'elle et de Léa sur lesquelles Steeve Tremblay avait écrit des insanités meurtrières. Une grande croix faite d'autocollants en forme de têtes de mort avait ses quatre extrémités closes par des photos. Celles de trois enfants et d'un adulte. Graham se pencha, reconnut Paul Tremblay avec stupéfaction.

— C'était son frère ?

Rouaix acquiesça. Steeve était bien l'aîné de l'homme qui, l'année précédente, avait massacré toute sa famille avant de se suicider.

Paul Tremblay avait été incarcéré une première fois parce qu'il battait sa femme. Quand il était sorti de prison, il avait supplié son épouse de reprendre la vie commune. Elle avait accepté. Les coups avaient recommencé à pleuvoir. Elle s'était réfugiée dans un centre pour femmes en détresse.

— Ton centre, Graham. Un de ceux pour lesquels tu t'es mêlée de l'organisation de la soirée-bénéfice…

— La soirée-bénéfice ! C'est là que je l'ai aperçu pour la première fois ! Léa était présente. Ghislaine aussi. Il m'a vue leur parler. Il avait déjà amorcé son processus de vengeance.

— Et regarde la photo de Ginette, fit Rouaix en désignant des clichés encerclés de marques au feutre rouge. Jacinthe, Andrée-Anne et Lucie lui ressemblent un peu. Tu connaissais bien Ginette Tremblay ?

Oui et non. Graham avait recueilli ses plaintes deux fois, lui avait conseillé de quitter un mari aussi violent. Elle lui avait fourni l'adresse du centre pour femmes en détresse, l'avait assurée qu'elle y serait comprise et bien conseillée.

— Il a cru que c'était moi qui étais responsable des décisions de Ginette ? Que c'était de ma faute si elle était partie avec les enfants ?

— Paul Tremblay s'est tiré une balle en plein cœur. Sous le sein gauche. Après avoir abattu toute sa famille. Ça expliquerait les marques sur les victimes de Steeve.

— Il gravait les initiales des enfants, dit Graham en lisant les noms de Jean, Mathieu et Luc.

— On est loin des évangélistes...

Graham se souvenait avec tristesse du drame familial. Ces hommes qui voulaient anéantir l'univers quand leur femme échappait à leur domination lui semblaient de plus en plus nombreux. Jean, Luc, Mathieu. Trois innocents sacrifiés. Tremblay les avait tués un 11 novembre.

— Je suppose que Steeve me préparait une surprise pour la date anniversaire du massacre.

— Steeve a imité son frère, dit Rouaix. Il était décidé à s'en prendre aux gens qui t'entouraient.

Graham se détacha de la croix mortifère, promena son regard dans la pièce. La chambre était parfaitement rangée : pas une poussière, pas un pli sur le lit, militaire, figé. Elle ouvrit les tiroirs, découvrit des vêtements impeccablement rangés, des boîtes de préservatifs dans la table de chevet, une montre récente — la sienne ou celle qui avait appartenu à son frère ? —, des rouleaux de monnaie dans leur couverture en plastique. Aucun objet personnel, aucune vieille photo écornée, aucune lettre, pas le moindre objet inutile, pas de billes ou d'épingle à cravate, de bijoux ou de ces pochettes d'allumettes sur lesquelles on inscrit un numéro de téléphone qu'on ne compose jamais. Rien d'intime, rien d'odorant, rien d'humain. Steeve s'efforçait depuis longtemps d'être une machine bien huilée.

— Est-ce que Louise Verrette va s'en sortir ? osa enfin demander Graham.

Celle-ci était assaillie par un sentiment de culpabilité ; elle aurait dû déceler le potentiel de violence de Steeve Tremblay. Et le reconnaître quand il était venu au poste. Il n'avait pas de barbe alors qu'il en portait une à la soirée-bénéfice, mais elle aurait dû s'attarder davantage sur lui, être plus intriguée par cette histoire de mouette.

Rouaix lui proposa d'aller à l'hôpital. Il attendrait avec elle le verdict des médecins.

— Ça paraît peut-être pire que ce ne l'est vraiment.

— J'aurais dû le reconnaître !

Rouaix secoua Graham par le bras. Elle se minerait inutilement le moral.

— Arrête, Graham ! C'est toi qui as pensé à la maudite mouette, à Steeve Tremblay. Si Berthier n'était pas venu ici, Louise serait morte. Il venait l'achever, sûr et certain.

— Mais j'aurais dû justement savoir que cette histoire de mouette était trop bizarre et me douter de quelque chose.

Rouaix donna quelques indications aux techniciens qui restaient sur les lieux, puis il entraîna Graham à l'extérieur.

— Respire un bon coup.

Elle obéit. Avant de revenir à la charge. Elle avait fait preuve de négligence.

— Je suis plus distraite, ces temps-ci.

— Je n'ai pas remarqué. Tu es plus de mauvaise humeur, mais tu n'es pas plus distraite. Pourquoi, d'ailleurs ? Ça ne va pas avec Gagnon ? Il a l'air correct.

Rouaix marmonna qu'il le préférait à Yves. Il était drôle, rapide, patient.

— Avec moi, c'est ça ?

— C'est ça, Graham. Avec toi.

Elle se renfrogna, consciente du fait que Rouaix avait raison. Elle avait toujours été sèche. Qu'y pouvait-elle ?

— Cesser de toiser Moreau, ce sera déjà ça, répondit Rouaix. Tu exagères avec lui.

— Je ne suis pas capable de le supporter. Je parie qu'il va claironner qu'il avait trouvé Steeve Tremblay étrange quand il était venu au bureau, mais que, puisque c'était moi qui m'occupais du cas, il n'était pas intervenu.

Rouaix éclata de rire. Elle était d'une mauvaise foi consternante.

— C'est ce que je disais, tu exagères. Tu es paranoïaque.

Oui. Et c'était normal dans son boulot de montrer un peu de méfiance.

Elle en avait singulièrement manqué dans cette dernière enquête.

— Dans quelle langue dois-je m'exprimer, Graham? Tu as sauvé Léa, tu as sauvé Louise Verrette. Que veux-tu de plus?

Que plus d'hommes ressemblent à Rouaix ou à Alain et moins d'hommes à Paul et à Steeve Tremblay. Jacinthe, Lucie, Andrée-Anne, Ghislaine, Suzanne et Louise avaient toutes été victimes de l'obsession de domination de Steeve Tremblay. Est-ce qu'il y aurait un jour plus de complices et moins d'ennemis?

Peut-être. Martin Rouaix, Grégoire et le petit Félix assuraient une relève encourageante.

Une neige diaphane tombait quand Rouaix gara la voiture devant l'Hôtel-Dieu et Graham ne résista pas à l'envie de goûter à un flocon. Elle pencha la tête vers l'arrière, contempla le ciel chargé de blanches promesses et tira la langue en gardant les yeux bien ouverts malgré le chatouillement des flocons.

La neige avait un parfum de bronze cette année-là.

Dans la collection Roman 16/96

Achevé d'imprimer
sur les presses de Litho Acme inc.